어머나운동본부 모발기부 사례모음집

25cm의 나눔

어머나운동본부 지음

어머나운동본부 모발기부 사례모음집

25cm의 나눔

초판 1쇄 발행 2021년 9월 1일

지 은 이 어머나운동본부
발 행 인 권선복
편 집 유수정
디 자 인 오지영
전 자 책 노유경
발 행 처 도서출판 행복에너지
출판등록 제315-2011-000035호
주 소 (07679) 서울특별시 강서구 화곡로 232
전 화 0505-613-6133
팩 스 0303-0799-1560
홈페이지 www.happybook.or.kr
이 메 일 ksbdata@daum.net

값 20,000원
ISBN 979-11-5602-917-5 (03810)

어머나운동본부 모발기부 사례모음집

25cm의 나눔

어머나운동본부 지음

contents

2장

아픔을 희망의 꽃으로 피워내다

3장

소아암이란 무엇인가

4장
일곱 빛깔 기부자들이 뿜어낸 무지갯빛

5장
특별한 꿈을 선물한 스타

6장

명예의 전당

인사말

‘머리는 짧게, 나누는 마음은 길게’

안녕하세요.

소아암 환아와 가족분,

소아암 환아와 함께해주시는 여러분께 따뜻하고 소중한 날들이 되시길 응원하고 소망합니다.

어머나운동본부는 모든 후원자와 자원봉사자의 따뜻한 마음을 모으는 역할을 합니다. 소중한 여러분의 정성을 담아 소아암으로 힘든 시간을 보내는 어린아이들에게 희망을 전달합니다.

소아암 환아는 고통스러운 질병과 따가운 주위 시선으로 정신적 충격과 정서적 불안에 노출됩니다. 여기에 암 치료에 따른 경제적 어려움마저 겹쳐 여린 마음이 무너지기 쉽습니다.

아동 질병 사망원인 1위인 소아암은 완치까지 수년이 걸리는 '질환'으로 알려졌습니다. 인구 10만 명당 16명꼴로 해마다 발생합니다. 국내 소아암 발병 환자 수가 약 1,600여 명으로 많은 어린이가 고통을 받고 있습니다.

소아암의 특성상 통원 치료와 재입원을 반복해야 하는 탓에 치료 기간만 2~3년이 걸립니다. 따라서 소아암 환아인 어린이들에게 정부의 통합적이고 지속적인 지원이 필요한 실정입니다.

국내 소아암 환아는 항암치료를 진행하면서 머리카락 대부분이 심하게 빠지게 됩니다. 휑한 머리모양에 아이들이 받는 심리적 충격은 당연합니다. 항암치료를 받는 환아들에게는 가발이 필요한 이유입니다. 가능한 항균 처리가 된 환자용 인모 100% 가발을 착용하는 것이 좋습니다. 하지만, 경제적 어려움을 겪고 있는 환자와 가족들이 선뜻 구매하기 쉽지 않습니다.

'어머나운동'은 일반인들로부터 25cm 이상의 머리카락 30가닥 이상을 기부받아 특수가발을 제작하여 항암치료로 탈모가 심한 소아암 환아에게 선물합니다. 아이들에게 새로운 희망의 싹을 틔우는 뜻깊은 운동입니다. 소아암 환아를 위한 가발 하나를 만들려면 머리카락 약 1만 5,000에서 2만 가닥이 필요합니다. 대략 한 사람당 머리카락 30개를 기부받는 데 가발 하나에 5백여 명의 선행이 필요합니다.

따뜻한 선행을 베풀어주신 모발 기부자들의 아름다운 마음은 소아암 환아에게는 큰 희망으로 자리합니다.

『어머나운동 기부사례집』은 소아암 환아에게 보내는 희망과 응원의 메시지를 모아 엮었습니다. 책자 발간을 통해 작은 기부문화의 대중화, 올바른 기부문화 확립, 그리고 소아암 환자를 위한 희망 메시지를 전하면서 심리적 안정에도 도움이 되기를 희망합니다.

이번 사례집 발간을 위해 도움을 주신 여러분께 감사 인사를 드립니다. 대한민국사회공헌재단 추영준 이사, 김세윤 수석연구원, 이청 교수, 이진희 차장, 유류 연구원, 박은별 연구원, 정다운 연구원, 송인지 연구원 그리고 행복출판사 권선복 대표님, 유수정 작가님, 오지영 디자이너님께 진심으로 감사의 마음을 전합니다.

더불어 기부사례집에 게재되는 인터뷰에 기쁜 마음으로 응해주신 뉴원터치 임헌향 회장님, 백다혜 간호사님, 이채린 하사님, 문관영님, 김형록 님, 김예린 작가님, 임진성 님께도 감사를 표합니다.

특히, GS리테일, 삼성디스플레이, 스킨시그널, ㈜한백코퍼레이션에서 어머나운동 기부사례집 발간에 힘을 보태주셨습니다.

어머나운동 기부사례집 명예의 전당에 이름을 빛내주신 2만여 명의 모발기부자분들의 따뜻한 마음이 있었기에, 어머나운동을 지속할 수 있었습니다.

다시 한번 어머나운동 기부사례집에 힘을 보태주신 모든 분께 감사를 전합니다.

함께할 때 더 많은 소아암 환아들에게 희망을 줄 수 있습니다. 누구나 참여할 수 있습니다. 함께 참여하고 실천해주신 사랑으로 여러분 이웃에게 실질적 사회복지서비스로 제공될 것을 확신합니다.

'어머나 운동'은 지속적인 사랑과 관심으로 성장하며 자랍니다. 소중한 일에 함께해주시는 여러분의 사랑 덕분에 꽃을 피우고 열매를 맺어갑니다.

감사합니다.

2021년 8월

대한민국사회공헌재단 이사장 **김영배**

추천사

| 조정원 | 세계태권도연맹 총재, 밝은사회클럽 국제본부 총재

성숙한 국민 의식을 나타내는 중요한 지표 중 하나가 기부입니다. 국내 기업들의 사회 공헌 활동은 날이 갈수록 늘어나고 있지만, 개인 기부는 기부 선진국인 미국과 영국에 비하면 턱없이 부족한 것이 현실입니다. 대한민국 홍익인간의 정신에 따라 '25cm의 나눔' 출간을 계기로 나눔이 일상생활의 일부가 되어, 장기화된 코로나로 크게 위축된 한국 기부 나눔 문화가 다시 확산하기를 바랍니다.

| 정용빈 | (前) 한국디자인진흥원 원장

힘든 삶을 변화시키기 위해 도움을 제공하는 것은 한 공동체의 시민으로서 보람찬 일이다. 『25cm의 나눔』은 더 희망적인 세상을 만들기 위해 한 개인이 어떤 변화를 일으킬 수 있는지 궁금한 사람들에게 영감을 주는 안내서이다.

| 김진수 | (前) 지방 식품의약품안전청장(인천,경기,부산,광주지역)

어머나! 어린 암 환자를 위한 머리카락 나눔, 세상에서 가장 아름다운 나눔이다. 머리카락, 희망, 마음을 나누다. 아름다운 마음의 소리에 귀 기울이게 된다. 각자의 작은 소리가 합쳐져 아름다운 합창이 되는 듯하다.

희망의 메시지들이 치료를 받고 있는 소아암 환자뿐만 아니고, 병마와 싸우고 있는 여러분들에게 희망으로 건강한 사회가 이루어졌으면 좋겠다.

| 강현직 | (前) 전북연구원장, 협성대 특임교수

소아암은 우리나라 아동 질병 사망원인 1위이다. 정상적인 치료를 받는 경우 80% 이상 완치되지만, 평균 2~3년 치료를 받는데 재발의 위험도 있어 더 긴 경우도 많다.
소아암 환자 사망률이 증가한 배경에는 높은 치료비가 자리하고 있다. 조사 결과에 따르면 최소 300만 원에서 최대 3억 원까지 비용이 소모된다고 한다.
이러한 경제적 위기에 처한 소아암 환자들에게 희망의 메시지를 전한다.
작은 기부문화에 관심이 있는 독자라면 반드시 읽기를 추천한다.

| 박상진 | 예금보험공사 상임이사

세상이 각박해졌다. 남들보다 더 우월한 조건을 갖추지 못하면 경쟁에서 밀리기 때문이다. 자기 자신의 잘못도 아닌데 유전적으로나 환경적인 이유로 어린 나이에 암과 같은 심각한 질환을 앓고 있는 아이들의 마음은 더욱 위축되기 쉽다. '어머나운동'은 '어린 암 환자를 위한 머리카락 나눔 운동'이다. 동시에 각박한 현실에 '어머나!'라는 경각심을 느끼게 하는 인간 본성의 선한 마음의 회복을 바라는 사회운동으로 일독을 권한다.

마음을 나누다

1장

어머나운동본부의 소개

● 어머나운동의 설립목적 및 활동

어머나운동의 설립목적 및 활동

1) 어머나운동이란?

'어머나'란 '어린 암환자를 위한 머리카락 나눔'의 줄임말로, 일반인들로부터 25cm 이상의 머리카락 30가닥 이상을 기부 받아 매년 1200여 명씩 발생하고 있는 20세 미만 소아암환자 중 경제적 사정이 어려운 가정들을 위해 맞춤형 가발을 무상으로 제공하고 있는 운동입니다.

2) 어머나운동의 탄생배경

먼저 어머나운동본부에는 9개의 봉사 조직이 있습니다.

그중에는 요리해주는 요리사분들도 계시고요. 헤어스타일을 만져주는 미용사도 계시고, 치료를 해주는 의사 분들도 계시고 이런 다양한 분들이 계시는데, 하루는 소아암 병동에 가서 마술사라든지 연예인이라든지 이런 분들과 같이 가서 노래 공연도 하고, 마술쇼도 보여주고 했는데, 우연치 않게 아이들의 표정을 유심히 살펴보니까 노래 공연을 하는 순간, 마술을 하는 순간에는 행복감이 있지만 뭔가 어두운 느낌이 있었습니다. 그래서 주치의에게 한번 여쭤보니까, 가장 민감한 시기인 8세에서 18세 사이 사춘기를 겪는 소아암 환자들의 경우 항암 치료를 받기 이전에 미리 머리카락을 밀게 되어있습니다. 왜냐하면 치료 과정에서 머리가 지속적으로 빠지다 보면 견디기 힘든 큰 상실감에 젖어들기 때문에 미리 작은 충격을 주어 큰 상실감을 예방하는 차원이라고 합니다. 남들에게도 예쁘게 보이고 싶은 이런 민감한 시기에 아이들이 자신의 소중한 머리카락을 어쩔 수 없이 밀게 되니까 상실감뿐만 아니라 우울증, 대인기피현상이 있다는 얘기를 듣고, 내가 오늘 여기 와서 저 아이들을 위해서 행복을 전달해주고, 행복을 나누기 위해서 왔는데, 정작 아픈 곳을 제대로 바라보지 못했구나. 저를 한번 돌아보게 되는 계기가 되었습니다.

내가 와서 공연을 하고 노래를 부르고 마술을 하는 것보다도 한 올의 머리카락을 돌려주는 게 이 아이들에게는 '더 큰 공헌이고 더 필요한 나눔이다'라는 생각이 들었습니다. 그래서 저 친구들에게 '한 올의 머리카락을 돌려주자'라고 해서 '머리카락도 기부가 된다'라는 생각을 가지고 그때부터 이 운동을 하게 되었습니다.

3) 어머나운동본부의 설립목적

- 병원비 부담이 큰 소아암 환자들에게 조금이라도 도움을 주고자 고액 특수가발 무상 제공.
- 소아암 환아의 수준에 맞는 교육을 제공하기 위해 교육전문가와 상담전문가를 통한 교육 프로그램 개발 및 교육 실시.
- 금전적 부담 없이 누구나 쉽게 참여할 수 있는 머리카락 기부 방식을 통해, 기부된 머리카락이 어디의 누구에게 전달되었는지 투명하게 공개함으로써 기부에 대한 인식을 개선시키고 나눔의 저변을 확대.

4) 모발기부절차 및 방법 안내

❶ 시증해 주실 머리 길이는 25cm 이상입니다.

❷ 머리카락을 묶은 고무줄 위로 자릅니다.

❸ 서류봉투나 작은 상자에 머리카락을 포장합니다.

❹ 머리카락을 등기나 택배로 보내주세요.

❺ 홈페이지에서 보내주신 운송장을 신청서에 기입하여 신청서를 작성해주세요.

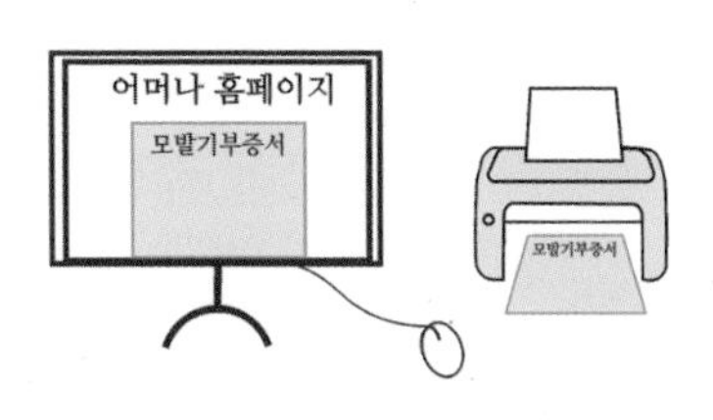

❻ 홈페이지에서 모발기부증서를 출력하시면 됩니다.

▶ 어머나운동본부 홈페이지: http://www.givehair.net/

마음을 나누다

2장

아픔을 희망의 꽃으로 피워내다

- 아픔을 극복한 기부자의 이야기
- 어린이 기부자의 이야기

■ 마음을 나누는 인터뷰: 임헌향(가발제작봉사자)

위 작품은 김예린 작가의 작품이며, 그림재능기부를 해주셨습니다

김예린 작가의 작품

* 모발기부자 본인이 투병을 하였거나, 지인 및 가족이 투병 경험이 있는 완치자 사연을 소개하고, 투병 중인 환아 및 환아의 가족들에게 희망의 메시지를 전달합니다.

아픔을 극복한 기부자의 이야기

1) 만화로 보는 사연

–내겐 너무나 흔했던 머리카락, 누군가에겐 간절함이었음을

안녕하세요.
저는 6살 남자아이 엄마입니다.

아이 머리카락을 기부하면서
이렇게 편지 남겨요.

사실 저는 왼쪽 전신에 장애가 있습니다.

출산 당시 아이 아빠가 뺑소니를 당해서
2년간 저 혼자 아이를 키웠습니다.

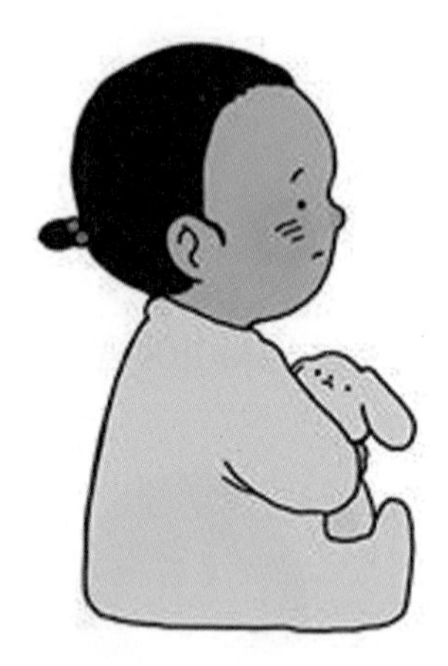

몸이 불편하다 보니 아이의 머리에
신경 쓰기 어려웠고 그 세월 속에서 아이는
머리를 기르기 시작했습니다.

그러다 2년 전쯤에 우연히
네이버 후원 광고를 보았어요.

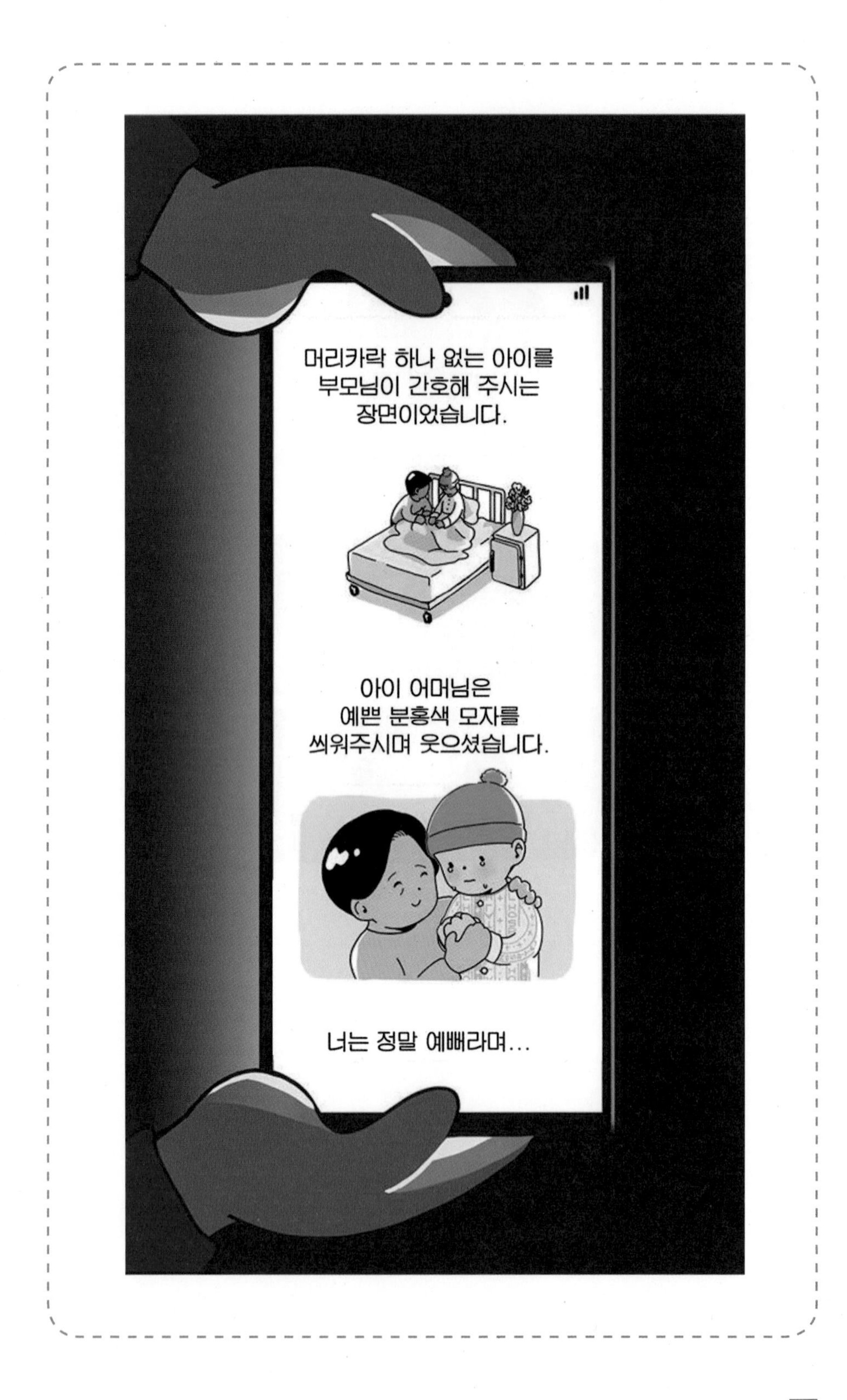
머리카락 하나 없는 아이를
부모님이 간호해 주시는
장면이었습니다.
아이 어머님은
예쁜 분홍색 모자를
씌워주시며 웃으셨습니다.
너는 정말 예뻐라며...

광고를 보고 한참 울었습니다.

문득 제 삶을 되돌아보니

지옥같기만 하던 삶이

다르게 보이기 시작했습니다.

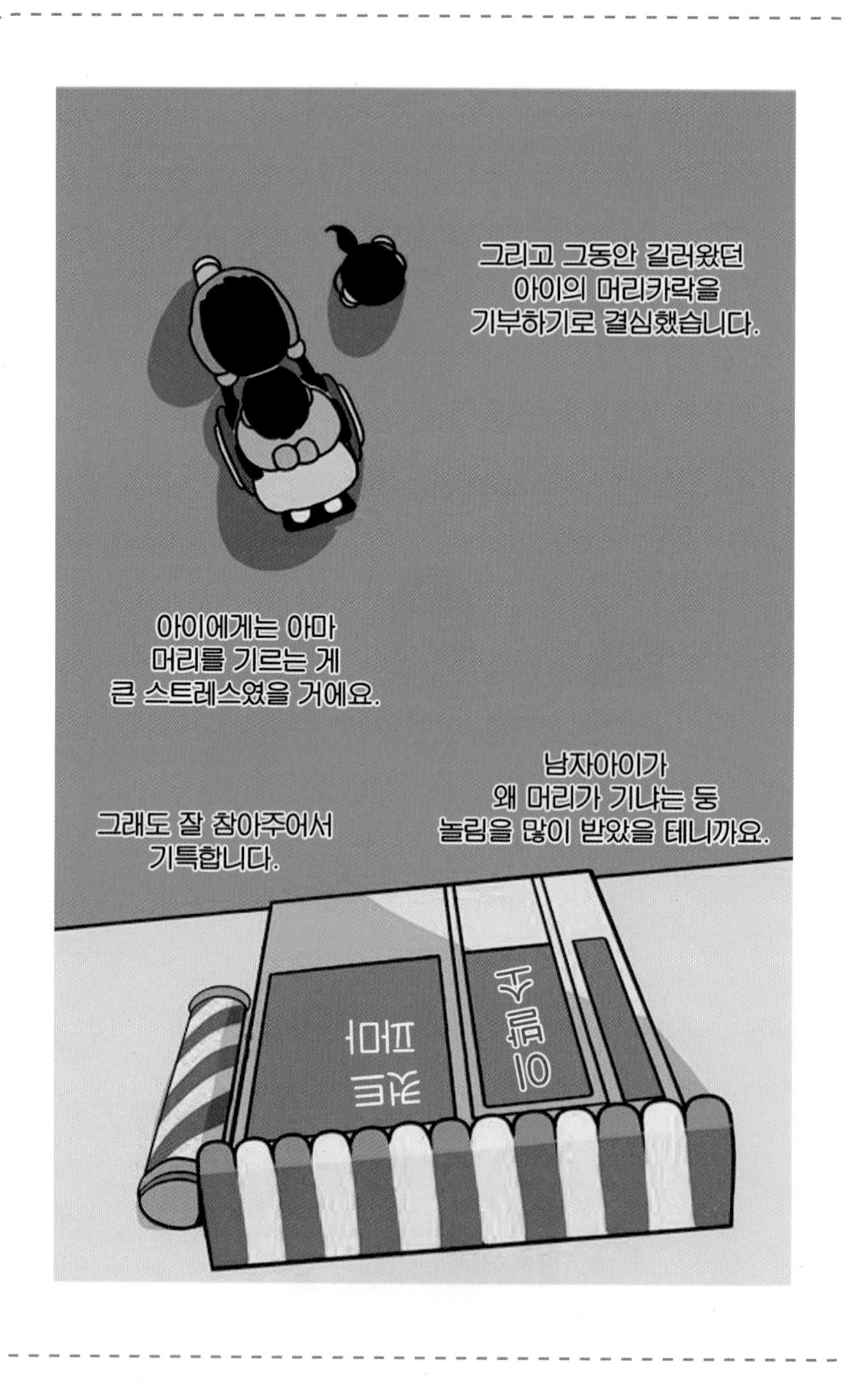
그리고 그동안 길러왔던
아이의 머리카락을
기부하기로 결심했습니다.
아이에게는 아마
머리를 기르는 게
큰 스트레스였을 거예요.
남자아이가
왜 머리가 기냐는 등
놀림을 많이 받았을 테니까요.
그래도 잘 참아주어서
기특합니다.
컷트 파마
이발소

기부 증명서를 보면서
아이가 자신보다 더 힘든 이들에게
도움을 주는 사람이 되기를 바래봅니다.

읽어주셔서 너무 고맙습니다.

2) 만화로 보는 사연2

–치유의 함께 자라나는 머리카락, 다친 마음을 보듬다

그렇게 저 자신과 세상을 긍정하게 되자
제 몸과 마음도 함께 치유되기 시작했습니다.

그리고 머리에서도 수많은 새싹이 자라났어요.
어쩌면 투병 전보다 더 많고 튼튼한 새싹들이요!

제가 몸과 마음을 회복해가던 시간 속 기운을
기를 받는다는 말도 있으니까
꼭 이 기가 전달되기를!
이 머리카락에 담아서 보내겠습니다.

소아암 환우 여러분! 조급해하지 말고 회복할 시간을 가지며 스스로를 기다려주었으면 해요!
항상 응원하고,
사랑합니다!
FIN.

3) 정성스러운 손편지로 보는 사연

4년전 사촌 언니가 백혈병으로
고생하다 먼저 천국으로 갔습니다.
언니를 생각하며, 그 때는 내가
해 줄 수 없는게 아무 것도
없었지만, 4년간 머리카락을 길러
서 기부 하자는 생각이 들어.
작은 힘을, 어렵게 투병 하는
친구들을 위해 보탭니다.
4년간 또 길러서 보낼께요~♡
드림~.

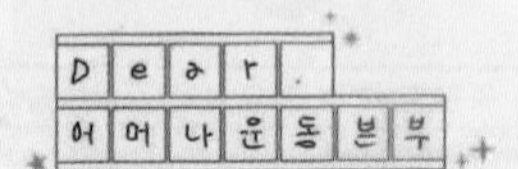

중학교 2학년 말 쯤 우연히 인터넷을
보다가 '머리카락 기부' 라는 걸 알게
되었어요. 다른 사람에게 뭔가 도움이
되고 싶었지만 헌혈도 할 수 없는 저
에게 누구나 할 수 있는 머리카락
기부는 이렇게 저의 버킷리스트에
올라왔고, 약 2년동안 고1이 될 때
까지 파마, 염색을 하지 않고 열심히
길렀습니다! 그리고 이제 설레는
마음으로 제 머리카락을 보냅니다.
이 작은 마음들이 모여 누군가에게는
큰 행복이 될 수 있다는 사실에 제
마음도 담겨있는 것 같아서 기뻐요.
소중하게 기른 머리인만큼 아이에게
기쁜 존재가 될 수 있었으면 좋겠
습니다. 좋은 일 해주셔서 고맙습니
다. 다시 길러서 2년 뒤에 다시
찾아뵐게요! 감사합니다 ♡♡
2020년 8월 24일
드림

20010-80950
morning glory

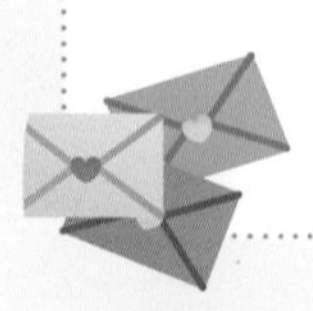

8년 전 하얀 눈이 내리던 날
암으로 엄마를 보냈습니다.
머리숱이 유난히 않아 다른 아주머니들께서도
늘 부러움을 사던 엄마가 항암을 진행하시며
머리카락이 빠지고, 가발을 쓰셨습니다.
파마 염색 없이 머리카락을 기른다는 게 쉽지만은
않았지만, 저의 작은 노력이 누군가에게 희망과
기쁨이 되었으면 좋겠습니다.
모두들 힘든 이 시기에
저의 작은 행동이 누군가에게 새로운 시작이 되길
기도합니다

2020.09.09

P.S 엄마를 보내고 선물처럼 찾아온 둘째의 8살 생일에
이 머리카락을 보냅니다.

안녕하세요. 아이들을 위해 제가 도와줄 수 있는 일이 있다니
너무 뿌듯하고 기쁩니다. 같은 아파트에 사는 꼬마 친구가
아픈 친구들 위해 머리카락을 기부했다는 이야기를 듣고 저도 참여하게 됐어요.
제가 기부함을 주변에 알림으로 다는 누군가도 기부해야겠다고
마음 먹겠죠? 비록 머리카락은 짧아졌지만. 지금까지 실천하지 못했던
기부, 봉사. 시작해보려고 합니다. 크게 돈과 시간을 들이지 않아도
헌혈도 할수 있고 제가 도움을 줄수 있는 행동이 있더라고요.
이렇게 좋은 일을 해주시는 어머나 운동본부도 처음 마음가짐으로 꾸준히
유지되었으면 합니다. 코로나 19로 인해 많은 분들이 힘드신데
제 작은 뜻이 어느 한 사람을 기쁘게 하지 않을까요?
예쁜 아이들이 웃을 수 있고, 꿈을 펼칠 수 있게 2년 '생소' 후에도
또 기부 하려고 노력할게요. 환우들이 건강해지길 바래요 ♡
— 2020년. 09월 21일

안녕하십니까?
아름다운 나눔에 참여하게 된 [redacted]입니다.

먼저, 이런 뜻깊은 나눔에 제가 동참 할 수 있다는 사실이 정말 행복합니다.

제 머리카락은 약 28년 전 잘라서 지금까지 보관한 머리카락입니다.
저의 어머니께서는 제가 초등학교 저학년 때 항상 머리카락이 엉덩이 만큼 길 때 쯤이면 잘라서 간직해주셨는데, 그 묶음이 2묶음이나 됩니다.

저희 어머니께서 제 머리카락을 보관하신 이유는 제가 결혼할 때 꼭 제 배우자에게 보여주면서 "내가 이렇게 딸을 귀하게 키웠네... 그러니 자네도 내 딸을 귀하게 생각해주길 바라네.." 라는 의미에서 간직하셨다고 합니다.

그러나 저희 어머니께서는 제가 19살 때 폐암으로 돌아가셨고, 결국 딸의 결혼식을 보지 못하고 제 배우자에게도 그 말을 전하지 못 했습니다.
그렇게 저는 돌아가신 어머니의 유품처럼 제 머리카락을 간직하면서 살고 있었습니다.

저도 5년 전 갑상선암으로 수술을 하고 항상 건강관리에 온 힘을 쏟고 있습니다.
건강을 유지 하지 못하고 살아간다는 것은 본인을 포함하여 가족들에게도 많은 영향을 미칩니다.

- 1 -

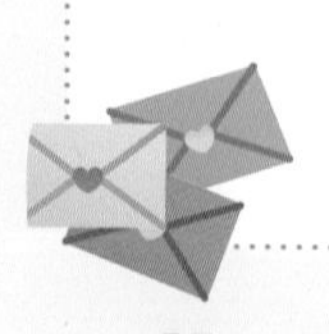

저도 그러한 경험이 있기에 이번 기회를 통해 소아암환자와 그 가족들에게 조금이나마 희망을 주고 싶습니다.

저희 어머니가 돌아가신지 19년째 되는 해입니다. 어머니와 같이 지내며 살았던 세월도 19년이구요.
올해가 지나면 이제 어머니와 살아온 세월보다 살지 못한 세월이 앞서가더라구요.
그래서 올해는 어머니를 그리워 하는 마음보다 행복했던 추억을 더 떠올리면서 살아가고자 합니다.

이런 출발을 결심한 지금 어머니가 남겨주신 저의 머리카락을 소중한 곳에 쓰일 수 있다는 것에 감사드립니다.
희망을 잃지 않고 건강을 회복하여 모두가 행복하게 살아갈 수 있도록 항상 응원하겠습니다!

감사합니다.

2020년 07월
참여자 ████ 올림

- 2 -

안녕하세요

고생 많으시고 감사합니다.

제 딸의 선천적 질환으로 대병원에 몇 개월 입원하다가

소아암 환자들에 대해 듣게 되었습니다.

이후 저도 알아보다가 어머나 운동본부를 알게 되었고요.

큰아들에게 이런 얘길 하니 본인도 기부하겠다 하더군요.

그런데 조금 늦었습니다.

중3인데, 학교에서도 기부할 목적으로 머리 길고 있다 하니

별말은 없었고요.

그런 녀석이 이 순간을 얼마나 기다렸는지 모릅니다

아쉽게도 고맙군요.

감사합니다.

잘 사용해주세요.

2020. 7. 13.

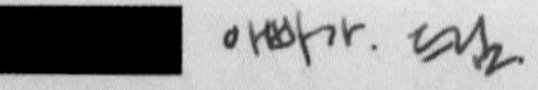 아빠가. 드림.

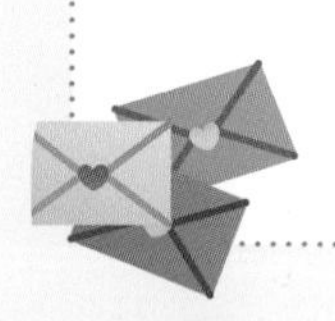

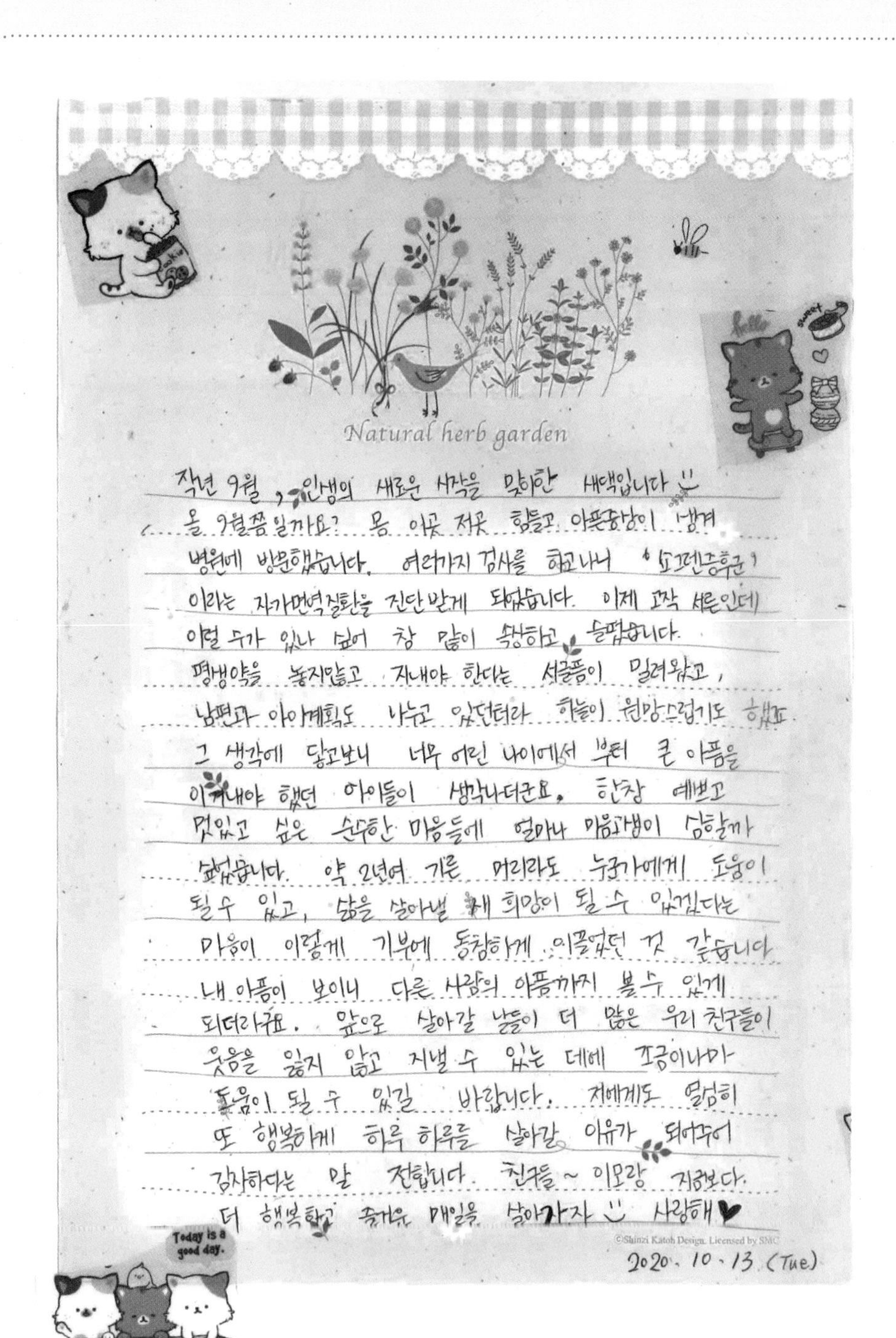

작년 9월, 인생의 새로운 시작을 맞이한 새댁입니다 :)
올 9월쯤일까요? 몸 이곳 저곳 힘들고 아픈증상이 생겨
병원에 방문했습니다. 여러가지 검사를 하고나니 '쇼그렌증후군'
이라는 자가면역질환을 진단받게 되었습니다. 이제 고작 서른인데
이럴 수가 있나 싶어 참 많이 속상하고, 슬펐습니다.
평생약을 놓지않고 지내야 한다는 서글픔이 밀려왔고,
남편과 아이계획도 나누고 있던터라 하늘이 원망스럽기도 했죠.
그 생각에 닿고보니 너무 어린 나이에서 부터 큰 아픔을
이겨내야 했던 아이들이 생각나더군요. 한창 예쁘고
멋있고 싶은 순수한 마음들에 얼마나 마음고생이 심할까
싶었습니다. 약 2년여 기른 머리라도 누군가에게 도움이
될수 있고, 삶을 살아낼 때 희망이 될 수 있겠다는
마음이 이렇게 기부에 동참하게 이끌었던 것 같습니다
내 아픔이 보이니 다른 사람의 아픔까지 볼수 있게
되더라구요. 앞으로 살아갈 날들이 더 많은 우리 친구들이
웃음을 잃지 않고 지낼 수 있는 데에 조금이나마
도움이 될 수 있길 바랍니다. 저에게도 열심히
또 행복하게 하루 하루를 살아갈 이유가 되어주어
감사하다는 말 전합니다. 친구들~ 이모랑 지금보다
더 행복하고 즐거운 매일을 살아가자 :) 사랑해♥

2020. 10. 13. (Tue)

안녕하세요 ~

저희 어머니도 작년에 암선고 받으시고 항암치료하시면서 머리카락이 많이 빠지셨어요.

그래서 모자를 쓰고 나가셨지만 사람들의 시선때문에 외출을 거의 못하셨어요.

어린아이들이 머리카락 빠진 모습을 보고 밖에 못나갈 생각하니 마음이 아파 기부할 생각이 나서

이렇게 나마 보냅니다.

긴머리는 아니지만 작은 도움이 될수도 있을 것 같아 보냅니다.

애써주시는 분들 모두감사하고 환우분들 모두 빨리 완쾌되었으면 좋겠습니다.

행복한 날 보내세요 :)

I wish you a life full of smiles and happiness.

안녕하세요.

머리카락을 기증하게 된 ███라고 합니다.

머리카락 기증이라는 것을 알고는 있었지만 차마 기증할 수가 없었는데 코로나 시기가 찾아오고 미용실에 가지 않는 시간이 길어지면서 이 기회에 계속 길러서 기증을 해야겠다 마음을 먹게 되었네요.

7년 전, 저의 딸이 심장병으로 큰 수술을 했었어요.

수술 당시에는 가족 모두에게 슬픔과 아픔이 있었지만 그래도 아이에게는 병을 이겨 낼수 있는 크나 큰 힘이 있더라구요. 아픈 아이와 가족 모두가 힘을 모아 이겨내는 강력한 힘을 믿고 하루하루 잘 이겨 내시길 두 손 모아 기도합니다.

이겨 내는 하루하루가 모여 아픈 곳이 온전히 회복되는 일이 가능해 질거라 믿습니다.

오늘도 힘을 내어 하루를 이겨내는 힘 아니 순간을 이겨내는 힘으로 살아 내어 회복의 역사를 만들어 가시길 바래요.

Feb. 15.21

███ 드림.

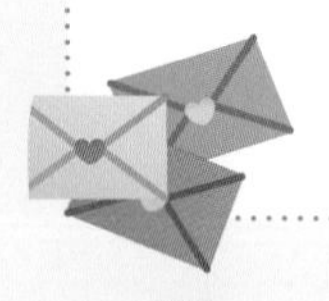

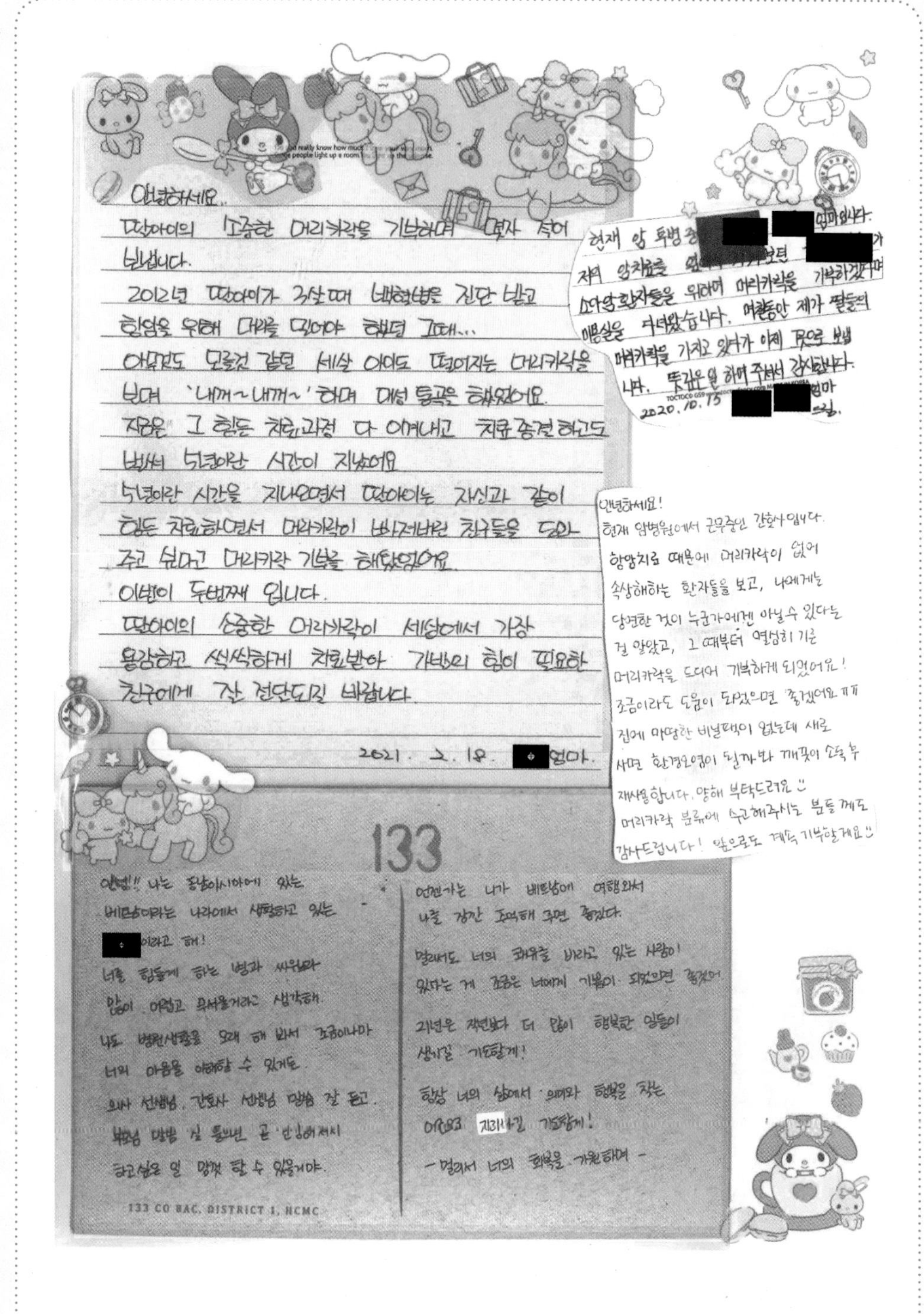
안녕하세요..
딸아이의 소중한 머리카락을 기부하며 몇자 적어
보냅니다.
2012년 딸아이가 3살때 백혈병을 진단 받고
항암을 위해 머리를 밀어야 했던 그때...
아무것도 모를것 같던 세살 아이도 떨어지는 머리카락을
보며 `내꺼~내꺼~' 하며 매일 통곡을 했었어요.
지금은 그 힘든 치료과정 다 이겨내고 치료종결 하고도
벌써 5년이란 시간이 지났어요
5년이란 시간을 지나오면서 딸아이는 자신과 같이
힘든 치료하면서 머리카락이 빠져버린 친구들을 도와
주고 싶다고 머리카락 기부를 해왔었어요.
이번이 두번째 입니다.
딸아이의 소중한 머리카락이 세상에서 가장
용감하고 씩씩하게 치료받아 가발의 힘이 필요한
친구에게 잘 전달되길 바랍니다.
2021. 2. 18. ■엄마.

현재 암 투병 중 ■ ■엄마입니다. ■가
저의 암치료를 ■보던
소아암환자들을 위하여 머리카락을 기부하겠다며
미용실을 다녀왔습니다. 며칠동안 제가 딸들의
머리카락을 가지고 있다가 이제 곳으로 보냅
니다. 뜻깊은 일 하여 주셔서 감사합니다.
2020. 10. 15 ■ ■엄마 드림.

안녕하세요!
현재 암병원에서 근무중인 간호사입니다.
항암치료 때문에 머리카락이 없어
속상해하는 환자들을 보고, 나에게는
당연한 것이 누군가에겐 아닐수 있다는
걸 알았고, 그 때부터 열심히 기른
머리카락을 드디어 기부하게 되었어요!
조금이라도 도움이 되었으면 좋겠어요 ㅠㅠ
집에 마땅한 비닐팩이 없는데 새로
사면 환경오염이 될까봐 깨끗이 소독 후
재사용합니다. 양해 부탁드려요 :)
머리카락 분류에 수고해주시는 분들께도
감사드립니다! 앞으로도 계속 기부할게요 :)

133

안녕!! 나는 동남아시아에 있는
베트남이라는 나라에서 생활하고 있는
■이라고 해!
너를 힘들게 하는 병과 싸우며
많이 아프고 무서울거라고 생각해.
나도 병원생활을 오래 해 봐서 조금이나마
너의 마음을 이해할 수 있거든.
의사 선생님, 간호사 선생님 말씀 잘 듣고,
부모님 말씀 잘 들으면 곧 건강해져서
하고싶은 일 맘껏 할 수 있을거야.

언젠가는 나가 베트남에 여행와서
나를 잠깐 추억해 주면 좋겠다.
멀리서도 너의 쾌유를 바라고 있는 사람이
있다는 게 조금은 너에게 기쁨이 되었으면 좋겠어.
21년은 작년보다 더 많이 행복한 일들이
생기길 기도할게!
항상 너의 삶에서 의미와 행복을 찾는
아이로 지내길 기도할게!
- 멀리서 너의 회복을 기원하며 -

133 CO BAC, DISTRICT 1, HCMC

저에게는 심장병을 가진 조카가 있습니다
저희 딸과 동갑이지요. 6살.

3차 수술을 기다리고 있지요.
저희 조카도 머리가 짧아 긴 머리를 가지고 싶어하지요 ^^
딸과 이야기 하며
머리카락으로 사랑을 나눌수 있다는 이야기를 하며
6살 생일 기념으로 첫 컷트를 했습니다.
상한 머리가 생길까 한번씩 끝손질 하며 열심히 길렀지요.
엄마의 마음으로 시작한 것을 딸은 같은 마음으로
계속 길러서 아픈 친구에게 선물 하고 싶다고 하네요.
2번째 기증할 날을 기다리며 첫 머리카락을 보냅니다.

21. 2. 9.

6살 ■■■ 엄마.

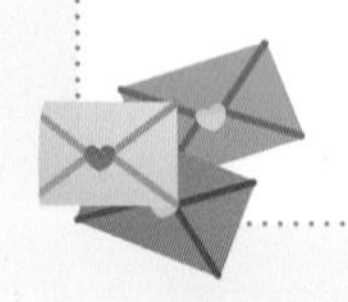

Happy Winter

안녕하세요!

저는 광주에서 11살 아들, 7살 딸을 키우고 있는 주부입니다.
소아암으로 힘겹게 투병하는 친구들의 가발을 만들기 위해
머리카락을 기부한다는 것을 보고 조금이나마 도움이 되고자
7살 딸 ■■■의 머리카락을 기부하게 되었습니다.
■■■는 태어나면서부터 근긴장성 이영양증 이라는
희귀질환을 가지고 있어요.
여러번의 힘든 고비를 넘기고 39일만에 퇴원해
느리지만 하루하루 열심히 성장하고 있답니다^^
부끄럽지만 ■■■가 아프다는 걸 알고 키우면서 그제서야
주변에 있는 아프거나 특별한 친구들이 눈에 보이기 시작했어요.
그러다 우연히 TV를 통해 어머나 운동본부에 대해서
알게 되었고, 완치되지 않는 질환을 가지고 있지만
건강하고 씩씩하게 잘 자라고 있는 ■■■의 머리카락으로
가발을 만들어 사용하게 되면 힘든 투병생활에 완치 할
수 있다는 희망과 건강하게 잘 지낼 수 있을거라는
마음을 가질 수 있지 않을까 싶어 기부를 하게 되었어요.

Happy Winter

어쩌면 머리카락을 잘라서 아픈 친구들, 가발이 꼭 필요한 친구들을 도와주자고 [redacted]에게 이야기를 해며, 아직은 무슨 뜻인지 이해하지 못하지만 꾸준한 기부를 통해 언젠가는 남들과는 다른 자신이 누군가에게 도움이 될 수 있는 소중한 존재라는 것을 알게 되었으면 하는 부모 욕심일지도 모르겠습니다.
처음 기부를 해야겠다고 생각했을때는 그저 돕고 싶다는 마음 뿐이었는데 머리카락을 관리하기 시작하면서는 저와 아이가 굉장히 좋은 사람이 된 것 마냥 뿌듯하며 자랑스럽다는 생각이 들었어요!
기부라는 것이 단순히 남을 돕는 것이 아니라 나 자신을 더욱 더 사랑하게 되고 주변을 돌아볼 줄 아는 사람이 될 수 있도록 만드는 마법의 주문인 것 같습니다~!!
너무 소중하고 사랑스러운 아이들에게 완치라는 희망이 있으니 끝까지 포기하지 말고 싸워서 꼭 이겨 낼 수 있을거라고 힘을 내라고 꼭

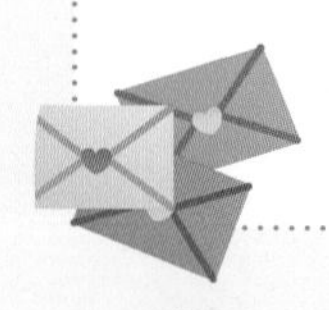

Happy Winter

말해주고 싶습니다!
좋은 기부를 할 수 있게 힘쓰고 계시는
어머나 운동본부에도 감사의 말씀을 드립니다!
새해 복 많이 받으세요^^

2021년 1월 5일
[redacted] 엄마가^^

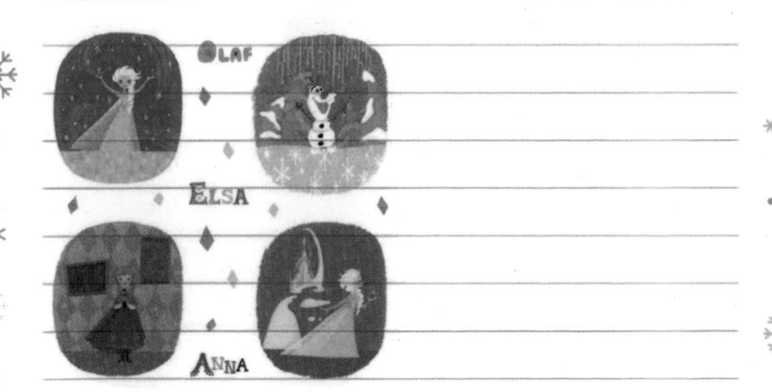

안녕하세요 올 해 만 53살이 된 ███입니다

주변에 암으로 사망한 식구들이 있습니다. 투병하며 늘 모자를 쓰고 계셨어서 맘이 아팠는데 아이들에게 가발을 만들어 줄 수 있다는 것에 딸 아이가 고등학교 때 기부한 적이 있습니다. 그 이후 주변에 얘기도 하고 계속 관심은 있었지만 나이를 먹을수록 긴 머리가 부담스러워 내가 직접 기를 생각은 못했습니다.

원래 **두피가 약해 염색도 파마도 거의 안 해서 머리카락이 건강한 편이고** 수도 **많아 아깝다는 생각**이 들어서 나이 50이 넘어서 처음으로 머리를 기르기 시작했습니다.

3년이 넘어 적당한 길이가 되었는다고 생각해 미용실에 갔는데 길이가 부족해 조금 더 길러야 한다고 거절?? 당하니 막상 서운한 마음이 들더라구요. 코로나 관계로 외출을 안 하고 살았어서 더 길러 이번에 기증하게 되어 버킷 리스트 하나가 실현되어 기쁘게 생각합니다.

1. 더 기르고 싶었지만 최근 머리가 많이 빠지고, 이젠 흰머리가 많아져 더 늦으면 그나마 쓸 수 있는 머리카락이 부족해 지겠다 싶어 이번에 결심하게 된 것입니다. 혹시 나이가 들고 흰머리가 있어도 괜찮다면, 머리카락 상태가 쓸만하다면 연락 한번 주세요. 이후로도 계속 머리를 길러 보겠습니다. 경험이 없는 미용실 디자이너가 생각보다 짧게 잘라 서운하고 아까운 서운함이 남네요.

2. 빠진 머리카락도 가능하다고 들어서 **딸아이(███) 머리카락과** 내 **머리카락을 구분해 모아진 것도 함께 보냅니다**. 이번에 찾다보니 한 가닥 씩 차분히 모았어야 했나 본데 ㅠ ㅠ

3. 결혼식 앞두고 자른 머리카락이 **30년이 되었지만** 왜인지 친정엄마가 보관하고 계셨다가 이번에 기증한다 하니 내 주셨어요. 사용할 수 있으면 사용해 주십사 보내 봅니다.

머리를 기르는 동안 딱히 꾸미기 어려워 지저분하다고 지적 받으며 질끈 묶고 다니다가 머리가 당겨지고 틀어 올리기가 어렵다가 이제야 익숙해 질 때쯤 막상 자르고 나니 가볍고 시원해 져 좋기도 하고 뒷목이 허전한 느낌입니다. 하지만 기회가 주어짐에 감사한 마음이고 이 후에 거칠 많은 손길들의 수고로 아이들에게 씌워질 상상을 기쁘게 해 봅니다. 감사합니다.

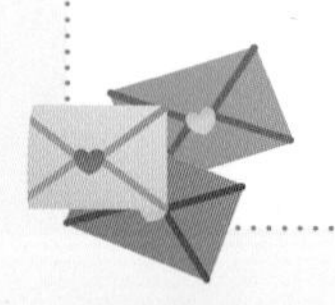

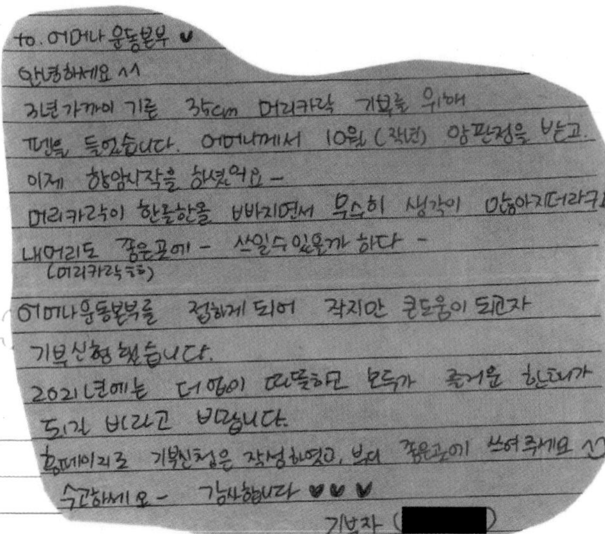

to. 어머나 운동본부 ♥

안녕하세요 ^^

3년 가까이 기른 35cm 머리카락 기부를 위해

펜을 들었습니다. 어머니께서 10월 (작년) 암판정을 받고.

이제 항암시작을 하셨어요 –

머리카락이 한올한올 빠지면서 무수히 생각이 많아지더라구요

내머리도 좋은곳에 – 쓰일수있을까 하다 –
(머리카락 [illegible])

어머나운동본부를 접하게 되어 작지만 큰도움이 되고자

기부신청 했습니다.

2021년에는 더 많이 따뜻하고 모두가 즐거운 한해가

되길 바라고 바랍니다.

홈페이지로 기부신청은 작성하였고, 부디 좋은곳에 쓰여주세요 ^^

수고하세요 – 감사합니다 ♥♥♥

기부자 (■■■)

우리 처음 만난날...

너를 기다리는 시간은 언제나 설레여...

오늘은 뭘할까.. 너와 함께할 하루를 계획하며

니가 오기만을 기다려...

머리카락이 있던, 없던 넌 똑같이 소중하고 예쁘지만

여러 사람의 시간과 정성이 모인 새 머리카락을 받고

너가 더 기쁘고 환하게 웃을 수 있으면 한단다.

사실.. 선물을 받은 척만 기뻐하고 웃어줘도 언니는 많이

행복한데니 누구를 위해 더 행복하거나 웃는 아이가 아니라

너 자신을 위해 더 행복하고 웃는 아이로 자라주렴.

언니도 어떤 병을 오랜동안 앓고 있어. 처음엔 나름 착하게 산거

같은데 왜 이렇게 아프지 속상하기도 했는데. 이젠 조금 알겠더

라고.. 내가 아픈건 언니탓도, 가족탓도, 의사탓도 아니라.. 그냥

그럴 수 있다는 거야. 언니는 아픈게 내잘못이 아니라는게 힘이

되었는데. 너에게도 그랬으면 좋겠구나.

언니는, 몸이 아파 어린 너의 마음이 힘들지 않았으면 좋겠어

혹시 그렇다면 너가 받을 / 아니면 받은

예쁜 선물이 고운 너의 마음까지

채워줬으면 좋겠구나. 혹여나 헤어

스타일이 마음에 들지않아도..

「새로운 스타일 경험이다」

생각하면 더 좋을거야!! ^^

따뜻한 하루

보내렴 –

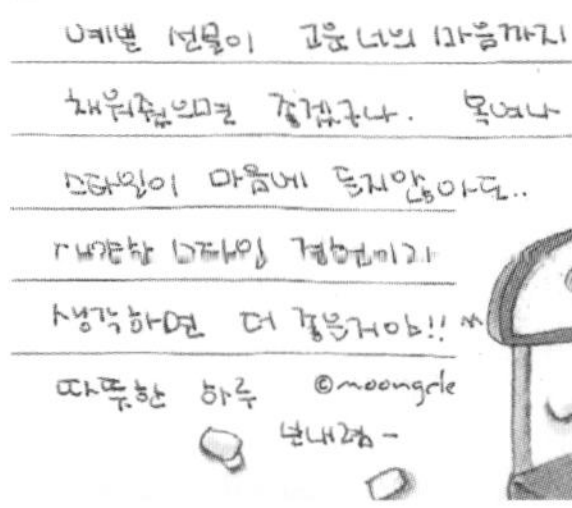

안녕하세요.

얼마전 유방암 판정을 받고 항암치료 받고 있는 환자입니다.

항암치료를 받으면 탈모로 인해 가발이 필요하다고 해서

알아보던 중 머리카락을 기부할 수 있다는 것을 알게되었습니다.

제일 좋은건 긴 머리카락과 파마나 염색을 하지 않은 머리카락이라고 하더라구요.

염색은 한번도 한적이 없는데 파마는 약 3개월전에 해서 걱정입니다.

길이도 긴편은 아니지만.

소아암 환자를 위해 꼭 가발로 만들어지면 좋겠습니다.

항암치료 받기전 자른 머리카락이에요.

좋은 곳에 사용될 수 있도록 기도하겠습니다.

소아암 환자들이 건강하게 완쾌되길 바라며

머리카락 기부운동에 참여합니다.

저희의 머리카락이 소아암 환자들에게 도움이

되었으면 좋겠습니다

또 머리카락을 길러서 기부하겠습니다

2020.10.5

To. 힘든 시기를 잘 견뎌내고 있는 어린 소아암 아이들에게...

어느 날 어른들도 견디기 힘든 항암 치료를 받으며 완치될도 분명하지

않은 채 힘들어도 희망을 가지며 밝게 웃으며 자라고 있는 너희를

알게 되었어. 내가 도울 수 있는 일이 무엇이 있을까 하다가 나의

머리카락을 기부하게 되었어! 힘들게 견뎌 낸 흉터가 아닌 자국을

치유해 주고 싶었어! 놀림이나 시선으로 인해 정서적으로 도움을 주고

싶었던 마음이 컸어! 너희가 가지고 있는 희망을 더 크게 키워주고싶어!

지금은 힘들지라도 미래에 행복한 날이 꼭 찾아오니 희망 잃지 말고

밝게 자라주면 좋겠어! 어린 우리 아이들 항상 웃고 행복한 날이

찾아 오길 바랄게! 우리 조금만 더 힘내자!

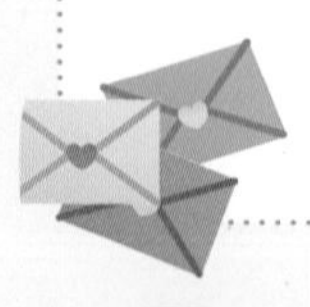

안녕 :) 반가워 ~!
나는 너희들처럼 어릴때 아파서 병원에 있어봤고, 그 병원 안이
답답하고 힘들었었어. 결국엔 완치를 했고 지금은 건강하게 잘 지내고 있단다.
지금 우리 친구들이 힘들고 아픈 순간들을 이겨낸다고 괴롭겠지만, 정말로
힘든 이 순간은 꼭 지나갈거야. 나도 그랬고 많은 사람들이 너희들을 응원하고 있으니
아프지않고 눈부신 날들은 올거야 :) 그러니 포기하지 말고 꼭 이겨내자.
멀리서라도 응원하고 늘 지켜봐줄게. 사랑해. 소중한 친구들아.♥

예전에 저도 항암 투병해보아서
가발 만드는데 조금이나마 보탬이
되길 바랍니다..!
항암치료 화이팅 :-)

간호사에서
암환자로
암환자에서
간호사로 복귀한
저를 보시고 희망을
가지세요 :)

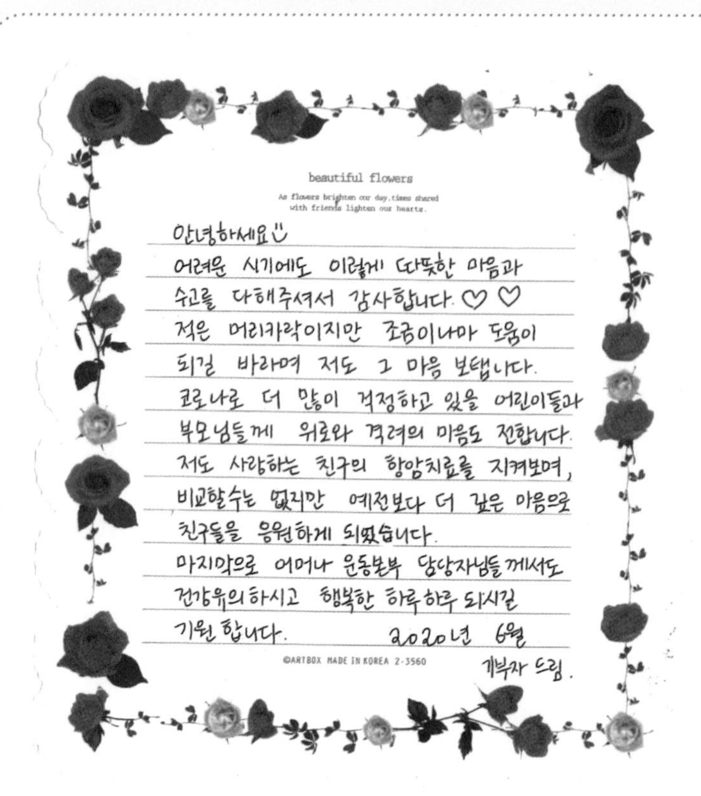

beautiful flowers

As flowers brighten our day, times shared with friends lighten our hearts.

안녕하세요 ◡̈

어려운 시기에도 이렇게 따뜻한 마음과

수고를 다해주셔서 감사합니다. ♡ ♡

적은 머리카락이지만 조금이나마 도움이

되길 바라며 저도 그 마음 보탭니다.

코로나로 더 많이 걱정하고 있을 어린이들과

부모님들께 위로와 격려의 마음도 전합니다.

저도 사랑하는 친구의 항암치료를 지켜보며,

비교할수는 없지만 예전보다 더 깊은 마음으로

친구들을 응원하게 되었습니다.

마지막으로 어머나 운동본부 담당자님들께서도

건강유의하시고 행복한 하루하루 되시길

기원합니다. 2020년 6월

기부자 드림.

©ARTBOX MADE IN KOREA 2-3560

어릴적 동네 친구의 동생도 같은 병으로 아파했었습니다.

그때는 몰랐는데 되돌아 보니 그 동생이 얼마나 아팠을지 힘들었을지

다시 한 번 되새기는 계기가 되었습니다.

저의 작은 보탬이 누군가에게 큰 힘이 되고 도움이 되었으면

좋겠습니다.

앞으로 더 큰 미래를 만들어갈 아이들이 더 성숙해 질수 있길 바라며

'20, 8, 18

PS. 제 친구의 동생은 현재 완치 되었습니다.

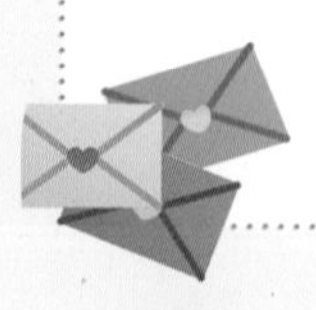

내 친구가 소아암으로 투병생활을
하나님의 은혜로 극적으로 수술을
살아났습니다.
아직도 병원에서 많이 힘든 친구들에게
조금이나마 힘이 되기를 바라는 마음으로
머리카락을 보냅니다.
부디... 모두가 내 친구처럼
나아서.
같이 학교도 다니고, 놀이터에서
놀았으면 좋겠습니다 ♡

힘내!!!
모두가 내 친구처럼 기적의 아이가
되는 주인공이 될 수 있을꺼야! 기도할께 ♡

용인에서.
███이가,,,

김해시에 사는 중 2학년 이라고 합니다.
저는 머리숱은 많지도 않고 가늘어서 고민하다가
그래도 도움이 되고 싶어서 보냅니다.

이종사촌언니가 초등학교 3학년때 급성 백혈병에 걸려
작년에 5년치료하고 지금도 정기적으로 병원에 가며
즐겁게 생활하고 있습니다.

그때 병원치료중인 언니의 까까머리를 보면서
속상했는데 언니도 가발기부를 받았던 기억이
있습니다. 작은 양이지만 혹시나 도움이 될까
해서 보냅니다.

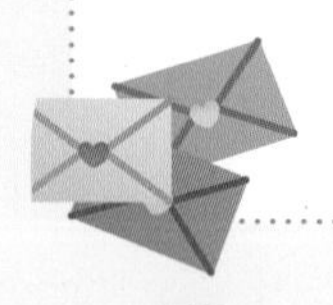

To.

예전에 소아암 병동에 가본 적이 있어요. 제가
가르치던 학생이 뇌종양이 생겨서 입원을 했거든요.
그 학생은 열심히 치료를 받고 지금은 건강하게
대학교에 다니고 있어요. 지금을 치료받는 것이
고통스럽고 힘들겠지만 여러분들도 병을 이겨낼 수
있을 거예요. 힘내시길 바랄게요.
건강하게 웃으며 여러분들을 학교에서 만날 날을
기대하고 기원합니다.

[redacted] 교사 [redacted]

WHAT A WONDERFUL WORLD
Good friends bring sunshine into your life
Open your heart and make space for others.

제가 길러온 머리카락이 누군가에게
도움이 될 수 있다는 사실을 알고
머리카락을 잘라 보냅니다
필요로 하는 어린이에게
도움이 되었으면 합니다

제가 사랑하는 친구도
백혈병과 싸우고 있습니다
우리, 지치지 말고 조금 더
힘냅시다
모두 다 잘될거예요
Todo Irá Bien

올해 2월에 아버지가 위암으로
돌아가셔서 ~~(crossed out)~~ 암 환우분들이
얼마나 큰 고통을 참고, 이겨내고 있다는걸
간접적으로 보고 느꼈기때문에
작은 도움이나마 됐으면 좋겠다는
생각이 들어 기증을 결심하였습니다.
좋은일에 힘써주셔서 감사합니다.

안녕하세요 저는 대학교 2학년 재학중인 [redacted]입니다.
저는 사촌 중 암으로 인해 치료 받는 과정을 직접
보았습니다. 항암치료로 머리가 빠져 미용실에서 머리를
자르고 왔을 때 어린 마음에 웃었던 게 후회가 됩니다.
너무 죄송하고 철이 없었습니다. 이후 성인이 되어
Christian McPhilamy 라는 초등학생이 놀림을 이겨내고
2년간 머리를 기부한 사연을 알았습니다. 유튜브로
호주에 산 한국인 분도 머리카락 기부를 그리 한것을
알게 되었습니다. 그래서 저도 동참해봅니다.
소아암 환우들에게 작은 희망이 되었으면 좋겠습니다.
불가능은 없다고 생각합니다. 암 투병으로 몸과 마음이
힘들겠지만 그럴 때일수록 힘을 냈으면 좋겠다고
생각합니다. 쾌유를 바랍니다.

2020.08.03 발송

[redacted]

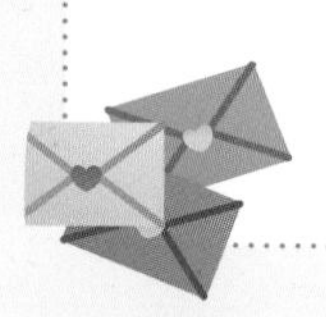

안녕하세요~ 저의 기부 사연은, 저는 원래 머리카락 기부가
있다라는건 얼핏 들어서 알고는 있었어요~ 그래도 평생 탈색과
염색을 좋아해서 깊이 알고 있지는 않았죠. 그러던 어느날~ 인터넷
에서 외국에 12세정도 되는 남자아이가 친구들의 온갖 놀림과
따돌림에도 몇년간 머리카락을 길러서 기부를 했다라는 이야기를
보았고, 5년간 함께있는 남자친구에게 그 이야기를 해줬어요~
그랬더니 그아이 대단하다며, 머리카락기부라는게 있냐며
신기해 하더라고요. 그래서 우리나라에도 있다고 들었다고 알려
줬더니 바로 검색을 하더니 진짜 있다고 좋아하더라고요~
그러면서 함께 기부하지 않겠냐고 남자친구가 먼저 제안
해 줬고 저도 너무 즐거운 마음으로 함께 하겠다고 했죠~
처음부터 남자친구는 아무래도 남자이고 영업을 하는 직업이라
한번만 기부에 참여하게 될수도 있다고 아쉬워 하길래
제가 걱정말라고, 앞으로 내가 머리 자랄때 마다 기부하겠
다고 얘기했어요~ 그렇게 남자친구는 작년에 먼저 기부했고,
저는 탈색모였기 때문에 다 잘라내고 기르느라 좀 걸렸
네요~ 전 머리카락 튼튼하단 소리 많이 듣는 머리카락이니
꼭 좋은 가발이 됐으면 좋겠어요~^^ 전 아빠도 노폴렐로

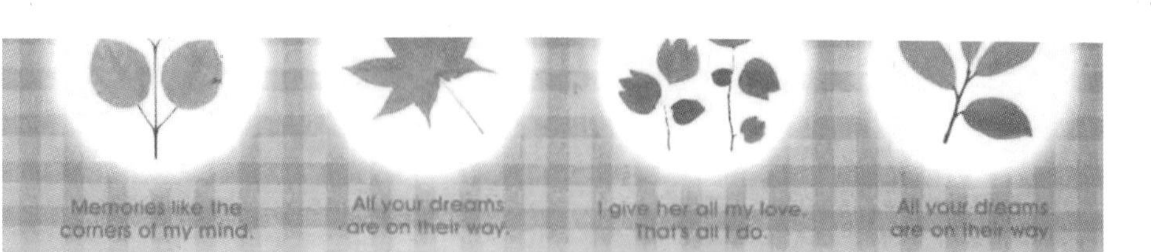

Memories like the
corners of my mind.
All your dreams
are on their way.
I give her all my love.
That's all I do.
All your dreams
are on their way.

돌아가시고, 1년 정도 후에 엄마도 쓰러지셔서 10년동안 병원생활
하시다가 돌아가시고, 엄마가 후천성으로 희귀병 진단을 받으셨는데
엄마돌아가시고 오빠도 그병에 유전됐다는 진단을 받았어요.
그래서 누구보다 가족들의 마음을 잘알고 있어요. 머리카락은 저
한테 있으면 그냥 당연히 자라날 존재지만, 아이들에게 가게되면
힘들고 지치는 병원 생활중 한번이라도 웃을수 있는 순간을 줄수
있다면 제에게 있는 것보다 훨씬 의미가 있을테니까요^^
모두 완쾌될 수 있다는 희망을 놓지않게 되길 바라고요~
잘 견뎌주고 있는 아이들에게 정말 멋지다고 어른들 보다 용감
하다고 전해주세요~ 가족분들도 응원합니다~ 응원하고 있는
사람들이 아주 많으니까 오늘도 힘내세요~^^

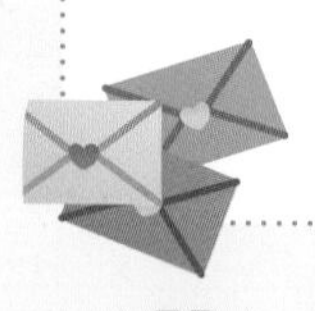

안녕하세요.
암으로 투병중인 가족을 위해
기도하는 마음으로 할 수 있는
일이 무엇일까 생각하다가
작게나마 기부할 정성을
보냅니다. 모두 건강하세요.

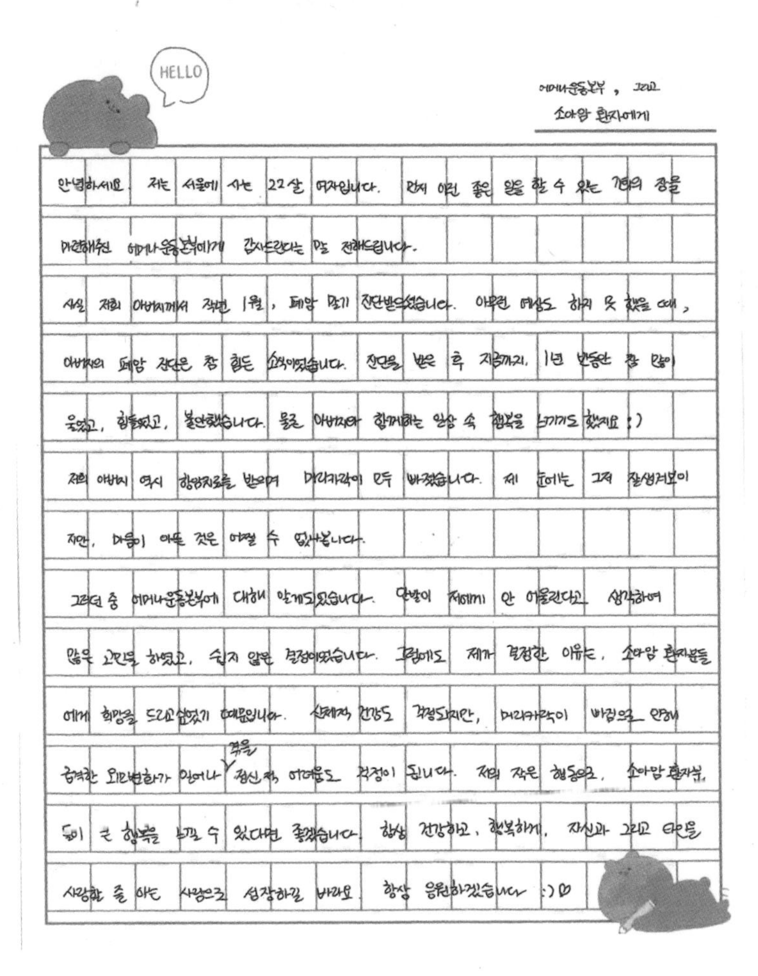

어머나운동본부, 그리고
소아암 환자에게

안녕하세요. 저는 서울에 사는 22살 여자입니다. 먼저 이런 좋은 일을 할 수 있는 기회의 장을 마련해주신 어머나운동본부에게 감사드린다는 말 전해드립니다.

사실 저희 아버지께서 작년 1월, 폐암 말기 진단받으셨습니다. 아무런 예상도 하지 못 했을 때, 아버지의 폐암 진단은 참 힘든 소식이었습니다. 진단을 받은 후 지금까지, 1년 반동안 참 많이 울었고, 힘들었고, 불안했습니다. 물론 아버지와 함께하는 일상 속 행복을 느끼기도 했지요 :)

저의 아버지 역시 항암치료를 받으며 머리카락이 모두 빠졌습니다. 제 눈에는 그저 잘생겨보이지만, 마음이 아픈 것은 어쩔 수 없나봅니다.

그러던 중 어머나운동본부에 대해 알게되었습니다. 단발이 저에게 안 어울린다고 생각하여 많은 고민을 하였고, 쉽지 않은 결정이었습니다. 그럼에도 제가 결정한 이유는, 소아암 환자분들에게 희망을 드리고 싶었기 때문입니다. 신체적 건강도 걱정되지만, 머리카락이 빠짐으로 인해 급격한 외모변화가 일어나 겪을 정신적 어려움도 걱정이 됩니다. 저의 작은 행동으로, 소아암 환자분들이 큰 행복을 느낄 수 있다면 좋겠습니다. 항상 건강하고, 행복하게, 자신과 그리고 타인을 사랑할 줄 아는 사람으로 성장하길 바라요. 항상 응원하겠습니다 :)♡

안녕하세요.

17년도 9월 난소암 수술을 받고 수술받은지

3년이 된 기념으로 보냅니다.

2차례의 수술과 항암이 너무 힘들었다는 것을

아직도 기억하고 있어요. 제가 버텼수 있었던 이유가

주변의 많은 분들이 도와주셔서였어요.

그 마음 잊지 않고자. 저도 제가 받은 만큼 다른분들

에게 도움을 드리고 싶은 마음에 많은 양은 아니지만,

작은 도움이라도 보태고 싶어서 머리를 감고

빠진 머리카락을 모아봤어요.

제 바램이 완치판정 받고

기쁜 마음과 좋은 기운을 담아 또 기부할수 있길

바래요.

모두들 건강하세요.

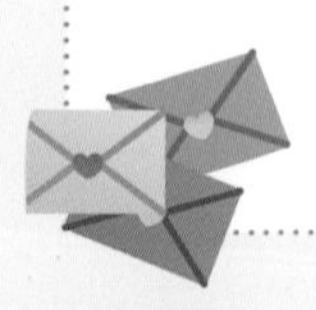

안녕하세요..

머리카락을 기부할수있어
감사합니다.

이 머리카락은 뇌병변 장애를
겪고있는 11살 친구의
머리카락 입니다.
애기때부터 장애를 겪었는데
이 아이가 할수있는 것이
무엇이 있을까 생각하다
머리카락 기부를 하게 되었습니다.

더 힘든 병마와 싸우고있는
어린 친구들이 잘 이겨내서
건강한 모습으로 회복되길
기도합니다.

머리카락 기부자

모드림

28년을 살면서 처음으로 기부를 해보려고 합니다.

제가 머리를 길러서 기부를 해야겠다 생각이 든 이유는
가장 친했던 친구가 세상을 떠나 먼저 하늘로 올라갔습니다.
고등학교때 그친구와 싸우면서 친해졌습니다.
두발 규정이 있던 고등학교에서 저는 당연히 까까머리로 일관했지만
친구는 머리 짜르는게 정말 싫어했습니다.
친구는 3년동안 머리를 길고 다녔고 학교에선 모두 악정으로
소문이 나있던 친구였습니다.

고등학교에서 처음만나 작년까지 10년동안 지내오면서 정말 힘이 많이 되었고
학생 때의 친구의 상징인 머리를 길러 누군가에게 저의 추억과 친구 영혼을
담아 기부를 한다면 큰 의미가 있을 것 같아서 기부를 합니다.
하늘에서 지켜보고 있을 친구야
최근에 코로나로 인해서 모두가 힘들어 하고 있지만 이겨내서 잘살께
우리 모두를 지켜줘 친구야 사랑한다.

2019. 10. 05. ███ 보고싶다.

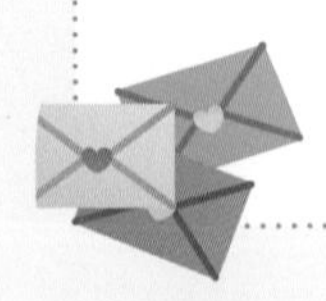

안녕하세요. 저는 서울에 사는 ■■■라고 합니다.
저는 ADPKD라는 다낭성신우염을 앓고 있는 환우구요.
30대 초반 누군가에게 도움이 되고 싶어서 장기기증을 신청했는데,
19세에 발병한 신우염이 장기 여러곳에 낭종이 퍼지면서, 간에는
간 형태가 없을 정도로, 신장과 그 밖의 다른 장기에도 낭종이 퍼지기
시작했어요... 아직 기능적인 문제는 없지만, 신장의 경우엔 50대 이전에
투석을 준비하라고 하더라구요...
아무리 생각해봐도... 차후에도 장기 기능은 힘들 것 같고, 그래도 다른
누군가에게 도움이 되고 싶은 마음은 크고... 남는게 머리카락밖에
없더라구요... 아픈 곳은 다르지만, 그냥 도움이 되고 싶었습니다.
그냥 아픈사람이 아니라, 누군가를 도와주고, 나눠주는 사람이 되고싶어서요...
막상 머리카락을 자르고 보니 생각보다 많이 상한거 같더라구요... T-T
파마도 안하고, 염색도 1년에 2-3번 밖에 안하는데...
도움이 될지는 모르겠지만, 도움이 되었으면 하는 마음으로 보냅니다.
암투병하시는 환우분들께 도움이 되었으면 좋겠어요...
아프신 분들을 위해 좋은 일을 해주셔서 감사합니다.
큰 바람과 비가 오는 궂은 날씨에, 건강 조심하시구요.
항상 행복하시구, 건강하시길 기도합니다

안녕하세요.
2년 전에 <백혈병소아암협회>에 머리카락 기부한 경험이 있었는데
2년 지나고 다시 찾아보니 머리카락 받아주는 단체가 여기밖에 없더라고요...
요즘 코로나 때문에 미용실을 못가서... (혹시나 하는 마음에 ㅠㅠ...)
기부가 자꾸 늦어지게 돼서... 평소에 머리 감을 때, 말릴 때, 빗을 때
빠지는 머리카락 모아둔 거 먼저 보내봅니다. 모아보니 제법... 되네요 ^^;
기부 한 번 해 본 경험이 있어서 그런지 빠지는 머리카락 한가닥
버리기가 아깝더라고요... 머리카락양이 적은 거 같아서 가발도
하나 같이 보내요~ 제가 7년 전에 뇌종양 수술을 해서 머리카락을
민 적이 있었는데 친구들이 얼른 힘내서 나으라고, 얼른 같이 놀자고
가발을 선물해줬었거든요
친구들의 추억으로 + 기념비적으로 간직하려고 했는데
산쓰고 가만히 보관하는 것보단 필요한 누군가에게 쓰여지는 게
더 빛이 나 보일 거 같아서 기부합니다~
활용이 될 지는 모르겠지만, 아픈 친구들을 위해
잘 쓰여졌으면 합니다.
수고하세요 ~! —2020년 끝자락
■■■ !
DESIGNED BY YELLOW SUBMARINE

안녕하세요? 저도 2008년 겨울 아놀드키아리증후군으로 인한 수술을 받게되면서 머리를 삭발한 적이 있습니다. 잊고 지냈었는데, 지인이 머리카락 기부를 하는 것을 보고 '나도 기부를 해봐야겠다'고 생각하였습니다. 생일 기념으로 머리카락을 자르던 중 갑자기 2008년 삭발하던 그 때가 떠올랐습니다. 혹여 상한 머리일까 도움이 되지 못할까봐 아무런 메모도 남기지 않으려다가 그 때 일이 떠올라 글을 적어봅니다. 2008년 당시 18살 소녀였고, 수술 후 무서워 자신의 머리도 만지지 못했던 일, 학교에 돌아가야 하는데 자신의 짧은 머리가 부끄러웠던 일이 기억났습니다. 그리고 감수성 많던 그 시절이 생각났습니다. 저도 저를 아끼시던 권사님의 선물로 가발을 쓰게 되었고, 부끄럽지 않은 학창시절을 보낼 수 있었습니다. 제 인생도 누군가의 사랑으로 이렇게 성장할 수 있었던 것 같습니다. 도움이 될지는 모르겠지만, 머리카락 기부하며 응원합니다.

안녕하세요.
저는 10년전 암 진단을 받았던 사람입니다.
항암치료 하면서 가발을 쓸때 이런 단체가 있다는 걸 알았는데,
그 뒤로 기부의 조건이 충족 안되서 항상 마음으로만 생각하고 있다가,
작년부터 올해 까지 사정상 머리에 손을 못대는 상황이 생겨서
기부에 동참하게 되었습니다. 항암이 끝나고 새 머리카락이 자라면서 탈모도 생기고
원래 긴 머리를 잘 못 참는 성격이라, 길거나 풍성하지 않아서 기부가
가능할지 모르겠지만... 그래도 어딘가에 작은 도움이라도 되면 좋겠다는
마음으로 보내봅니다.
어린 환우들을 위해 좋은 일을 해주셔서 감사합니다.

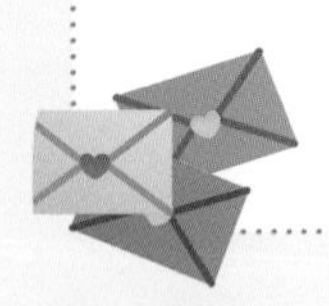

안녕하세요? 저는 초등학교 6학년에 재학 중인 학생입니다
제 동생은 2014년, 급성 림프구성 백혈병 확진 판정을 받았었습니다
5살 어린나이에 고생하고 아파하는 모습을 보면서 걱정도 많이 되고
도움이 되어주지 못해서 늘 미안하고 안타까웠어요
그리고 나중에 커서 제 동생 같은 친구들을 꼭 도와주고 싶다고
생각했었는데, 몇년간 머리를 길러서 이렇게 30cm 이상 제 머리카락을
기부할 수 있게 되어서 너무 뿌듯합니다.

전에 병원에서 머리카락이 없어서 모자를 쓰고 다니고, 가발을 사는 분들을
본 적이 있습니다. 약 때문에 머리가 빠져서 머리를 밀던 동생도 아직까지
생생하게 기억나네요. 그렇지만 제 동생은 8살에 치료종결 판정을 받고
지금은 누구보다 건강하게 학교를 다니며 잘 지내고 있어요

직접 지켜봤던 사람으로서 겉으로 보이는 아픔보다 마음이 더 힘들거라고
생각해요. 아픈 만큼 마음이 더 단단해야 버틸 수 있는 거니까 힘내세요!
그리고 지금 이 힘든 시기를 넘기면 나중에 더 큰 고난이 와도 남들보다
쉽게 이겨낼 수 있을 거라고 긍정적으로 생각하시면 좋겠어요

— 제 머리카락이 조금이나마 도움이 되길 바라며

안녕하세요!
지난달 갑자기 이름도 생소한 난소암이라는
판정을 받게 되었어요
항암치료 하기전에 기부하고 싶다는 생각이
들어서 급하게 단발로 잘랐답니다!
2년동안 파마 한번 안하고 염색안한 건강한
머리예요 ㅅㅅ
그래도 우리 아가들 소원을 위해 쓰인다니
마음은 좋네요 ♡
나중에 머리가 길어 다시한번 기부
할수있는 날이 오길 바라며
다들 튼튼하게 아프지 않게 살아갔으면
좋겠습니다. ♡

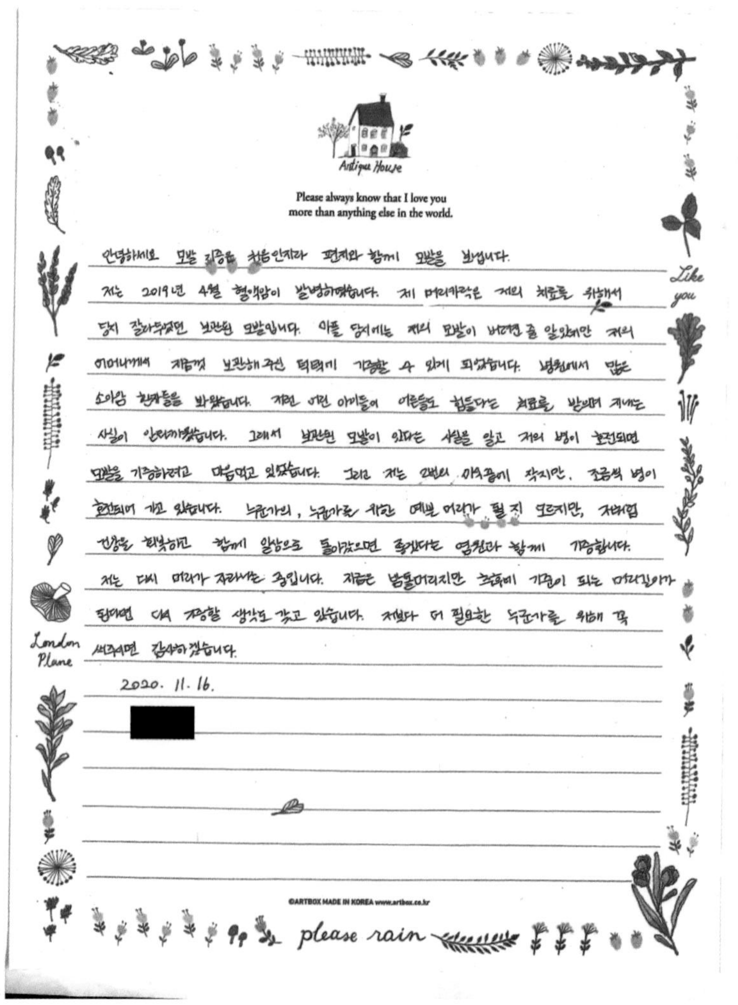

안녕하세요 모발 기증은 처음인지라 편지와 함께 모발을 보냅니다.
저는 2019년 4월 혈액암이 발병하였습니다. 제 머리카락은 저의 치료를 위해서 당시 잘라두었던 보관된 모발입니다. 아플 당시에는 저의 모발이 버려진 줄 알았지만 저의 어머니께서 지금껏 보관해 주신 덕택에 기증할 수 있게 되었습니다. 병원에서 많은 소아암 환자들을 봐왔습니다. 저런 어린 아이들이 어른들도 힘들다는 치료를 받으며 지내는 사실이 안타까웠습니다. 그래서 보관된 모발이 있다는 사실을 알고 저의 병이 호전되면 모발을 기증하려고 마음먹고 있었습니다. 그리고 저는 2번의 이식끝에 작지만, 조금씩 병이 호전되어 가고 있습니다. 누군가의, 누군가를 위한 예쁜 머리가 될지 모르지만, 저처럼 건강을 회복하고 함께 일상으로 돌아갔으면 좋겠다는 염원과 함께 기증합니다.
저는 다시 머리가 자라나는 중입니다. 지금은 밤톨머리지만 추후에 기준이 되는 머리길이가 된다면 다시 기증할 생각도 갖고 있습니다. 저보다 더 필요한 누군가를 위해 꼭 써주시면 감사하겠습니다.
2020. 11. 16.

안녕하세요.~

먼저 이런 좋은 기부를 할 수 있게 도움주시는

어머나 운동본부 감사드립니다.

저는 암을 경험한 엄마입니다.

2014년 유방암 진단을 받고 수술, 치료를 잘 받아

지금은 암완치자로 건강하고 행복하게 살고있습니다.

두 아이의 엄마로 살면서 아이가 조금만 아파도 내가슴이

더 아팠습니다. 하물며 소아암환우 부모님 마음은 어떨지...

마음이 아픕니다.. 목이 메입니다..

2014년 수술, 치료를 위해 긴머리를 단발머리로 잘랐었습니다.

그 단발머리가 지금은 허리까지 자랐네요..

이 머리카락이 아이들에게 조금이나마 위로가 되어주길 바라며

또다시 단발머리로 변신했습니다..

이 단발머리는 아주 마음에 드네요..

아이에게도 예쁜 머리가 되어주길 바랍니다..

아이들 모두 건강하고. 행복한 날이 되길 기도합니다..

암을 이겨낸 엄마가 보냅니다~

안녕하세요.

머리카락을 기부하는 사람은 제 딸입니다.

■■■초등학교 4학년 ■■■입니다.

라임이는 초등학교 입학식을 앞두고 갑자기 아프게 되어서

병원을 찾아가니 "모야모야병" 병명을 진단받았습니다.

희귀난치성 질환 중에 속하는 뇌혈관 질환이었습니다.

1학년 입학식도 못하고 3月, 6月에 걸쳐서 두번의 뇌수술을

받았습니다. 그로 인해서 삭발을 3번이나 하게 되었습니다.

그 이후 4학년이 되도록 머리를 계속 길렀습니다

완치는 아니지만 일상생활 지장이 없을 만큼 좋아져서

학교생활도 잘 해왔습니다.

머리를 3번이나 밀어서 그런지 머리숱이 어마무시하게 많습니다.

머리카락 기부를 방송에선가 보고는 자신도 할 수 있냐고 해서,

많이 길어서 불편하던 차에 짧은 단발로 4년만에 자르고

이렇게 기부하게 되었습니다.

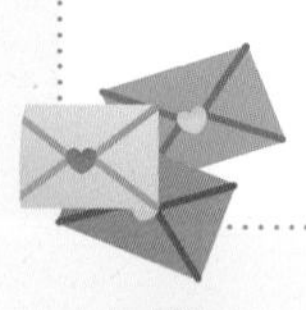

■■이가 삭발하고 학교 다니게 되었을 때
가발을 해주고 싶었는데, 비용이 너무나 비싸서 못했던
기억이 있습니다. 착한 ■■이는 다행히도 자신의 상황을
잘 받아들이는 아이였고, 수술과 외모에 대해서 예민해
하지 않아서, 제가 손수 뜬 모자를 쓰고 다니면서 1학년
학교 생활 내 머리가 길러져서 수술 부위를 가릴 때까지
잘 기다려 주었습니다.
이제는 스스로가 아픈 기억에 대한 마음 보다는
긍정적인 생각들로 잘 이겨내고 있습니다.
■■이의 기특한 결심에 엄마인 저는 당연히 도와야
하기에 이렇게 기부를 하게 되었습니다.
항암치료로 힘들어하는 아이들에게 큰 도움이 되지는
않겠지만; 작은 정성 보탭니다.
힘내세요 ~ 어머님들 ~ !! 화이팅 입니다 !!

■■ 엄마, ■■ 드림

안녕하세요

■■■ 엄마입니다.

머리를 기부하는 아이는 올해 6살로 여아이고
태어났때 부터 쭈욱 길러 왔답니다.
그 이유는 기부를 하기 위해서 였습니다.
■■■에게는 위로 오빠가 둘이 있는데
첫째 오빠가 만6개월에 뇌종양 이라는
무서운 암에 걸려 투병하다 만 24개월 생일이
지난지 얼마 안되어 하늘나라로 가게 되었어요.
긴 병원 생활을 하며 항암치료와 방사선으로 머리카락이
없어 속상해 하거나 힘들 아이들을 많이 봐 왔던
터라 아이가 하늘나라로 간후 둘째 임신후
출산하며 제 머리카락을 잘라 소아암협회에 기부를
했습니다. 그리고 셋째 ■■■가 태어나면서
머리카락 꼭 기부하고 싶어 열심히 길러
자르게 되었습니다.
■■■ 한테 충분히 설명하고 기부하는 동영상도
보여주었답니다. ■■■에게 칭찬도 많이 해줘서 인지
단발공주라며 너무 좋아하고 있어요.
짧은 머리인데도
첫번째 기부 이지만 다음에도 기회가 된다면. 두번째
기부도 도전 해보겠습니다. 소아암 아이들에게 희망이
되길 바랍니다.
감사합니다.

2020. 10. 18. ■■■ 엄마드림

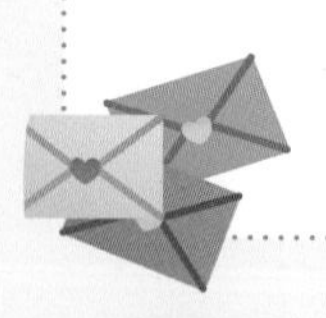

안녕하세요! 34살 여자 입니당

작년 대장이 암으로 수술을 하게 되었고

너무 감사하게도 초기암으로 발견, 항암 없이

정기검진을 하는 중입니다.

암이라는 말을 듣게 된 순간부터 수술 후

회복하기까지 너무도 길고 힘든 시간이었고

지금도 불안한 마음을 늘 가지고 살아가고 있어. 그 마음을 잘 알기에

아이들에게 조금이나마 보탬이 되고자.

모발 기부를 하게 되었습니다.

미용실 가기전 헤어마스크에 오일을 너무 많이 섞어서

모발이 많이 기름져 있지만

샴푸 후 깨끗한 상태에서 자른 모발이니

오해 없길 바랍니다.

좋은일을 해주셔서 감사합니다.

건강 하세요!!

저는 2년전 녹내장 말기 진단을 받았어요.
앞을 볼 수 없을지도 모른다는 불안감 때문에
받아들이기 힘들었지만, 긍정적으로 이겨내려고
노력하고 있어요.
저보다 더 힘든 병마와 싸우고 있는 친구들에게
조금이나마 도움이 되고 싶습니다.
미용실에도 가지못하고 제약이 많다고 생각했었는데
이 일을 계기로 오히려 제가 힘을 얻은것 같아요.
감사합니다. 응원하고 기도하겠습니다.

안녕하세요. 저는 한때 암환자였고 재발 없이 5년을 넘긴 암생존자 입니다.
암수술을 하고, 항암을 하고 머리가 몽땅 빠져 가발을 쓰고 다녔었는데 이렇게 머리카락을
길러서 기부를 하게 되다니 굉장히 뜻깊고 감회가 새롭습니다.
암 걸리기 전까지는 숱도 많은 편이었고 머리카락에 대한 고민을 해본 적은 없었던 것 같아요.
머리가 다 빠지고 나서야 그 소중함을 느낄 수 있었습니다.
마음의 각오를 하고 있었기에 머리가 빠지는 게 슬프거나 하진 않았어요. 어차피 또 다시
자랄거니까...!!! ^^ 그러니 소아암 환우들도 슬퍼하지 않았음 좋겠어요. 언제든 다시 자라요~!
사실 이렇게 까지 머리를 기를 생각은 없었는데 기르던 중 문득 기부를 떠올리게 되어서 인생
역대 길이를 찍고 모발 관리 하느라 애도 먹고 계속 자르고 싶은 충동을 어렵게 이겨 냈습니다!
여러 시간들이 지나고 올해 여름에 자르는 걸 목표로 하고 단발로 싹둑 잘랐는데 기분이 너무 홀가분
했어요. 섭섭한 마음없이 속이 시원~~하더라구요!!
제 모발이 다른 친구에게 선물이 되겠지만 제게도 모발기부 자체가 암 졸업 선물이 될 것 같아요.
암환자로 사는 동안 많은 암환자들을 봐왔지만 소아암 환우들 치료받고 아파할 때 제일 안타깝고
맘아팠어요. 그런데 이렇게나마 제가 도움을 줄 수 있다는 사실이 너무 행복합니다. :)
친구들~ 많이 아프지? 많이 힘들지? 조금만 더 참자! 언니도..(아님 이모도..) 이렇게
평범한 일상을 다시 보낼 수 있을거라고 생각 못했었어... 그런데 시간이 지나니 이렇게 좋은
날이 오더라.. 조금만 더 힘내고 버티자. 화이팅! 화이팅! 아자 아자!!!!
소아암 환우 부모님들도 많이 힘드실텐데 진짜 많이 응원 합니다 !!!!!!
언젠가 암치료제가 개발돼서 암으로 고통받는 사람이 없어질 그 날을 꿈꾸며 이만 적겠습니다. ^^

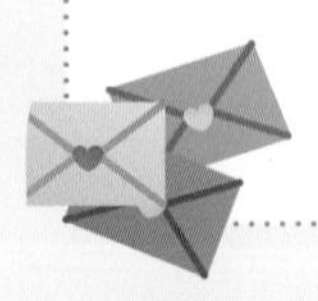

Mon Peluche

My monkey has big ears.
He doesn't like the buzz of a bee.

저도 날때 부터 선천적으로 약하게 태어나 고비 고비가 많았지만
주변의 도움 덕분에 비록 지금도 병원을 드나들며 생활하지만
조금 더 긴 미래와 꿈들을 그려가며 지내고 있는 사람으로서
능력도 작고 체력도 작아 그동안 받은 선의들과 사랑들을 조금이라도
도움으로 갚고 싶었는데 그럴 수 있는 기회를 주셔서 정말 감사합니다.
이 두 묶음의 머리카락이 제 20대의 전부입니다. 태어나 한번도
염색이나 펌을 한 적이 없습니다. 크게 아프느라 굵은 첫번째 가
죽을지도 모르게 크게 아파 수술하기전, 십대 후반부터 길러오던 머리를
20대 초반 그때도 병원 티비에서 보았던 소아암 환우를 위한 모발 기증
브리셔를 보고 잘라둔 것이고, 그 이후 펜 하나 잡는데 까지도 기력이 없어
꽤나 긴 투병 시간을 보내고 아무래도 회복력도 건강상태도 좋아지는데
오래 걸려 그런 모양인지 7년만에 다시 자른 두번째 타래가 작은 타래 입니다.
첫번째 타래는 어머니께 부탁을 드려놓고 잊고 있었는데 오늘 기증을 위해
짧게 자르고 오니 어머니께서 내어주시더라구요. 두 묶음의 머리카락 타래를
보니 정말 마음이 뭉클합니다. 저 또한 소아환우로 있던 시절이 있었기에
그때의 기억도 병원 친구들도 떠오르고 그 친구들의 모자들이 떠오릅니다.
첫번째 굵은 타래 보다는 보잘것 없어도 두번째 타래는 마음의 준비를
해야했던 시기를 이겨낸 기적 같은 그러나 분명 무던히 노력해
얻어낸 행운의 시간들이 담겨 있습니다. 부디 그 행운이 조금이라도 도움이
되었으면 좋겠습니다. 그래서 저보다 더 마음껏 멀리 멀리 꿈 꾸며
오래 오래 이 아름다운 지구별 구석 구석 여행도 다니고 듬뿍
사랑받기를 바랍니다. 살아내서 참 기쁘거든요. 제가 특별해서가 아니었기에
제 머리카락으로 만든 가발을 받게되는 아이도 꼭 그렇게 행운을 만나
행복해지면 좋겠습니다.

2020년 8월. 경기도 안산에서

한국백혈병소아암협회로 2번의 모발기부를 하고
딸도 한 번 했었어요.
거기서 이제 모발기부를 받지 않아 몇 해 전
숏컷으로 잘랐다가 '어머나운동본부'를 알게 되어
3년 가까이 길러 다시 모발 기부를 합니다.
남편이 뇌종양(2006년 발병)에 위암까지
걸려 수술을 받고 치료를 받았어요.
아픈 아이들이나 그 가족에게
작은 위로가 되면 좋겠어요.
늘 건강하세요. 감사합니다.

2020. 9. 3
포항에서   드림

안녕하세요 저는 개구쟁이 두아들과 친구같은 신랑과 함께 알콩달콩 살고있는 평범한 주부입니다.
십여년 전 신랑과 결혼하고 난 후 기부해보고 이번이 두 번째네요.
그땐 주변에서 머릿결이 좋다며 기부해보라는 권유를 받아서 했었는데 그 뒤론 인연이 없을 줄 알았는데..
3년 전에 첫째아들이 소아암진단을 받았어요 병원생활하면서 특히 여자아이들에게 필요한게 가발이란 걸 알게 되었네요..
처음 머리카락 기부할 땐 이렇게 와 닿지 않았는데 그저 좋은 일 해야지 하는 맘이였는데.. 내 아이가 아프고 나니 생각이 많아 지더라구요
아이가 이식방에 있을 때 생각했어요 아 나는 우리 아들에게 해줄 수 있는게 없구나..대신 아파줄 수도 없고...
그럼 다른 소아암 환아들에게 내가 해줄 수 있는게 뭐가 있을까?
한번 해봤으니 두 번째는 쉽네요 ^^ 또 기회가 되면 또 기부를 하고 싶어요.

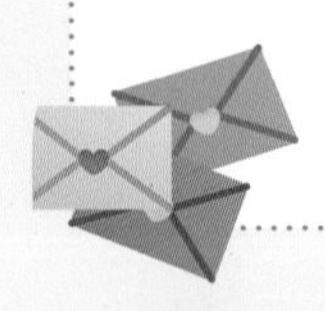

Your smile completes my day!

안녕하세요! 우선 이렇게 따뜻한 일을 할 수 있게 되어 너무 기쁘고, 어머나 운동본부에 감사의 마음을 전합니다♡ 주로 단발머리를 유지해 온 저는 항상 결혼식은 긴머리! 그리고 식 후에는 모발기증! 이라는 생각을 했고, 지난 8월 말 코로나로 인한 2.5단계로.. 가족과 작은 결혼식을 올렸어요 :) 머리도 열심히 관리하며 기르고, 오래 준비한 식이 너무 아쉽게 지나가 버린 것 같아 속상했는데, 어머나운동본부를 통해 더 뜻깊은 일을 하게 되어 마음에 위로가 된 것 같아요. 좋은 일에 동참할 수 있는 기회도, 어린 아이들을 위한 열심과 사랑도 감사합니다! 아이들과, 그 가정을 위해 항상 기도할게요^^♡ -

안녕하세요?

저는 2004년에 아버지를 백혈병으로 여의었어요. 아버지가 투병하실 때 지인들이 보내주셨던 헌혈증서를 보며 "나도 남의 아픔에 함께 슬퍼하고 도와 줄 수 있는 일이 있다면 다음에 꼭 함께 해야지!"라고 생각을 했어요. 그래서 틈나는대로 헌혈을 했는데 20대 이후로는 철분수치가 낮아 헌혈을 더 이상 할 수 없게 되었어요.

그 이후에는 이러한 나눔활동에 대해 잊고 살다가 결혼도 하고 아이도 낳아 살고 있어요.

저의 두 아이는 시험관 시술로 탄생된 아이들이랍니다. 이 아이들을 기다리고 낳는 기다림 속에서 저는 화학약품을 멀리하게 되었고 (머리카락을 그냥 기르던 중) 이왕 길렀던 머리를 좋은 일에 써보자고 생각해서 머리카락을 기부하게 되었어요. 그 동안 모은 머리카락 3뭉치를 보냅니다. 시원하게 자를 때마다 이젠 그만 기르고 나도 멋 좀 부려봐야지! 라고 생각하는데 또 기르고 있는 저를 발견하게 됩니다.

우리 아이들을 위해 멋진 가발 만들어 주세요. 감사합니다!

사랑하는 어린이 친구들에게♡

안녕. 친구들. 편지를 통해서 인사를 하게 되었지만 반가워!
언니(누나) 이름은 ■이라고 해. ■
맞아. 알라딘에서 지니가 들어주는 그 ■ 맞아.
■ 언니(누나)의 생일이야.
친구들도 생일을 좋아하지? 맛있는 케이크도 먹고, 갖고 싶었던 장난감을
선물로 가질 수 있으니까.
언니(누나)도 생일을 정말 좋아해.
그런데 언니(누나)는 친구들보다 아주아주 어른이라서
이제는 선물을 받는 것보다 주는 게 더 좋아.
그래서 이렇게 친구들에게 선물을 주게 되었어.
친구들이 좋아하는 멋진 장난감은 아니지만, 언니(누나)가
라푼젤처럼 길게 기른 머리카락이야.
언니(누나)의 머리카락이 친구들에게 예쁜 모습을 보여줄 수 있을 뿐만 아니라
꼭 나을 수 있다는 용기와 믿음을 주었으면 좋겠어.
그러기 위해서는 아파도 씩씩하게 치료 잘 받고,
먹기 싫은 음식도 가리지 않고 잘 먹어야겠지?
무엇보다 친구들 스스로도 나을 수 있다는 믿음을 강하게 가져야 해.
그 믿음이 친구들에게 정말로 큰 *의지가 될 거야.
(* 의지는 어떠한 일을 이루고자 하는 마음을 말해.)
그렇게 하겠다고 언니(누나)랑 약속해줘.
언니(누나)도 친구들의 ** 쾌유를 위해 기도할게.
(** 쾌유는 병이 깨끗이 낫는 걸 말해.)
건강해진 모습으로 우리 꼭 만나자. 그럼 안녕~

2020년 11월 17일 화요일
■ 언니(누나)가

P.S. 저의 머리카락 기부가 소아암 환아들과 가족분들께
작은 위로가 되었으면 합니다. 부디 좋은 곳에 써주시길 바랍니다.
감사합니다.

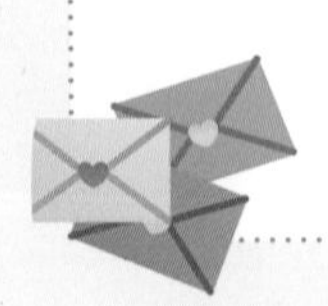

11월은 저와 매우 닮아 있는 달입니다.
가을도 아닌 겨울도 아닌
은근히 목뒤를 시려오는 찬기운의 바람이
늘 이도 저도 아닌 저와 닮아서일까요?
유독 우울한 날이 많아지는 11월
먼저 떠나간 이가 더욱 그리워지는 계절입니다.

저희 언니는 2005년 12월 유방암 3기 판정을 받고
수술과 항암을 반복하다가 2013년 11월에
하늘 나라로 떠났습니다.

사회에서 만났다면 절대 친해지지 못했을거라고
호언장담 했을정도로
성격과 성향이 너무 달라서
다투기도 많이 하고 상처도 참 많이 주었습니다.

한창 투병중이었을때만이라도 그의 마음을
따뜻하게 어루만져주었다면
마지막 떠나는날 고생많았다고, 하늘나라에서 반갑게 만나자고
인사라도 할 수 있었다면 얼마나 좋았을까?
후회와 미안함은 시간이 흘러도 마음에 남아
지워지지 않습니다.

매년 눈물과 후회로 11월을 보냈었는데
올해는 뭔가 의미있는 일을 해보고싶다는 생각에
몇년을 길러온 머리카락을 기부하고자 합니다.

지금도 암으로 투병중인 소아암 환자들과 그의 가족들에게
평안과 축복이 임하기를 바라며
미약하지만 작은 희망을 보태고 싶습니다.

기부자 ■■■

업무에 노고가 많으십니다.
귀 본부의 무궁한 발전을 기원합니다.

안녕하세요
4살 ■■ 어린이를 키우고 있는 29살 ■ 엄마입니다 !
어머나운동본부에서 어린 암 환자들에게 모발 나눔을 할 수 있는 아주 좋은 기회가 있다고 하여 30살 전에는 꼭 동참하고 싶은 마음이 있었는데
저는 암에 걸려 수술과 항암치료를 받고 또한 그 시기에 아기를 가지고 여러 상황이 일어나게 되어 머리가 너무 많이 빠지는 바람에 시도를 할 수 없었지만, 저희 ■가 저 대신하여 동참하게 되었습니다.

■ 머리가 가발 제작에 사용이 될지 안 될지는 모르지만 사용되면 더할 날 없이 기쁠 것 같습니다.
지금은 저도 완치가 되어 앞으로 저도 ■도 계속 동참할예정입니다 !^_^

어머나운동본부 모든 임직원님 힘써주시고 애써주시고 이런 좋은 기회를 마련해주셔서 감사하고 또한 저와 ■의 마음을 이렇게라도 전할 기회를 마련해주셔서 너무나도 감사드립니다.

2020.11.09.
-■■엄마-

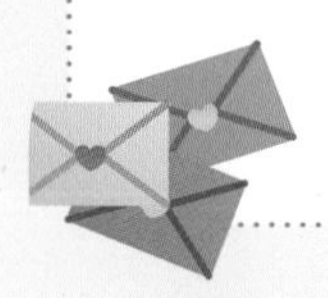

처음으로 해보는 모발기부입니다. 임신 전부터 언젠가는 꼭 하리라 생각하고 있었던 터라 임신 계획할 때부터는 염색한 부분, 파마한 부분 모두 자르고 아무것도 하지 않은 모발로 쭉 길러왔습니다. 드디어 결실을 맺게 되어 행복합니다. 아기를 낳고 키우면서 더욱 느끼는 거지만 우리 아기들은 절대로 안 아팠으면 좋겠습니다. 하지만 매우 가슴아프게도 병마와 싸우고 있는 아기들이 참 많습니다. 저희 아기도 생사의 문턱을 넘나들며 생후 35일째에서야 집에 있는 아기침대에 누울 수 있었습니다. 기적같은 일은 정말 기적같이 일어나더라구요. 우리 환아들의 부모님들 지치고 힘든 순간 너무 많겠지만.. 어쩌면 저처럼 자책하며 괴로워하셨던 분도 계시겠지만. 버티면! 버티다보면 한 고비 이겨내지고! 그러다가 어느 순간 그 속에서 또 행복을 느끼실 일들 많이 많이 생길거라 감히 말씀드려봅니다. 아기들. 그 작은 몸으로 정말 잘 해내잖아요 ^^ 영겁의 시간인 이 순간들이 나중에 추억이 되어서 '아들아. 딸아. 너 어렸을 때 이만큼 아팠던 적 있었다.' 라고 하면 아이들이 '제가요?' 라며 고개를 갸우뚱 하는 날이 올 거예요. 아기 아팠을 때. 병원 면회때마다 들었던 말이 '오늘 밤이 고비입니다.' 였거든요. 그 때마다 저는 저 생각하며 혼자 소리내서 연기해보기도 하면서 버텼었네요. 직접 겪어보지 않은 사람은 아기가 아픈 그 고통.. 모를겁니다. 각자의 상황이 다 달라서 또 각자의 아픔도 모르구요.. 하지만 진부한 이야기일수 있지만.. 그냥. 긍정의 에너지를 마구 뿜어보자구요 ^^

제 머리카락은, 제가 최고로 좋은 생각과 말과 행동을 하고 최고의 안전하고 귀한 식품과 영양제를 먹었으며 최고 좋은 것만 보고 들었을 시기들이 담긴, 머리카락 자체에 아무 인공적인 염색과 파마가 없는 머리카락입니다. 더군다나 아기가 병원 외래를 그만 와도 된다고.. 아무 이상없이 정상적으로 잘 크고 있으니 "더이상 병원 오실 필요 없어요!" 라는 말을 같이 들은 머리카락입니다^^ 이 기운 그대로~ 우리 예쁜 환아들 머리에 착 붙어서 어떤 어려움도 고통도 잘 이겨내고 병원 그만 와도 된다는 의사선생님의 반가운 소리 들을 수 있었으면 좋겠습니다. 머리카락 포장하며 한올 한올 깨끗하게 샴푸하고 말리며 열심히 기도했어요. 이 기도도 이 모발에 쏙쏙 자리잡아서, 모두모두 건강한 모습으로 퇴원하고 생활할 날들을 기원합니다. 우리 예쁜 아기들과 가족분들 모두 어디에 계시든지 늘 보호받으시고, 좋은 일들만 팡팡 터지기를 응원할게요. 건강하시고. 웃어주세요. ^^ 가짜웃음도 엔돌핀은 나온답니다 ^^ 긍정의 에너지 팡팡!!!

2020. 7. 1. (수) [redacted] 엄마
[redacted] 올림.

안녕하세요~!
어머나 모발기부 담당자님!

서울 강남구에 살고 있는 [redacted]라고 합니다.
2016년 1월 모발기부 2018년 3월 모발기부를
한국백혈병 소아암협회 2번 기부하고
이번이 세 번째입니다.(2020년 6월 30일)
아버지께서 많이 아프셔서
병원지내시는 시간이 길어질 때
소아암센터 모발기부관련 소식을 알게 되었고
그후 이렇게 3번 걸쳐서 하게되었네요..^^

이번 모발기부하면 제가 나이가 있어서
염색을 해야하는 나이라서..
더 이상 모발 기부가 힘들 것 같네요..
이번 모발이 몇가닥 이라도
아이들의 가발 만드는곳에 사용되어
조금의 희망이 될 수 있으면 좋겠다는 생각으로
기부하게 되었습니다.

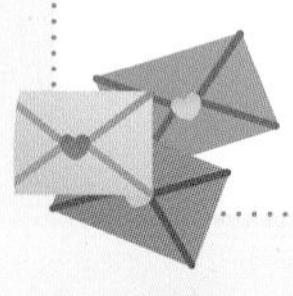

안녕하세요~^^

[redacted]학생(중2)의 아버지는 2018.11월 간내단관암 판정을 받은 환자입니다.

저(엄마)와 아산병원을 자주 방문하면서 어린아이들이 머리카락이 없는 것을 보게되었고, 소아암 환자라는 것을 알게되었습니다. 소아암 환자가 치료 때문에 머리카락을 기를 수 없고 그 때문에 남 앞에 나서는 걸 꺼린다는 것을 알고 '머리카락 기부'를 결심하게 되었습니다.

기부를 위해 염색과 파마 등을 하지 않고 생머리를 25cm 이상 길게 기르는 등 정성을 담아 기르고 있다가 코로나19로 어두운 분위기기에, 조금이나마 힘이되고자 미루지 않고 자르게 되었습니다.

이번이 첫 번째 머리카락 기부이지만, 앞으로도 기부할 수 있을때까지 해본다는 [redacted]의 마음이 감동이었습니다.

힘을 얻고 힘을 주는 사회가 되었으면 하는 마음을 담아 기부하게 되었습니다.

어머나운동본부처럼 남이 가지않는 길을 가는 사람들이 있기에 고단하지만, 많은 본이 되고, 도전이 되는 사회가 살만한 곳 아닐까 싶습니다.

애써주셔서 고맙고 감사드립니다.

2020. 6.23

[redacted]

안녕하세요~

발달장애 1급 딸아이의 엄마 입니다.

지금 보내 드리는 머리카락은 제 딸이 2년동안 열심히 길러서 보내 드린 것 입니다.

비록 아직은 스스로 할 수 있는 일이 없고 모든일에 주변의 도움이 필요한 아이지만 아주 조금이라도 사회에 보답할 방법이 없을까 고민하다 머리카락을 길러 보내게 되었습니다.

이 머리카락으로 누군가 마음이 따뜻해지고 잠시라도 행복할 수 있기를 기도 합니다. 감사합니다.

No matter what language we speak,
we all live under the same moon and stars.

안녕하세요 ~~

에 살고 있는 엄마 입니다.

두어달전에 저희 큰언니가 유방암판정을 받아 지금은 무사히 수술 잘 받고 식이요법하며 일상생활을 하기위한 재활을 하고 있습니다.

우리가족에게는 처음으로 암이라는 진단을 받고 보니 그냥 저냥 보내고 있는 일상이 어찌나 감사하고 고마운지 새삼 깨닫게 되었습니다.

이름만으로도 어른또한 무서운 병을 어린 친구들은 얼마나 힘들까... 하다 딸아이의 머리카락을 소아암 친구들에게 도움이 되었음하는 마음으로 머리카락 기부에 동참하게 되었습니다.

소아암 친구들이 어렵고 힘든 병마의 싸움에서도 조금 더 힘을내고 꼭 완쾌하여 웃을수 있는날이 빨리 찾아오길 간절히 바랍니다.

2020. 8. 28

모 발 기부 하겠습니다

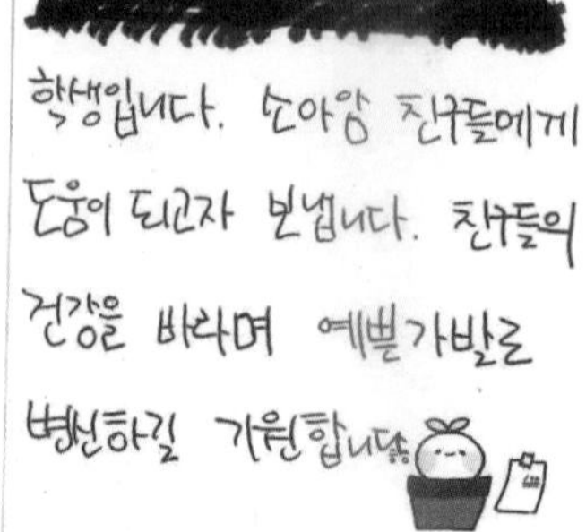
학생입니다. 소아암 친구들에게 도움이 되고자 보냅니다. 친구들의 건강을 바라며 예쁜가발로 변신하길 기원합니다.

- ♡ -

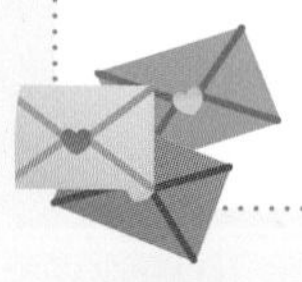

머리카락 기부

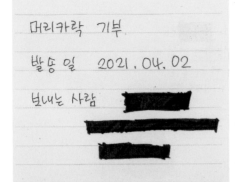

발송일 2021.04.02

보내는 사람

안녕하세요!

저는 살 라고 합니다.

이런 뜻깊은 일에 참여할수 있게 해주신

어머나운동본부에게 정말 감사합니다.

제 머리카락이 고통받는 어린 친구들에게

부디 조금이나마 도움이 될수 있길 바랍니다.

머리카락기부자 :

생일 :

전화번호 : 010-

'늘 해야지'만 하다가 드디어 모발기부에 동참합니다.

코시국에 미용실을 1년동안 가지 않았더니 자연스레

머리카락이 길었어요. 숱이 많아서 잘랐을 모발도 있지만.

염색 한번 하지 않은 모발이라 잘 사용되길 바랍니다 :)

감사합니다.

재작년에 친구가 암투병을 하면서 가발을 쓴것을 보고

진짜 머리카락인 줄 알았다가 실수했던 기억이 납니다.

그만큼 요즘 가발 만드는 ~~기술~~ 기술이 엄청 높은 것 같아요.

제 친구가 예쁜 가발을 쓰고 완쾌한 것처럼 많은

아이들이 당당하고 아름답게 병마와 싸워 이겼으면 합니다♥

MEMO

중학교.. 고등학교.. 첫직장에서 길러

벌써 3번째 기부 입니다 ㅎㅎ!! 신난당!!

어머나 운동본부는 처음인데 ...ㅎ

3년뒤에 또 기부했음 좋겠네요 ㅎㅁㅎ

제가 할 수 있는게 매직도 파마도 안한

생머리카락을 길러 도움이 될수있는 분에게

드리는 것 밖에 없지만.. 조금이나마 도움이

될수 있다면 앞으로도 계속 하고 싶네요 "

제 머리카락이 다른 분들에게 큰힘이 되길

바라며 ... 21년도 좋은 일들만 있기를

제가 기도하겠습니다 >< ㅎ 화이팅 합시다 우리 ∞

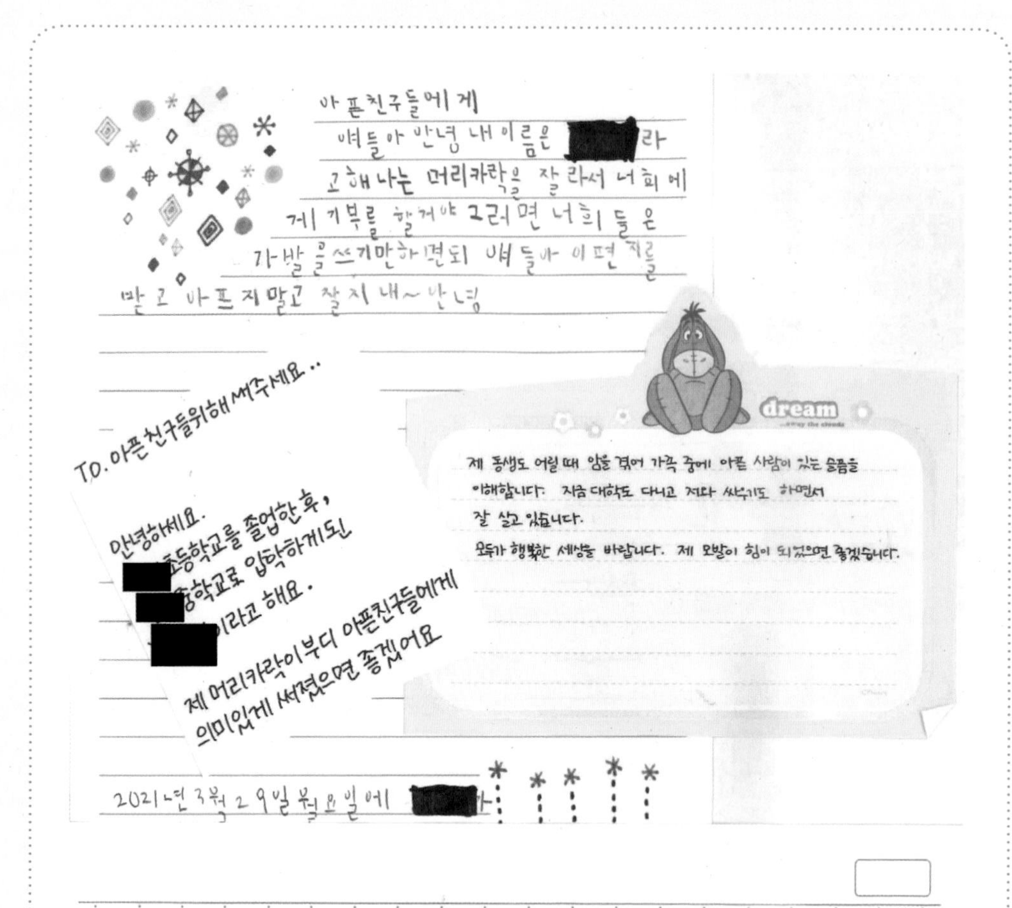
아픈친구들에게

얘들아 안녕 내 이름은 [redacted]라
고해 나는 머리카락을 잘라서 너희에
게 기부를 할거야 그러면 너희들은
가발을 쓰기만하면되 얘들아 이편지를
받고 아프지말고 잘지내~안녕

2021년 3월 29일 월요일에 [redacted]가

TO. 아픈친구들위해 써주세요..

안녕하세요.
[redacted] 초등학교를 졸업한 후,
[redacted] 중학교로 입학하게된
[redacted] 이라고 해요.
제 머리카락이 부디 아픈친구들에게
의미있게 써졌으면 좋겠어요

dream

제 동생도 어릴 때 암을 겪어 가족 중에 아픈 사람이 있는 슬픔을
이해합니다. 지금 대학도 다니고 저와 싸우기도 하면서
잘 살고 있습니다.
모두가 행복한 세상을 바랍니다. 제 모발이 힘이 되었으면 좋겠습니다.

기부사연
안녕하세요. 저는 이번에 중학교 3학년이
된 학생입니다. 제가 이번에 머리카락
기부를 하게 된 까닭은 얼마 전에 제가
어릴적부터 길러왔던 머리카락을 자르게
되었는데 머리카락 기부를 하게 된다면
제가 소중하게 길러온 머리카락이 어린
암환자분들을 위한 가발로 만들어진다는
것을 알게되어 이번에 머리카락 기부를
하게 되었습니다. 제 머리카락이 암환자
분들에게 조금이나마 도움이 됐으면 합니다.

봄 군대를 가게 되어 머리를 자릅니다.
제 머리카락이 누군가에게는
행복이 되기를 바랍니다.
항암치료로 아픈 친구들에게 부디 잘 쓰이길 바라고
잘 견뎌내 쾌유를 하는 바람도 있니다.

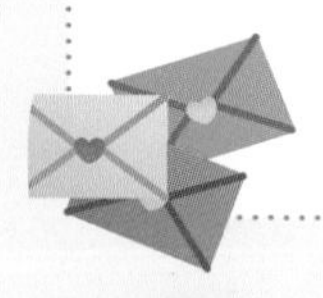

어린이 기부자의 이야기

1) 만화로 보는 사연

–마음을 모아 전해요, 머리카락 한 묶음, 마음 한 다발

그래서 바로
어머나에 전화해보니
머리카락 자르기 전후의
사진과 편지, 머리카락을
택배로 보내면 된다고 했어.
나는 한 명의 머리카락으로
하나의 가발이
되는줄 알았지만
200~300명의 기부로 1개의 가발을 만든다고 해.
그래서 조금
아쉽지만
뿌듯!
내 머리카락이
도움이 되면
좋겠다!
이렇게
뜻깊은 일을
할 수 있게
되어서 기뻐!
자른 모습
그럼 안녕!

2) 만화로 보는 사연

–가발은 가짜지만, 마음만큼은 진짜예요

안녕하세요
저는 에요

2년 전에 할머니가
많이 아팠어요

할머니는 가발을
쓰고 있었어요

치료하다가 머리카락이
다 빠져서 그렇대요

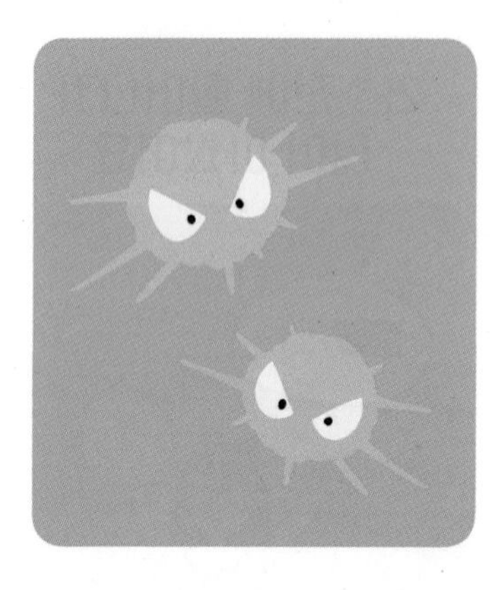

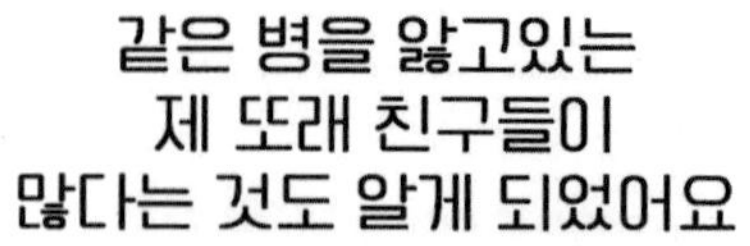

같은 병을 앓고있는
제 또래 친구들이
많다는 것도 알게 되었어요

그 친구들에게 주고 싶어서
머리를 잘랐습니다

제 머리카락으로 예쁜 가발을
만들 수 있었으면 좋겠어요

3) 정성스러운 손편지로 보는 사연

초등학교 2학년 아이가 처음으로
기부를 하게 되었네요.
아픈 아이들에게 조금이나
도움을 줄수 있게 되어
기쁩니다.
■■■이가 다시 머리카락을
길러서 또 기부를 하고 싶다고
기쁜 마음을 보내요.
좋은 일에 참여하게 해주셔서
감사합니다 ~~^^

처음에는 기부할
생각없이 그냥
길렀는데 긴 머리카
자르는건 아깝기도
하고 좋은일에
쓰이면 좋겠다고
생각해서
기부합니(다)

안녕하세요 :) 25세 직장인
입니다. 우연히 주변에서 '모발기부'
를 듣게 되어 뜻깊은 일에
동참하고자 1년이 넘게 머리를
기르게 되었습니다. 제 머리가
좋은 일에 잘 쓰였으면 좋겠어요 :)
잘 부탁드립니다 ♥

(어)린 암환자를 위한
(머)리카락
(나)눔

버킷리스트 였던 모발기부를 실천하게
되어 굉장히 기쁩니다. 다듬어서 사용할수
있게 넉넉히 잘랐으니 유용하게 쓰였으면
좋겠어요! 제 머리카락이 아이에게
기쁨을 선물할수 있길 :) - ■■■ -

EVERYDAY I LOVE YOU MORE

To. 세상의 작은, 하나의 혜성에게 ✧

이 머리카락이 누구에게 갈진 모르지만, 누가 받던 간에
당신은 별처럼 빛나는 세상의 혜성과도 같은 존재임을 알기에
이건 그에게, 당신에게 보내는 편지가 되었습니다.

소소하게 나마라도, 이런 도움이 된다는 이야기를 듣고
이렇게 기부를 결심하게 되었습니다.

살다보면 문득 이런 생각이 들곤 하죠. 언젠가가 행복할 시절이었다거나,
저사람은 행복해서 좋겠다거나. 하지만, 당신이 "행복"이라는 걸 알고있듯이
모든 사람의 인생은 언제나 행복한겁니다.
비록 병으로 치료가 고달프고 힘들겠지만 그렇다고 인생이 아픈게
결대 아니며, 항상 당신만의 삶을 살고 있다는 이야기를
전해드리고 싶어요.
항상 행복하고, 힘찬 나날을 보내시길 기원(바랍니다)할게요!

이 모든 순간을 강인하게 이겨낼 누군가에게
안녕하세요. 코로나19로 전 세계가 비상인 와중에
투병까지 겹쳐 더욱 힘든 시간을 보내고 있을까
걱정인 마음이 앞서요. 어린 암환자들을 위한 머리
카락 나눔 캠페인에 참여한 게 세 번째, 혹은 네
번째인 것 같아요. 제가 보낸 작은 정성이 당신에
게 희망이 될 수 있기를 간절히 바랍니다. 늘
머리카락을 나누겠다는 생각으로 염색이나 펌을
하지 않고 열심히 관리한 편이에요. 분명 쉽지 않은
시간이겠지만.. 사실 투병 생활을 해본적 없는 제3자
로 이런 말을 보태는 것도 조심스럽지만 그럼에도
이름 모를 당신을 위해, 당신의 가족들을 위해, 당신과
같은 아픔을 견뎌내고 있을 수 많은 누군가들을 위해
기도하겠습니다. 보란듯이 꼭 이겨내서 또래의 친구
들이 누리는 것들 모두 누리며 한 걸음씩 나아가길
바랍니다. 조금 늦더라도 괜찮아요. 느리더라도
그저 건강히 가족들과 친구들, 당신을 기다리고 있는
사회 속으로 돌아와요. 분명 더 많이 웃을 날이, 더
크게 행복할 날이 당신을 기다리고 있을 거예요.
당신이 돌아올 사회가 더 따뜻하고 상식적일 수
있도록 사회구성원 중 한 사람으로 저도 노력하겠습니다.

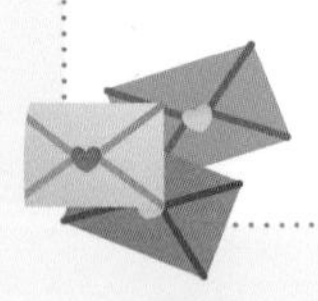

안녕하세요? 저는 '어머나 운동본부'에 머리를 가증하게 된
제주에 사는 13살 ■■■입니다. 편지를 쓰는 것이 조금은
서툴고 글씨도 엉망진창이여도 잘 읽어주셨으면 좋겠습니다.

전 처음에 머리 기부에 대한 지식이나 관심이 별로
없었습니다. 그리고 저는 머리에 염색이나 펌을 하고 싶어서
머리를 기르고 있었습니다. 그러던 어느 날, 어머니께서 고무줄로 꽉
묶은 제 머리를 보시곤 머리 기부를 하는 것이 어떠냐는 말을
건네오셨습니다. 처음에는 예쁜
머리를 하려던 머리라 기겁을 하며
싫다 하였습니다. 그렇게 엄마와 얘기를
하며 어느새 저는 핸드폰을 잡아 '머리
기부'를 검색하고 있더군요. 머리 기증을 하려
면 최소 몇cm가 되야 하는지 머리를
기부할 수 있는 단체가 어느
단체인지 알았습니다. 그리고 어머니

WINNIE THE POOH

다가와 미용실에 가는 날이 밝았습니다. 처음에는 실감이 잘 안 나서 실실 웃음만 나왔습니다. 그렇게 6개로 나누어 통째로 자른 머리카락과 급격히 짧아진 머리를 보니 실감이 났습니다. 그리고 저의 머리의 숱이 많다는 게 새삼 깨달았습니다. 곧이어 그런 머리를 보던 저는 숱이 많은 만큼 어린 아이들에게 더 많은 도움을 준다 생각하니 기분이 좋아졌습니다. 다른 사람들도 좋은 일을 한 것이라고 하니 더 좋아졌습니다.

지금까지 장문의 편지를 읽어주신 점 감사하고 기부된 저 머리 유용하게 쓰였으면 좋겠습니다. 25cm 하 살짝 넘는 짧은 길이의 머리지만 기쁜 마음으로 기부되길 바라겠습니다. 그리고 소아암으로 고통스럽게 살아갔던 어린 환자에게도 희망이 됐으면 좋겠습니다. 그럼

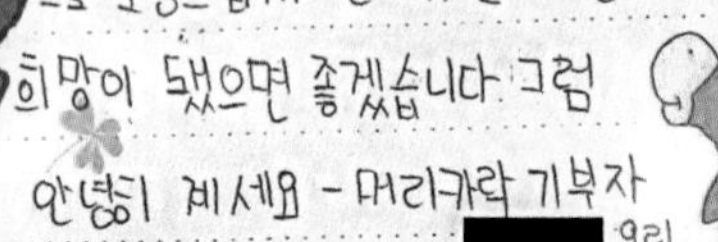

안녕히 계세요 - 머리카락 기부자 [redacted] 올림

* 머리카락 기부날짜

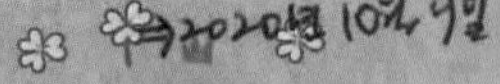

2020년 10월 9일

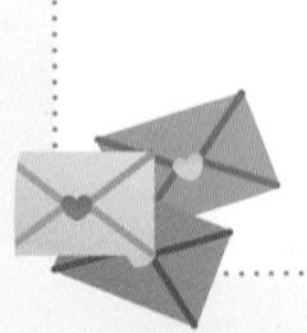

안녕? 나는 18살 고등학교 2학년이야. 이 편지를 읽는다면,
반말에 기분 나빠하지 말고 그냥 덤덤히 읽어줬음 좋겠어.
있잖아. 나는 너무 외로웠어. 사춘기여서 그랬던 건지는 모르겠지만,
난 여전히 외롭더라. 친한 학교 친구와 나의 마음을 읽어주는 햇빛이
내 주변에 있는데도 불구하고 말이야. 매일 밤마다 목이 메이었지.
희망이 없으니, 절망도 없더라. 차라리 희망이 있어서, 절망이
있는 게 더 나쁜 건지도 모르지. 생각이 많아지더라고.
나 자신이 무엇인지 모르겠고, 무엇을 하며, 어떻게 살아
야 하는지도 모르겠었어. 사랑을 베풀 용기는 없지만,
이기적이게도 사랑을 받고 싶어했어. 구름 한 점 없는
하늘에 새가 날아다니면, 그 새를 보며 부러워했지.
'나도… 나도… 자유롭게 날아볼 수 있을까.' 하는 마음으로.
나는 나를 바꾸기 위해 노력했어. 모든 사람들이 입을 맞춘 듯이
나에게 "넌 바뀌어야만 해."라고 말했거든. 하지만 그게 답은 아니였어. 난
여전히 외롭고, 쓸쓸하지만 나 자신만은 바꾸고 싶지 않았거든. 나만이라도 내 편이
되어줘야 그래야 조금이라도 내 사랑이 따뜻해져, 나눠줄 수 있으니까. 서론이
너무 길었지? 내가 보내는 머리카락은 4년을 함께 했어. 악담을 듣기도 했고,
나의 눈물에 젖어지기도 했고, 속상해하는 내 얼굴을 가려주기도 하였어. 하지만 가장
행복한 건 슬퍼도 햇빛, 하늘을 보고 칭찬을 듣고 친구와 부모님의 손길을 받았고 나의
사랑을 받으며 함께 했다는 거야. 너의 아픔을 대신 아파해줄 수도 없고, 너의
아픔의 크기를 가늠할 수 없어서 감히 힘내라는 말을 쉽게 적지 못하겠어. 그래도
나의 따뜻한 사랑이 너에게도 전해지길 바랄게. 너 자신을 사랑했음 좋겠어. 힘들어도
사랑해줘. 이뻐해줘. 충분히 사랑받는 사람이겠지만, 사랑이 흘러넘쳐 다른 이들에게도
닿을만큼 사랑해줘. 그리고 내가 좋아하는 노래 하나 추천해줄게. 선우정아
의 「도망가자」라는 노래야. 가사가 좋으니까 눈 감고 차분한 마음으로 들어봐.
그럼 안녕. 나중에 또 보자. 내가 널 보러 또 올게.

Designed by Yellow Submarine Version.Sweet Heart

2021년 1월 22일
— [redacted] —

무지개 다리

비가 그치고 맑아지면
보이는 무지개 다리

무지개 다리를 건너면
보이는 놀이터.

그 놀이터는 모든 아이들이
뛰놀 수 있는 놀이터.

2021년 2월 18일

아이들의 빠른 쾌유를 바랍니다.
저희 아이가 자기 마음을 시로 표현하고 싶다고
시를 썼네요.

소아암이 다 나아도 친구들에게 차별 받거나 하지
말고 우리랑 똑같이 지냈으면 좋겠다고 합니다.

Winnie the Pooh & Good Friends

©Disney

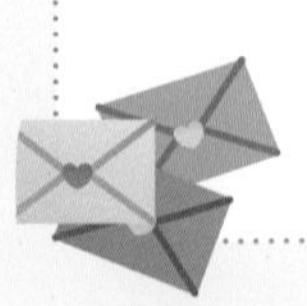

To. 예쁘고 멋진
천사님들께

안녕하세요! 저는 올해 고등학교 3학년이 되는 머리카락 기부자입니다 :) 예전부터 꼭
제가 기른 머리를 기부하고 싶다는 생각을 해왔는데 이렇게 좋은 기회가 생겨서 머리를
기부하게 되었습니다^^ 고등학교에 올라와서 흔히들 말하는 요양병원 봉사나 장애를
가진 친구들과 함께하는 봉사같은 활동을 하는 친구들이 아주 많았는데, 매번
봉사 신청을 하지 못하거나 여러 일들로 그런 봉사를 하지 못하여 저의 남는 힘으로
도움을 드릴 수 있는 기회가 계속 없었어요. 누구보다 밝게 웃을 아이들의 얼굴만
떠올리면 뭐라도 하고싶은데 막상 하려고 하니 무엇부터 시작해야할지 몰라
고민을 많이 했어요. 그런데 이렇게 제가 기른 머리로 한사람, 두사람 여러사람의
얼굴에 웃음을 줄수 있다는 생각에 그저 기쁜 마음으로 이렇게 택배를 보내게 됐습니다!
제 꿈은 심리 관련 직업이었습니다. 지금은 대학교라는 인생에 큰 문턱을 넘기위해
잠시 보류한 꿈이지만, 그 꿈을 꾸게된 계기에 제가 힘이 닿는데까지 이 세상에
따뜻함이라는 작지만 큰 기적을 나와 내 주변 그리고 온 지구까지 퍼트리고 싶다라는
마음이 있었습니다. 이 세상에 나와서 그저 기쁨만을 누려야 할 작고 작은 빛들이
아픔이라는 부정적인 감정부터 알아간다는게 너무 안타깝고 슬펐습니다. 조금이나마
그 빛들에게 하늘, 바다 곳곳을 갈수 있는 목적지의 안내자 반딧불이가 될수있다면
이렇게 머리처럼 사소한 일일지라도 너무 행복한 일이라고 생각합니다. 친구들이
예쁨이도 잃지말고 지금처럼 투명한 눈으로 세상을 느낄 수 있었으면 좋겠습니다 ♡
좋은 일에 힘써주셔서 감사합니다 ☺

FROM. 고등학교
3학년 희망
기부자♡

FOR YOU

안녕! 나는 용인에 사는 14살 이라고해.
소아암 환자들에게 기부할 수 있다는 소식에
14년 동안 장발만 해온 내가 처음으로 단발을
해봤어! 사실 조금 어색하긴 하지만 어려움에
처해있는 친구에게 기부를 할 수 있어서 너무
뿌듯하고 의미 있는 것 같아! 나도 이번에 기
부를 하며 소아암 관련한 여러 정보를 찾아보니
항암 치료가 정말 힘들겠더라.. 지금은 많이 아
플지라도 이제 남은 인생엔 행복만 남았
다는 걸 잊지 마! 긴 글 읽어주셔서 고마워. 내가
미술적 재능도 없고 글 쓰는 소질도 없긴 하지
만 내 진심이 담겨 있다는 건 꼭 알아줬으
면 해. 마지막으로, 항상 힘내!!

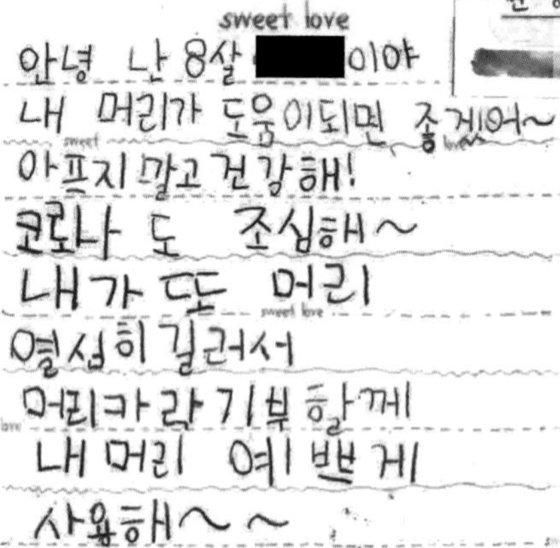

sweet love

안녕 난 8살 이야
내 머리가 도움이되면 좋겠어~
아프지 말고 건강해!
코로나 도 조심해~
내가 또 머리
열심히 길러서
머리카락기부 할께
내 머리 예쁘게
사용해~~
항상 건강해야해

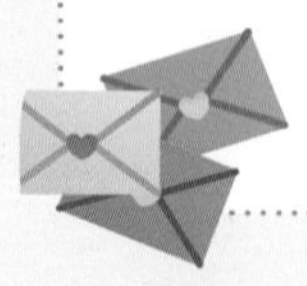

내가그린 피카츄 야 너도좋아 했으면 좋겠다.
안녕 내이름은
이야
난초등학교 3학년이야
내머리카락받고
암이라는병 빨리 이겨내
내가 응원 할게! 내가
친구인지언니인지 동생인지
몰르 겠지만 응원 할게
가
(누나)
(언니)
(친구)
내가상상한
너애 모습 이야

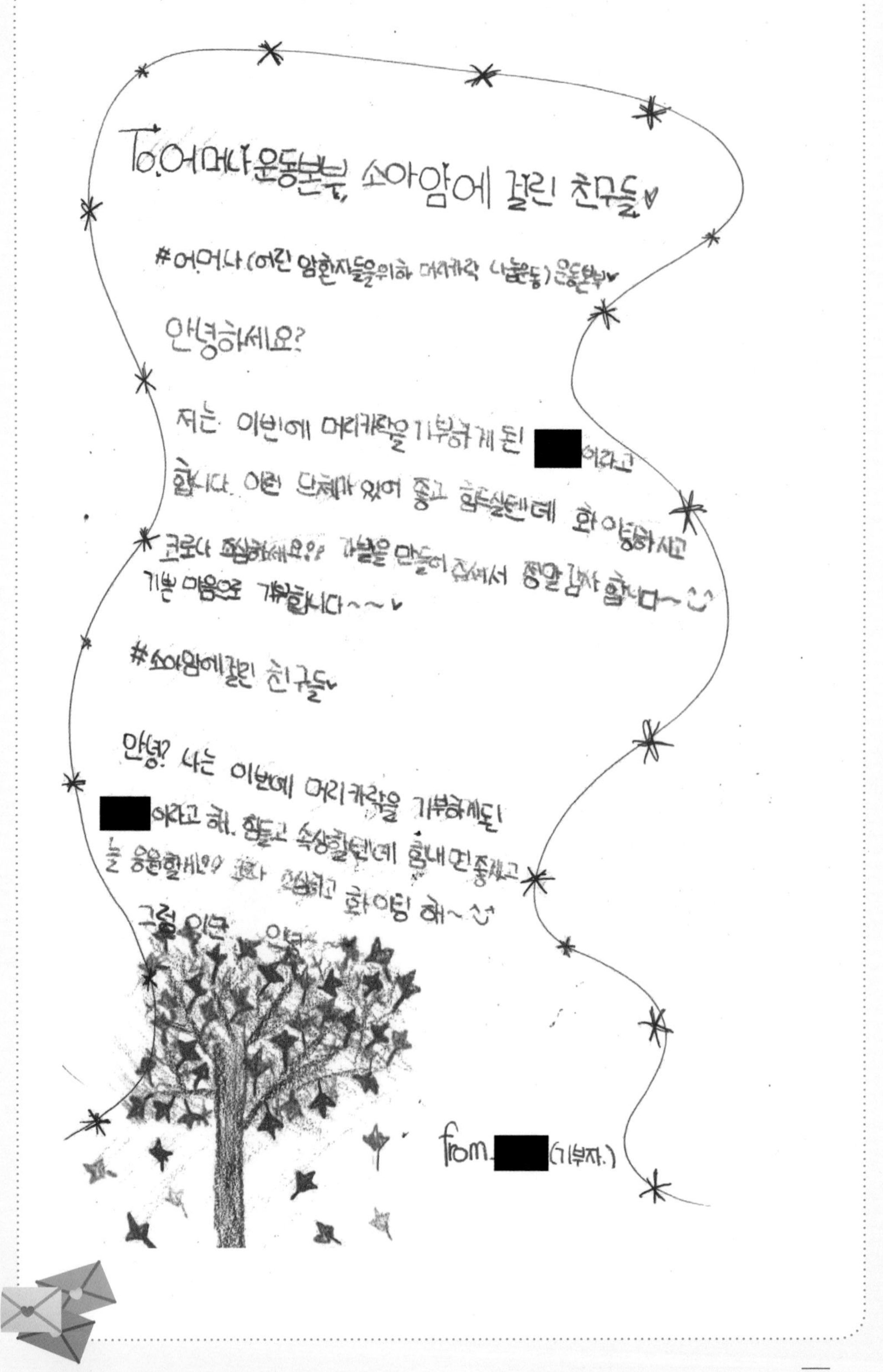

To. 어머나운동본부, 소아암에 걸린 친구들♥

#어머나(어린 암환자들을위하 머리카락 나눔운동) 운동본부♥

안녕하세요?

저는 이번에 머리카락을 기부하게 된 ███ 이라고 합니다. 이런 단체가 있어 좋고 힘드실텐데 화이팅하시고 코로나 조심하세요!! 가발을 만들어 주셔서 정말 감사합니다~ :) 기쁜 마음으로 기부합니다~~♥

#소아암에 걸린 친구들♥

안녕? 나는 이번에 머리카락을 기부하게 된 ███ 이라고 해. 힘들고 속상할텐데 힘내면 좋겠고 늘 응원할게!! 코로나 조심하고 화이팅 해~ :)

그럼 이만 안녕~

from. ███ (기부자.)

안녕하세요? 저는 ■■■ 입니다.

이 머리는 아픈 친구들을 생각하며 오랫동안 길렀습니다. 예쁜 머리 만들어서 친구들이 보고 좋아했으면 좋겠습니다.

친구들이 빨리 나았으면 좋겠습니다. 동생이 있는 저는 장난감을 보냈습니다. 친구들이 재밌게 놀았으면 좋겠습니다. 감사합니다♥

*친구들이 꽃길만 걸었으면 좋겠당~...

행복해 하면 좋겠당~

- ■■■ 올림 -

안녕하세요. 저는 서울시 용산구에
[redacted] 초등학교 4학년인 [redacted] 입니다
제가 이기부를 하기위해 몇년동안
머리카락을 길러서 드디어 기부를
할수있게 되어 뿌듯하고 기쁩니다ㅎㅎ
이 머리카락으로 멋진 가발 만들어
꼭! 필요한 친구들에게 전달되었으면
좋겠습니다. 참고로 저희 엄마도
같이 기부했습니다ㅎㅎ

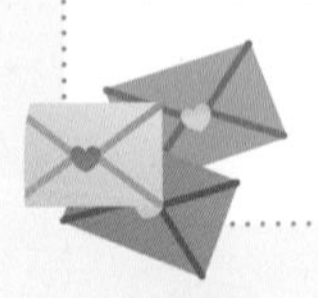

Marian

안녕하세요! 저는 [redacted]이에요.
이 편지를 누가 받는지는 모르지만 일단
쓸게요. 제가 이 머리카락을 기부하는 이유는
항암 치료를 받고 부작용으로 머리카락이 없는
친구들이 다른 사람들에게 놀림 받지 않고
이 가발로 자신감이 생기기 위해 이 머리
카락을 기부합니다. 제가 아주 아주 힘들게
몇 달 동안 길른 이 머리카락을 잘 써
주시기 바랍니다.
그럼 감사합니다. -2020. 8. 18-
-[redacted] 초등학교 5학년 [redacted] 올림-

나는 9살 [redacted]야
응. 내 머리카락
잘 써주길 바래.
나. 염색같은 거 나중에
할머니 돼서 할게.
지금 같이 어릴때나.
그래도 어른이 돼서도
염색 안 하고 기부할게.
그래도 크면 흰 머리 많으면 염색
하겠지? 뒤를 봐봐

TO. 이 머리카락을 받는 아이에게

안녕?! 난 ■■이라고 해 :)
나는 머리카락을 기부하기 위해서 이렇게 너에게
편지를 써 ✉ 사실 처음에는 이 머리카락을 기부하는
곳이 있는지도 몰랐어 ㅇㅇ! 내가 이런데에 너무 관심이
없었나봐 이 머리카락 기부를 알고 나서 너희에게
희망을 주기 위해서 이 머리카락을 기부했어ㅎ
이 머리카락이 너에게 도움이 되면 좋겠다 :)
네가 그런 병이 있다고 슬퍼하지 마!
너도 나랑 똑같은 아이, 그러니까 사람이잖아♡
네가 이 머리카락을 받고 너의, 너만의 세상을 펼
쳐가면 좋겠어 신기하지 않아? 내가 필요없는 게
너한테는 아주 큰 도움이 된다는 거 말이야ㅎ
너의 꿈을 꼭 이루길 바래!
잊지마, 변화는 너로부터 시작되는 거야♡

FROM. ■■가

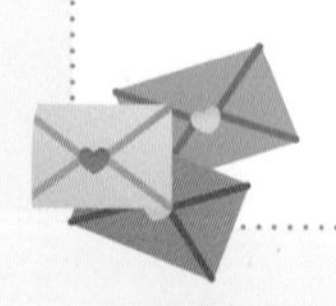

안녕하세요? 저는 4학년
입니다. 2년 동안 열심히 머
리카락을 길렀는데 (그러며 마
음도 여러 번 바뀌고 해서 하
마터면 포기할 뻔도 했답니다) 꼭
아픈 친구들에게 도움이 되었으면
좋겠어요. 제 머리카락으로 예쁜
가발 만들어 주세요!

- -

안녕? 난 대구에 사는 9살
이라고 해.
빨리 나아서 내 머리카락으로
만든 가발을 써 봐.
그뒤로는 건강하고,
행복하게 살아줘!

-친구 에게-

안녕? 나는 [redacted] 초등학교에 다니는 8살 [redacted] 이야 병원 안에서만 지내서 많이 힘들지? 내 생각보다 너는 더욱 힘들고 아플 꺼야. 수술 오래 받았지? 머리카락이 빠져서 머리가 허전하지 나는 너에게 내 머리카락을 주고 싶어. 이 머리카락과 다른 머리카락으로 만든 가발을 쓰고 머리를 묶고 무엇을 하면 좋겠어 앞으론 수술받고 얼른 나

았으면 좋겠어! 병원에서만 지내니 많이 심심하지. 얼른 나아서 즐겁게 놀아 안녕 -[redacted]-

친구에게

대단해! 훌륭해!

[redacted]

안녕하세요. 저는 수원에 사는 초등학교 4학년 [redacted] 입니다.

제가 여름에 너무 더워서 머리카락을 자르려고 했는데, 엄마가 소아암 환자들이 항암치료 때문에 머리가 다 빠져서 가발이 필요하다는걸 알게되어 제 머리카락으로 소아암 환자들이 조금이라도 행복해 졌으면 좋겠다고 생각해서 머리카락을 기부하게 되었어요. 제 머리카락이 아픈 아이들의 힘이 되어 씩씩하게 자랐으면 좋겠습니다. 남들은 그냥 머리카락을 자르지만 이제 저는 기부를 하고 주위 사람들도 소아암 환자들을 도와줬으면 좋겠어요!! 아이들이 행복해졌으면 좋겠어요. 안녕히 계세요.

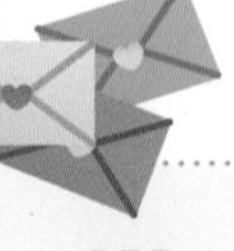

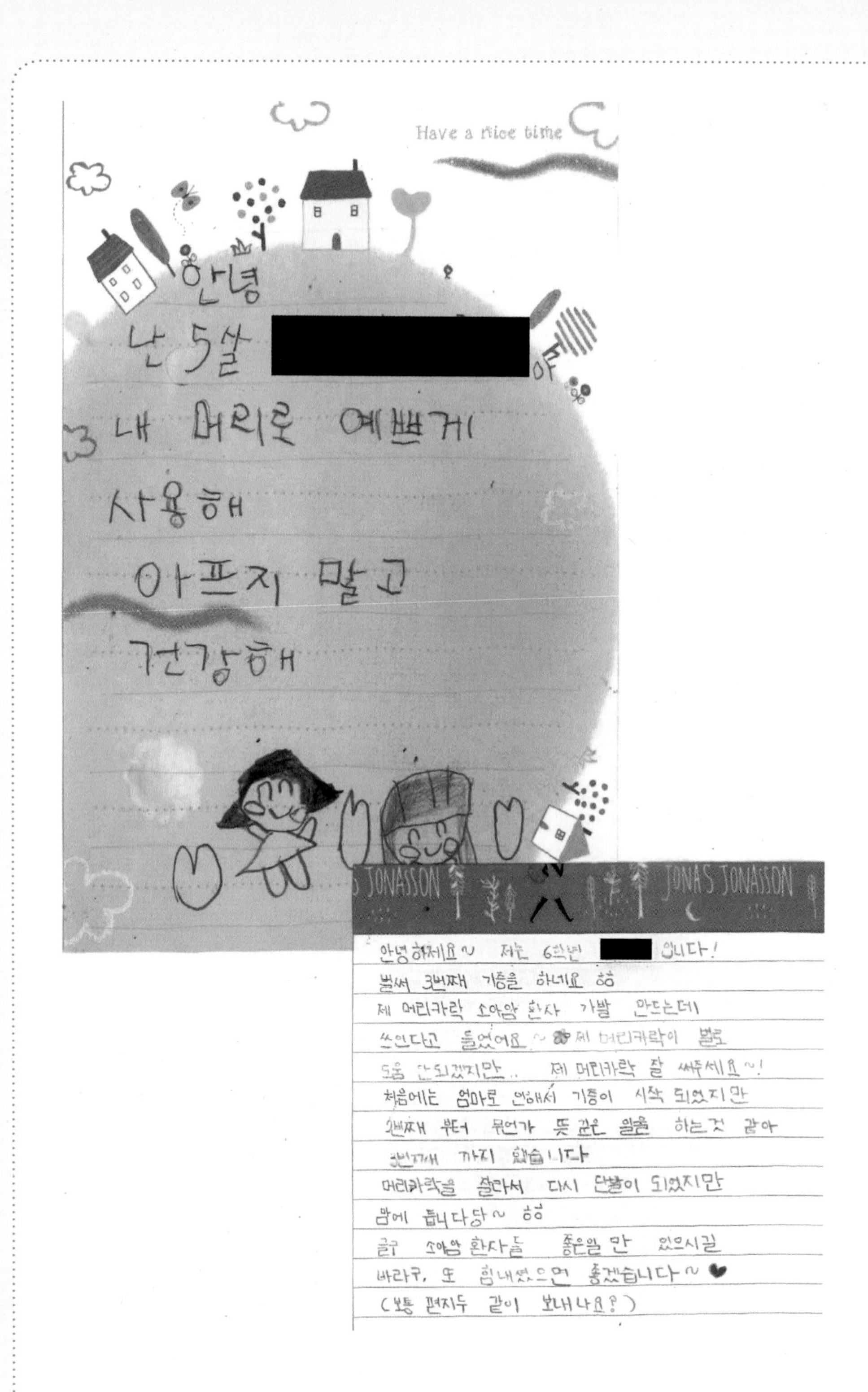
Have a nice time

안녕
난 5살 [redacted] 야
내 머리로 예쁘게
사용해
아프지 말고
건강해

JONAS JONASSON

안녕하세요~ 저는 6학년 [redacted] 입니다!
벌써 3번째 기증을 하네요 ㅎㅎ
제 머리카락 소아암 환자 가발 만드는데
쓰인다고 들었어요~ 제 머리카락이 별로
도움 안되겠지만.. 제 머리카락 잘 써주세요~!
처음에는 엄마로 인해서 기증이 시작 되었지만
2번째 부터 무언가 뜻 깊은 일을 하는것 같아
3번째 까지 왔습니다
머리카락을 잘라서 다시 단발이 되었지만
맘에 듭니다당~ ㅎㅎ
글구 소아암 환자들 좋은일 만 있으시길
바라구, 또 힘내셨으면 좋겠습니다~ ♥
(보통 편지두 같이 보내나요?)

TO.꼬마 친구들에게

안녕? 난 대전에 사는 13살 ■■ 이라고해. 만나서 반가워.

작년에 우연히 머리카락 기부에 대한 이야기를 들었어.

나한텐 별거 아닌 머리카락을 소중하고 의미있는 곳에 쓰이면

좋을 것 같아 머리카락을 기르기 시작했어.

염색도 하고 싶었지만 꾹 참고 건강하게 너희에게 내 머리카락을

전해주고 싶어서 소중하게 길렀어.

미용실가서 머리카락을 자를때 짧아진 내 머리를 보면서

마음이 뿌듯했어 :)

나름 짧은 머리도 잘 어울리는 것 같아^^

꼬마친구들! 씩씩하게 치료 잘 받고, 건강한 모습으로 지내길 바래.

요즘 코로나 때문에 너희들도 힘들겠지만 잘 이겨내자!!

이번 기회로 기부와 봉사에 대해 많이 배웠어^^

항상 밝은 모습으로 잘지내길 바래! 안녕:)

2020.6.26

-대전에사는 ■■ 언니가-

2020. 6. 25. 목 (발송일 6.26.금)

결혼이라는 새 출발을 준비하면서 기른 머리카락이에요~

새출발에 나누며 사는 삶의 의미를 더하고 싶어서 기부를 결심하게 되었고, 드디어 나눌 수 있게 되어 참 기쁩니다. ^^

제 머리카락은 직모에 갈색 빛을 갖고 있고, 얇고 부드러우며 기르면서 염색, 펌 한 번도 하지 않았습니다.

머리카락이 좋은 곳에 쓰일 수 있게 도와주셔서 감사합니다♡

안녕하세요^^

4년 넘게 염색 및 파마를 하지 않고, 드라이도 거의 하지 않은 모발입니다.

짧지 않은 기간 버티며 길러온 모발을 기부하게 되어, 시원합니다.

-받아주셔서, 감사합니다.-

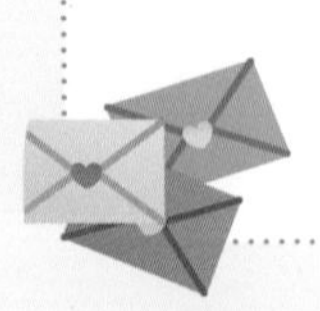

소아 암 걸린 친구들에게 ♥

안녕? 나는 ████초등학교 6학년 ████이라고 해.
내가 기부한 이유는 너희들을 돕고 싶어서야.
그래서 2년 넘게 머리를 길렀어. ♡♡♡
소아암 걸린 친구들아 자신감을 가져
들어 보니까 머리카락이 빠져서 자신감도 없어졌다며? 이 괜찮아~ 용기를 가져
내 머리카락이 얼마나 도움될지는 모르겠지만
내가 너희들에게 조금이라도 도움이 됐으면
좋겠어.. 나는 모든 사람에게 행복할 권리가
있다고 생각해 여행을 가고 춤을 추며
맛있는 것도 먹고~
나는 너희들이 행복하면 좋겠어
다른 친구들도 만약 ... 겉모습은 달라도
마음만 같으면 되는 거니까 그치?
우리는 다 같은 사람들이야
아파도 아프지 않은 사람도
다~ 같은 사람들이야. 단지
겉모습만 다를 뿐~ 그러니까 용기를
가져 그리고 너희들은 최고야

To. 나의 머리카락을 받는 친구들에게

안녕친구들아? 나는 4학년 ■■■라고 해
나는 너희들에게 머리카락을 기부해 주어서
정말 뿌듯해 내 머리카락은 그냥 길러서
너희들에게 기부한게 아니야 내 머리카락과 나는 많은 추억들이
있었어 내가 학교를 가든 가족들과 여행을 가든 나는 내머리 카락과
함께였어 물론 머리카락이 미울때도 있었어 나는 예쁜 머리를 하고
싶었는데 머리카락이 날 잘 따라주지 않았어 하지만 머리카락은
나에게 미움보다 행복과 행운을 더욱 더 많이 가져다 주는거
같아 이제는 너희들한테 내 머리카락이 행복과 행운을 가져다
줄거야 내 머리카락이 너희에게 여러가지 도움을 줬으면 좋겠다!
그대신 절대로 아파선 안돼 너희가 아프면 나도 마음이 아파 ㅠㅠ
하지만 너희가 아플 이유는 없을거야 왜냐하면 내 머리카락이 너희가
아프지 않고 건강하게 지내올수 있도록 도와 줄거야 내가 한가지
부탁해도 될까? 내 머리카락은 말은 하지 못해 하지만 기쁠
땐 웃고 슬픈땐 우는 마음 감정으로 말대신 표현해주는 머리카락 이야
그러니깐 내 머리카락을 소중히 달아줘 너의 미소가 내 머리
카락을 웃게 해줄 유일한 너의 미소야 그러니까 너 자신을 원망하지마
너의 그 앞날들을 응원할게 앞만 보고 쭉쭉 가는거야 그 앞이
너가 기다리던 앞날이 될테니까 응원할게 화이팅♡!

2020. 11. 2.(월) 너희들을 응원하는 ■■■가 ♡

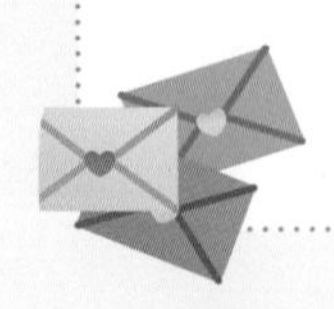

빨리 건강 했으면 좋겠다
내가 기도할께. 힘내! 나는
라고 해. 나의 정성이 친구에게
잘 전해졌으면 좋겠어.
화이팅! 건강해
아프지마

아픈 친구들을 위해 6살 ■■■가 머리카락을
잘라 줬어요♡ 아픈 재마 사랑해요♡

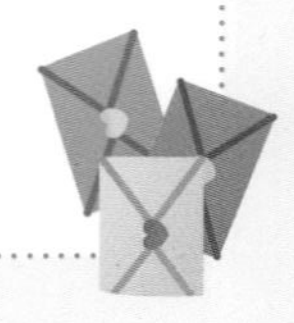

To. ♡나의 머리카락 받을 사람에게♡

gudetama

안녕(하세요) 저는 ■■■ 4학년 입니다.
저는 머리카락을 기르는걸 좋아해 엉덩이 까지 길렀습니다.
머리카락을 자른 이유는 가족들이 계속해서 머리를 자르기를 원했고, 엄마가 아픈친구들에게 머리 카락을 기부 할 수 있다고 알려주어 머리카락을 기부 하기로 결심하였습니다.!!
오랫동안 기른 머리카락을 막상 자를려니 겁이 나고 떨렸지만, 아픈 친구들을 생각 하며, 용기를 냈습니다.
아픈 친구들에게 잘 전달되고, 조금이라도 작은 선물이 되었으면 좋겠습니다!!

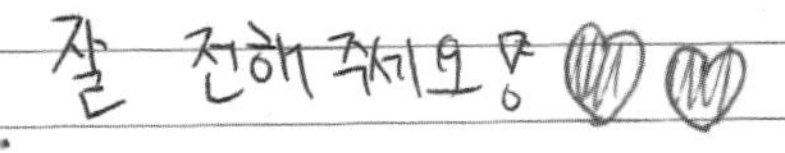
잘 전해주세요♡

머리카락을 기부한 ■■■

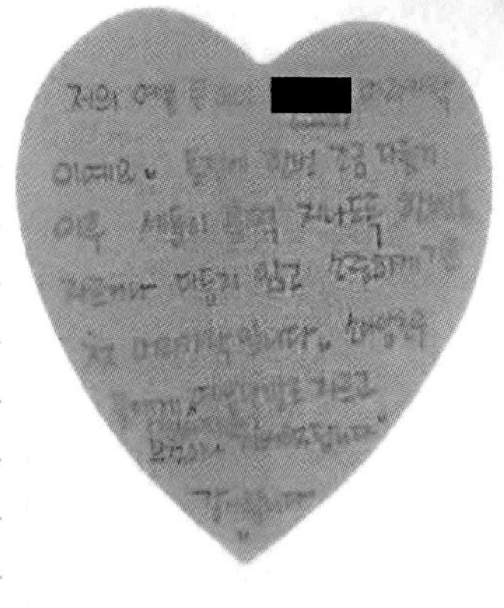

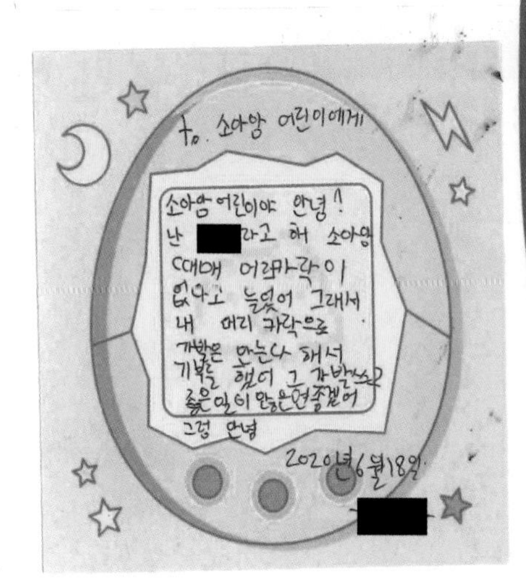
To. 소아암 어린이에게
소아암 어린이야 안녕! 난 ■■라고 해 소아암 때매 머리카락이 없다고 들었어 그래서 내 머리 카락으로 가발을 만든다 해서 기부를 했어 그 가발 쓰고 좋은 일이 많으면 좋겠어 그럼 안녕
2020년 6월 18일

To. 어머나 운동본부님께.

저희집 막내 딸이 만 5세 생일까지 기른 머리카락이에요.
태어나서 한번도 자르지 않고 계속 길렀는데 그만큼 소중한 머리카락이어서 기부에 동참합니다. 좋은 곳에 쓰였으면 좋겠습니다.

—■■ 엄마—

NO MATTER WHAT LANGUAGE WE SPEAK,
WE ALL LIVE UNDER THE SAME MOON AND STARS.

제가 머리카락을 기증하게 된 이유는
유치원을 다닐때 한 친구가
머리카락을 기증을 했다고 해
대단한 느낌이 들어 머리카락을 길러
기증을 하고 싶었기 때문에 머리카락을
기증하게 되었습니다.

To.
반드시 소아암 친구들을 위해
써 주세요.

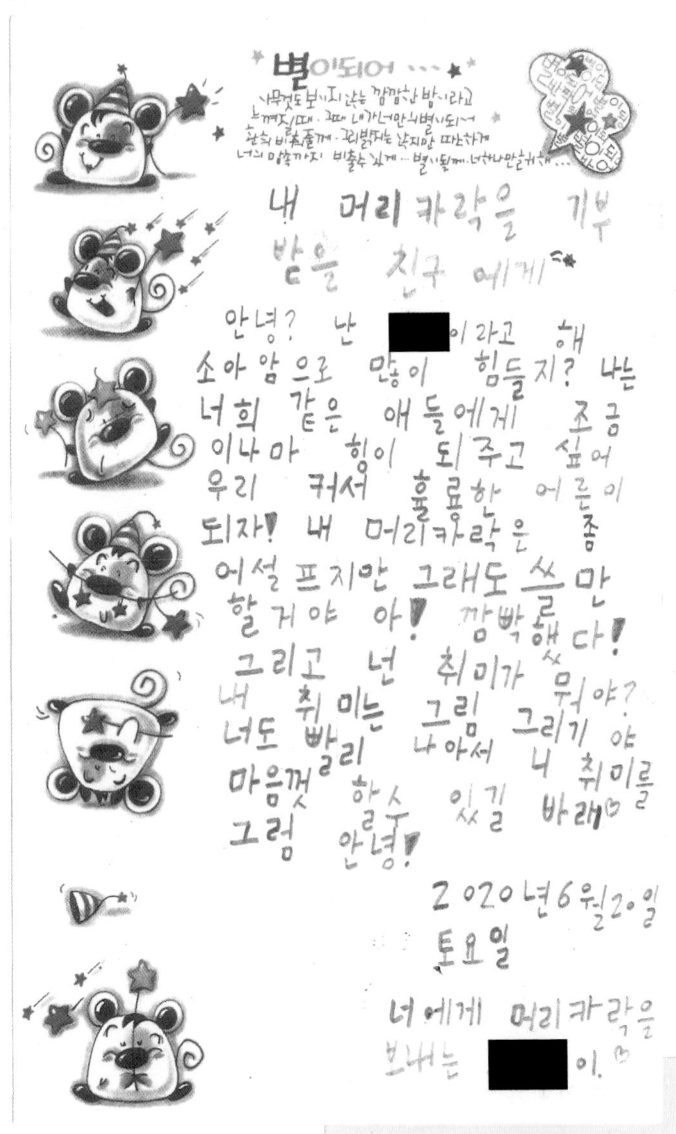
별이되어 ···

아무것도 보이지 않는 깜깜한 밤이라고 느껴질 때.. 그때 내가 너만의 별이 되어 환히 비춰줄게.. 그리 밝지는 않지만 따뜻하게 너의 맘속까지 비출 수 있게... 별이 될께.. 너 하나만을 위해...

내 머리카락을 기부
받을 친구 에게

안녕? 난 ███이라고 해
소아암으로 많이 힘들지? 나는
너희 같은 애들에게 조금
이나마 힘이 되주고 싶어
우리 커서 훌륭한 어른이
되자! 내 머리카락은 좀
어설프지만 그래도 쓸만
할거야 아! 깜빡했다!
그리고 넌 취미가 뭐야?
내 취미는 그림 그리기 야
너도 빨리 나아서 니 취미를
마음껏 할 수 있길 바래♡
그럼 안녕!

2020년 6월 20일
토요일

너에게 머리카락을
보내는 ███이.♡

미용실 가서 기부할거라고 딸아이
머리카락 묶어서 잘라달라고 했더니
긴머리 묶음을 주셨어요!! 손님중에
긴머리 카락들 모아 두셨더라구요!!
딸아이 꺼랑 미용실 꺼랑 같이 보냅니다!

안녕하세요
예쁘고 멋진 가발쓰고 우리 같이 힘내요!
포기하지 말고 항상 곁에 도움을 주는 사람이 많다
는 것을 잊지말고 병도 이겨내자구요!

P.S 10년 넘게 염색. 파마 등 하지 않은 머리카락 입니다.
반곱슬인편이라 건조한 면이 있어요.

두아이엄마가

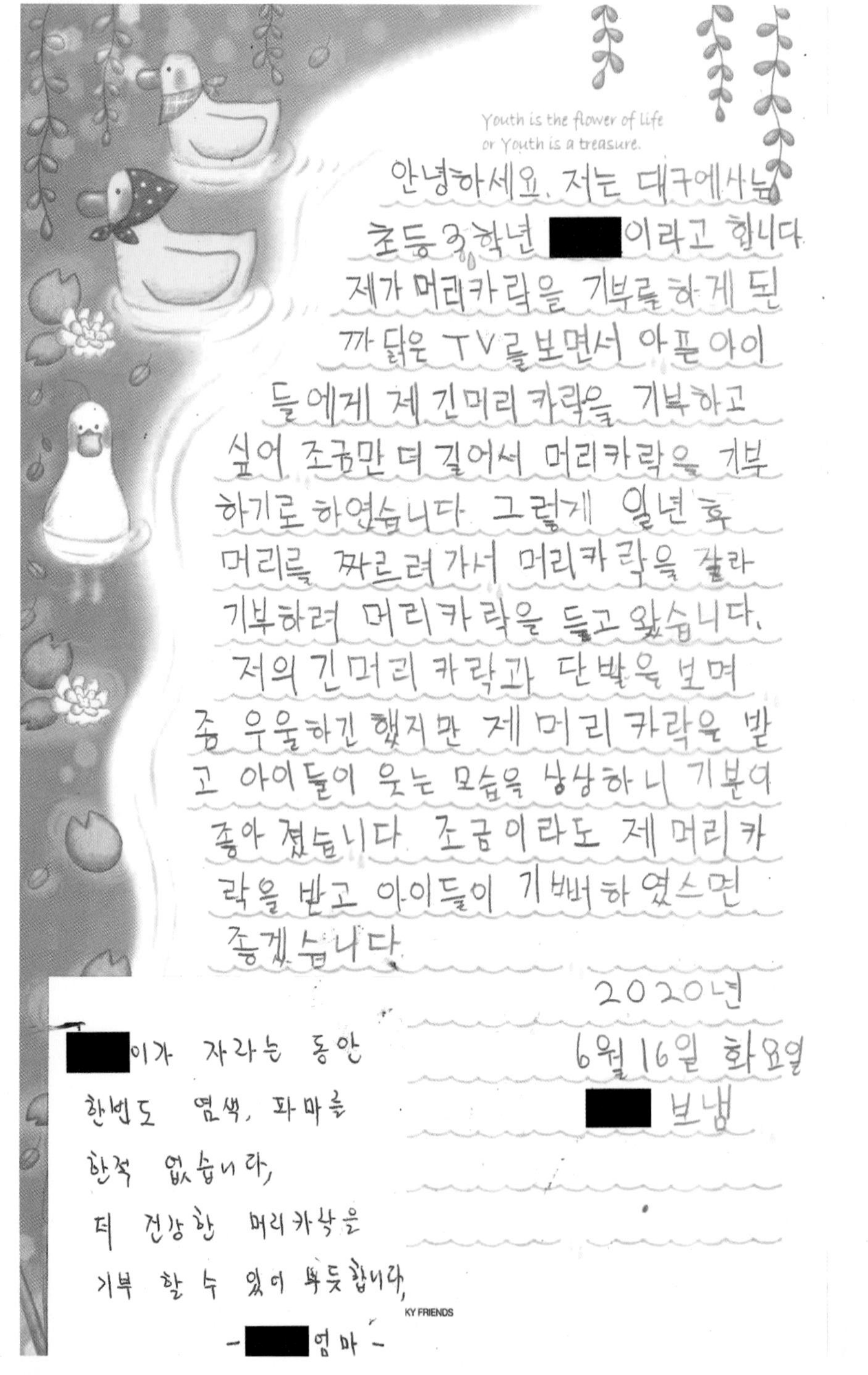

Youth is the flower of life
or Youth is a treasure.
KY FRIENDS

안녕하세요. 저는 대구에사는
초등 3학년 ███이라고 합니다
제가 머리카락을 기부를 하게 된
까닭은 TV를보면서 아픈아이
들에게 제 긴머리 카락을 기부하고
싶어 조금만 더 길어서 머리카락을 기부
하기로 하였습니다 그렇게 일년 후
머리를 자르려가서 머리카락을 잘라
기부하려 머리카락을 들고 왔습니다.
저의 긴머리 카락과 단발을 보며
좀 우울하긴 했지만 제 머리 카락을 받
고 아이들이 웃는 모습을 상상하니 기분이
좋아 졌습니다 조금이라도 제 머리카
락을 받고 아이들이 기뻐하였스면
좋겠습니다

2020년
6월16일 화요일
███ 보냄

███이가 자라는 동안
한번도 염색, 파마를
한적 없습니다,
더 건강한 머리카락을
기부 할 수 있어 뿌듯합니다,

-███엄마-

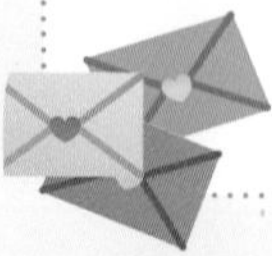

작년에 우연찮게 "틴가 특별한 아저씨"
라는 책을 보았습니다.
그래서 그 때부터 암에걸린 저 또래
친구들을 도와 주고 싶어서 열심히 먹고
머리카락을 길렀습니다.
드디어 2020 8월 7일에 친구에게 나눠 줄
머리카락을 잘랐습니다.
저의 머리카락이 더해져서 멋진
가발이 완성 되어 암에 걸린 친구에게
기쁨이 되었으면 합니다.

우체국

-광양에사는 4학년 -

안녕 난 ■ 야 내가
준 가발을 쓰고 병이 나았으면
좋겠어

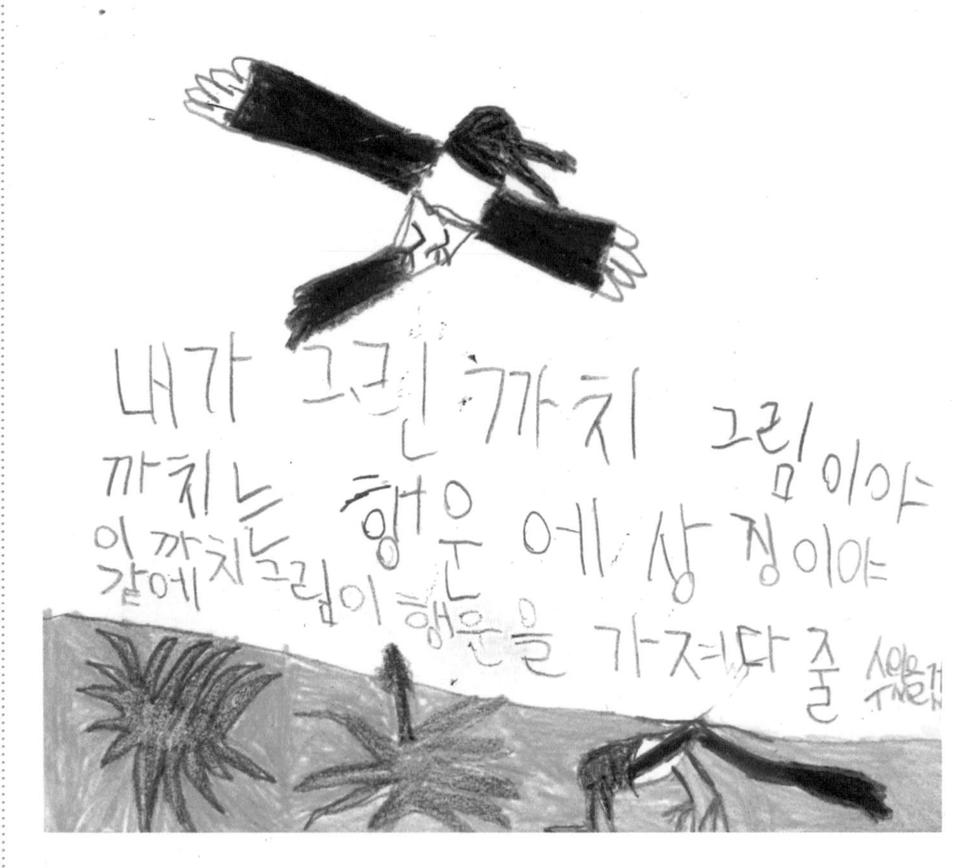
내가 그린 까치 그림이야
까치는 행운에 상징이야
이 까치 그림이 행운을 가져다 줄 수 있을 거야

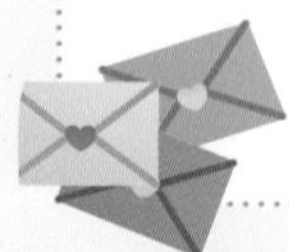

많이 힘들겠지만 힘내!!
내가 비록 너를 모르지만
이 머리카락을 받고 너가 행복해
으면 좋겠어 내가 아무 생각 없이
머리를 길렀니 이런 좋은 일에
참여할 수 있게 되어 참 좋아
내가 당신의 행복에
조금 더 보탬이 되길
바라며………

※ 참고로 반말 죄송합니다. 쓰다보니….

This is for you *
당신의
인생이
행복하고
활기차면
좋겠습니다

사랑하는 친구들에게

Your smile completes my day!

안녕? 난 [redacted]
[redacted] 이라고 해. 내가 머리 카락을 2년 반
동안 길러서 너희들에게 기부를 하려고 하고
있어. 내가 1학년 때 그때 방과후 논술
선생님이 너희들에 대해 말씀해
주셨어. (코로나 19 한참 전이지) 너무 불쌍해
보이고, 안타까워 보였어. 내 머리 카락
으로 가발을 만들어 하면 내기분도 좋고,
너희들도 좋을것 같았어. 그래서 기부를
할려고 해. 처음엔 머리 카락을 짤르기
무섭고, 싫었지만 너희 들을 생각 하고
꾹 참고 짤랐지. 그런데 단발도 꽤
괜찮았어. 내가 이날을 위해 길렀으니까
너희들이 잘 활용해 주었으면 좋겠어.
그럼 안녕~♡

- 2020년 6월 21일 일요일 [redacted] -

예전부터 머리카락을 자르려고
생각했지만 쉽지 않았습니다
그런데 코로나 덕분에 집에만 있게
되면서 머리가 정말 많이 자랐습니다
그래서 이번 [illegible] 머리카락을
기부할 수 있는 기회가 주어졌네요
아이들에게 조금이나마 도움이
되었으면 좋겠습니다

8살 딸아이가
2년 넘게 기른
머리 입니다.
좋은 곳에 써 주세요. ^^
♡

아픈곳 치료하느라
머리카락 이없어져서
속상하고 슬픈 친구들아
너희에게 힘이되어주고 싶어서
내가열심히 머리를길렀어
친구들이 이제 안 아팠으면 좋겠어

힘내♡

-8살 가-

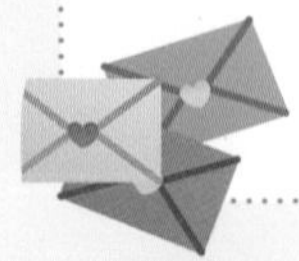

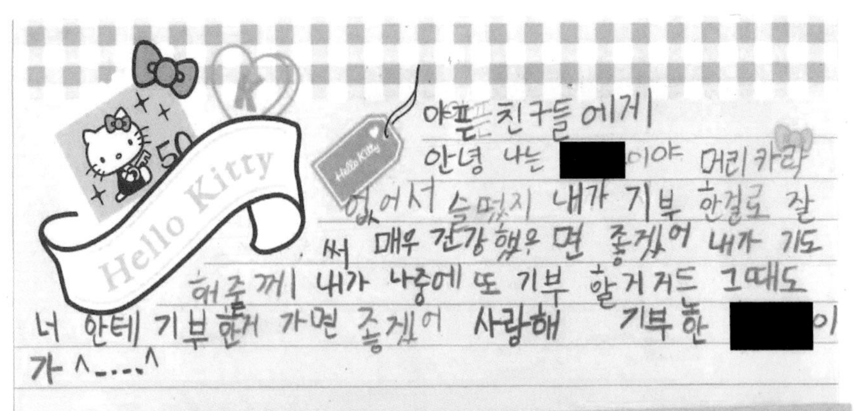
아픈 친구들에게
안녕 나는 ■■■이야 머리카락 없어서 슬펐지 내가 기부 한걸로 잘 써 매우 건강했으면 좋겠어 내가 기도 해줄께 내가 나중에 또 기부 할거거든 그때도 너한테 기부한게 가면 좋겠어 사랑해 기부한 ■■■이가 ^_...^

소아 암이 있는 친구에게
친구야, 안녕? 나는 2학년 ■■■이야. 소아 암이 걸렸다고 슬퍼하지마. 나와 언니, 친구, 동생들이 너의 머리가발을 줄거야. 그러니까 힘내고 건강해서 나랑 같이 놀자. ^^
2020년 6.20
■■■이가

소아암이 걸린 아이에게
안녕? 난 ■■■야 나이는 7살이야~
아이야 많이 아프지? 이제 사람들한테 가는거 부끄러워 하지마~
내가 기부한 머리카락으로 가발을 만들어서 보내줄게 걱정하지마~
맨날 사람들을 만날때 가발을 쓰고다녀~ 잘때는 꼭 벗고 자야되~
가족에게 부끄러워도 그때도 써도되~
아픈 아이들을 위해 내 머리를 잘라서 짧아졌지만 나는 기분이 좋아~
너도 가발을 얻어서 기분좋지?
나는 너가 안아팠으면 좋겠어 빨리 나아줘~

- ■■■ -

안녕? 나는 이야 내머리는 염색, 파마안한 갈색머리야 내가 정성스럽게 기른거야 예쁘게 만들어서 너 가 예쁘게 사용했으면 좋겠어 그리고 힘내!! 응원할께♡♡

안녕하세요? 저는 엄마예요.^^
소중하게 길러서 보냅니다. 예쁘게 만들어 주셔서 필요한 아이들이 잘 사용했으면 좋겠습니다. 아이와 함께 응원하겠습니다!!

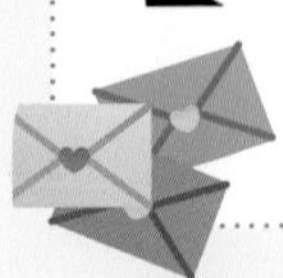

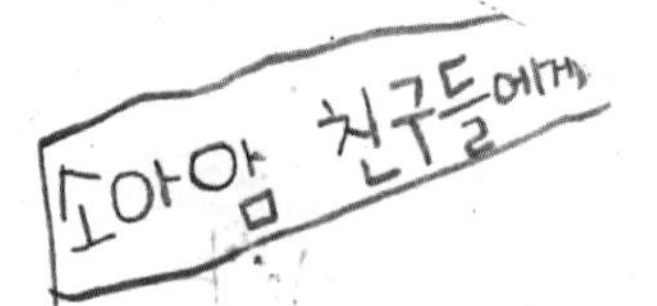

안녕 나는 아홉살
이야 나는 태어
났을때 부터 아홉살이
될때 까지 염색과
파마도 하지않았어
너희들이 예쁘게
내 머리 카락으로
꾸미길 바랄께

Merry go around!

소아암 친구들이 빨리 나아
건강했음 좋겠습니다.

제 머리카락들이
소아암 환자들에게
도움이 되었으면 합니다 ~

자연모입니다.
염색, 펌 한 번도 하지 않은
자연갈색 7살 우리 공주의
착한 마음을 보냅니다.
좋은 일에 쓰일 수 있기를 ~

머리카락 길이가 조금 부족할 수
있겠습니다. TT
사용 가능하시면 좋은 곳에 쓰여졌으
면 좋겠습니다 ~♡
아이들이 행복한 세상을 바라며!

From :

(　　)

안녕하세요, 저는
서울에서 초등
학교에 다니고 있
는 요, 제
머리 카락으로
소아암 친구들
한테 멋진 가발
을 만들어주세요

PENPIA

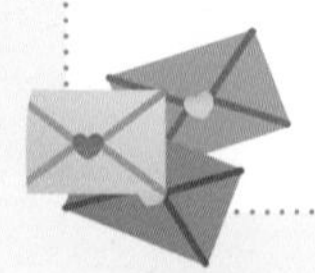

안녕 하세요 3년동안 길은머리 좋은데써주세요감사합니다^_^
예브게
써주세요

이름

나이 9세

파마 염색없이 기른 머리카락 입니다.
좋은 일에 쓰여지길 바라겠습니다

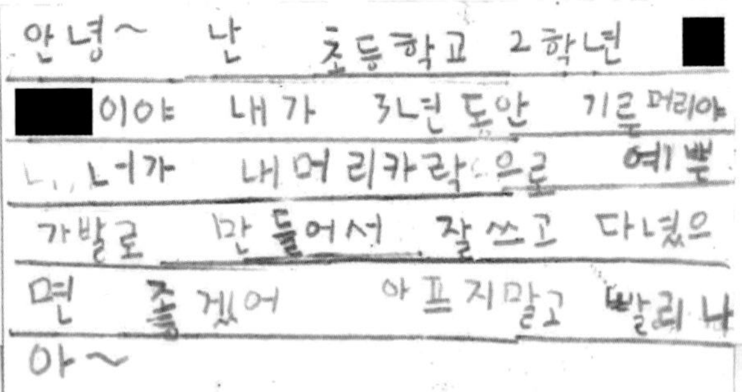

안녕~ 난 초등학교 2학년
이야 내가 3년 동안 기른 머리야
너가 내머리카락으로 예쁜
가발로 만들어서 잘쓰고 다녔으
면 좋겠어 아프지말고 빨리 나
아~

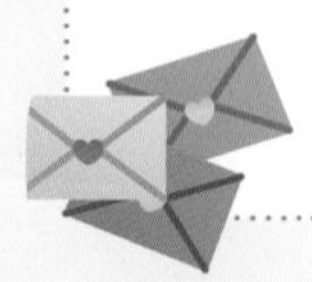

For the things we have to learn before
we can do them, we learn by doing them.

안녕하세요? 저는 고양시 초등학교에 다니는
5학년 입니다.
저같은 어린친구들이 힘들다고 해서
조금 이라도 힘이되고자 해서 머리를 길렀어요.
머리가 갈라져서 자르고 기르고 하느라 약 2년정도
길렀습니다. 제 머리카락을 잘 써주셨으면 좋겠어요.
머리가 좀 갈라졌을 수도 있는데 잘 다듬어서
가발을 만드러주실거라 믿어요. 힘내세요! 모두다!

toctoc™ GS9

친구들아 힘내라

빨리빨리 건강해지길 바랄게

내 머리카락이 작은 도움이 되면

좋겠어 화이팅!!

[illegible]

2020.9.15

안녕하세요~ 저는 초등학교 6학년 ███이라고 합니다.
좋은일에 쓰려고 2년동안 열심히 머리를 기르고. 기부를 하려고 했더니.. 백혈병 협회와 하이모에서 더 이상 가발을 재작하지 않는다는 소식을 듣고 절망하고 있다... 그냥 머리를 잘랐어요...ㅜㅜ
근데.. 머리를 자르고 집에 와서 이것저것 검색하다보니 어.머. 나가 나오더라구요....
진작 알았으면 머리를 더 신경써서 여러 갈래로 나눠 좀 더 길게 잘랐을텐데.. 너무 아쉽고.. 속상해요.. 기부 방법을 찾아보다보니 25센티 이상이지만 최소 15센티 이상도 가능하다고 해서. 기부를 합니다.
태어나서 염색 파마 안 해봤어요... 좋은곳에 꼭... 앞머리에라도 쓰일 수 있길 부탁드립니다.
다시 천천히 도전해서 다음엔 더 긴머리로 기부할게요~^^

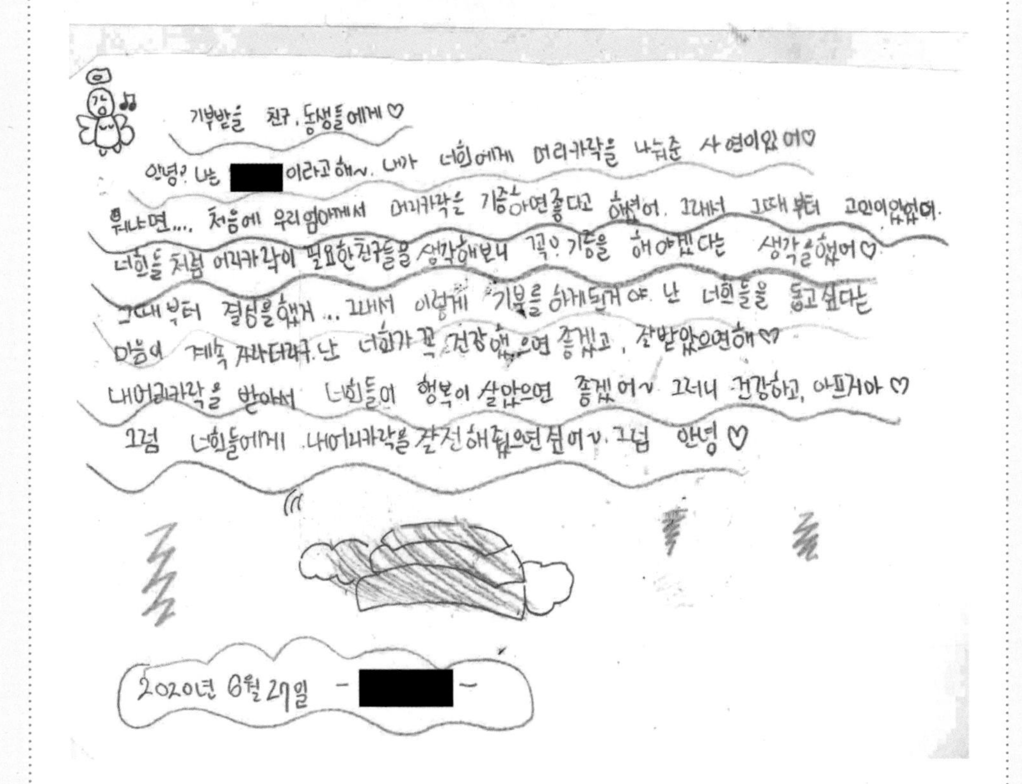
기부받을 친구, 동생들에게 ♡
안녕? 나는 ███ 이라고 해~. 내가 너희에게 머리카락을 나눠준 사연이있어♡
뭐냐면…. 처음에 우리엄마께서 머리카락을 기증하면 좋다고 했었어. 그래서 그때부터 고민이있었어.
너희들 처럼 머리카락이 필요한친구들을 생각해보니 꼭 기증을 해야겠다는 생각을했어♡
그때부터 결심을했지... 그래서 이렇게 기부를 하게되거야. 난 너희들을 돕고싶다는
마음이 계속 자라더라구. 난 너희가 꼭 건강했으면 좋겠고, 잘받았으면해♡
내머리카락을 받아서 너희들이 행복이 살았으면 좋겠어~ 그러니 건강하고, 아프지마 ♡
그럼 너희들에게 내머리카락를 잘전해줬으면싶어~. 그럼 안녕 ♡
2020년 6월 27일 - ███ -

♡ 딸아이와 함께 1년넘게 기른 머리카락을 기부합니다.

소아암 ♥ 어린이들에게 도움이 되길 바랍니다

2020년 9월 21일 드림

♡. 소 아 암 ♥ 어 린 이 들 이 이 머 리 카 락 을 좋 아 하 면 좋 겠 어 요.

저는 정 말 행 복 해 요.

기 부 할 수 있 어 서 행 복 해요.

소 아 암 어 린 이 들 이 좋 아 하 면 좋 겠 어 요.

2020년 9월 21 일 드 림

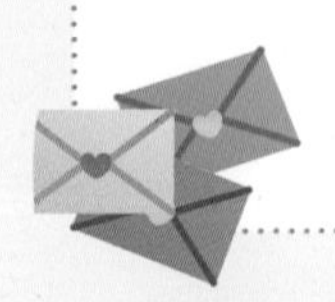

안녕?

나는 14살 중학교를 다니는 학생이야
내가 머리카락을 기증한 까닭은 그동안 머리를 자르면 그냥 버렸거든
근데 생각해 보니 너무 아까워서 마침 사촌동생도 머리 카락을
기부한다고 해서 나도 참여했어♡
내 머리카락이 다른사람에게 도움이 될수 있다는게 정말 신기하고
기뻐 ^^

내가 유일하게 잘그리는 그림을 그려 줄게

2020. 09. 17. 목요일

-Yeosu 에서-
보냄

안녕하세요.
저는 10살 소녀 입니다.
7살 때부터 머리카락을 기부해야겠다는 마음을 먹고
머리카락을 기르기 시작하여 한번도 자르지 않고
몇일전 미용실에가서 단발머리로 자르고
머리카락을 가져왔습니다.
저의 소중하게 기른 머리카락이 아픈 친구들에게
희망이 되었으면 좋겠고 좋은 일에 쓰였으면
좋겠습니다.
누군가에게 도움이 되어 희망과 기쁨을 주고
싶습니다.
감사합니다.

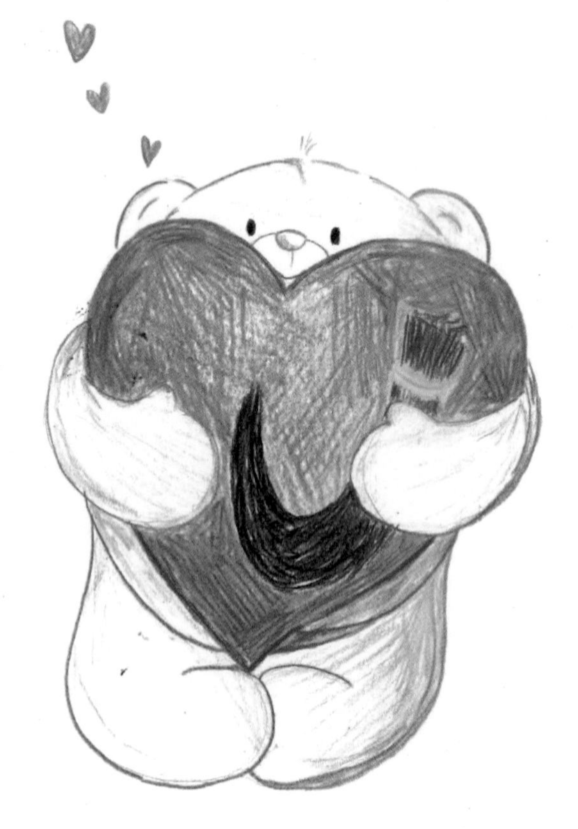

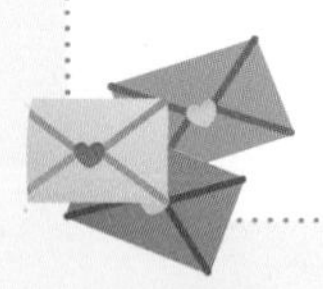

This is
my perfect moment
with you

안녕하세요
저는 7살 입니다
친구들을 위해 열심히
기른 머리카락 입니다
이쁜 가발로 변신시켜주세요
안녕히계세요

마산에서
올림

버려지는 머리카락으로
좋은일에 사용할 수 있어서
너무 좋은것 같아요.
많은 친구들한테
좋은 일이 되었으면
좋겠습니다 :)

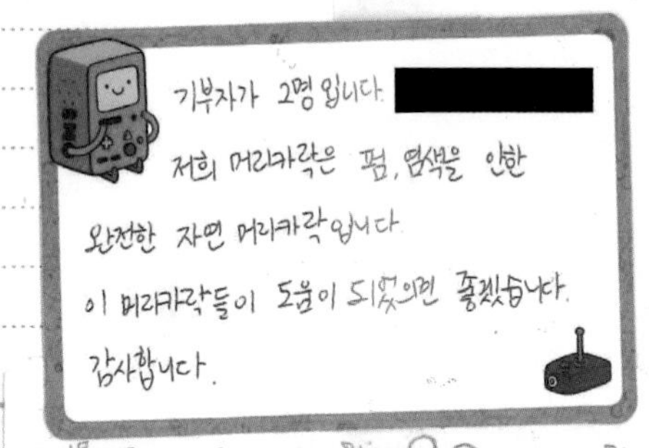
기부자가 2명 입니다.
저희 머리카락은 펌, 염색을 안한
완전한 자연 머리카락입니다
이 머리카락들이 도움이 되었으면 좋겠습니다.
감사합니다.

안녕하세요.
제 머리카락으로 가발을 만들어서 아픈사람을 도와 주세요.
2020-6-1

How grand!

3년의 시간동안 함께 길렀습니다.
병마와 싸우고있을 어린 내친구의 마음에
위로가 되기를 바라봅니다.

소아암 친구들에게
5살부터 건강하게 기른 머
리카락입니다. 아픈 친
구들을 도와주기위해 엄
마의 권유로 좋은 곳에 쓰
일수잇게기부를하기로했습
니다 저에머리카락으로 친구
들에게 이쁜 가발을만들어주
세요.

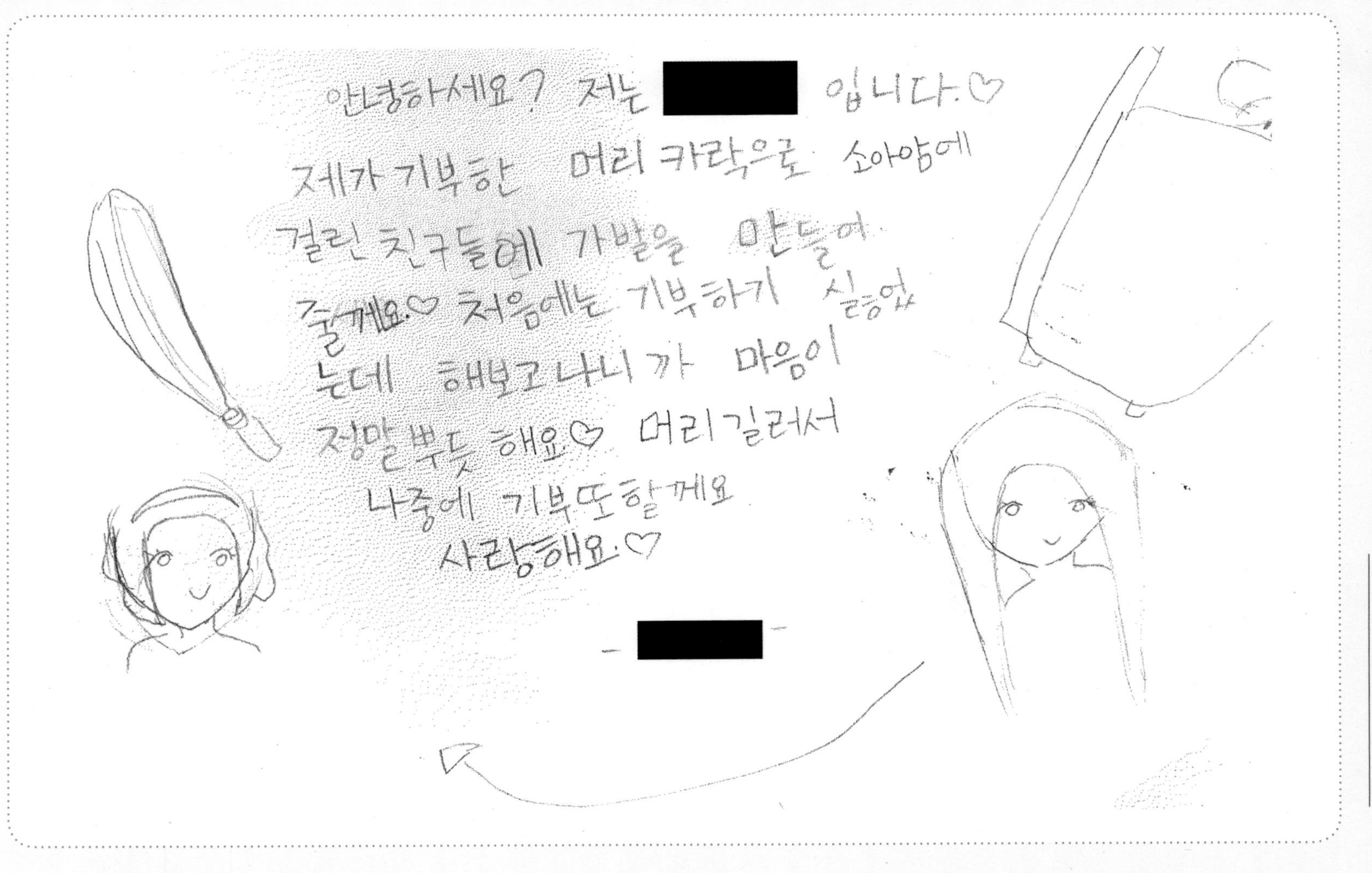
안녕하세요? 저는 입니다.♡
제가 기부한 머리카락으로 소아암에
걸린 친구들에 가발을 만들어
줄께요.♡ 처음에는 기부하기 싫었
는데 해보고나니까 마음이
정말 뿌듯해요.♡ 머리길러서
나중에 기부또할께요
사랑해요.♡

안녕하세요. 초등학교 4학년 ████ 입니다.

이 머리카락은 제가 초등 1학년 때 부터 자르지 않고

기른 머리카락 입니다.

암 이라는 무서운 병을 치료하기 위해 머리카락까지 빠지는

무서운 치료를 잘 이겨내고 계시는 환자분들에게

저의 머리카락이 용기와 희망을 드릴수 있었으면 좋겠습니다.

요즘엔 좋은 일도 눈치를 보면서 해야 하는데

어머나 운동이라는 좋은 캠페인을 하고 계신 분들께도

감사의 말씀을 전합니다

저의 머리카락으로 예뻐지시고, 멋있어지는 암 환자분께

행복하시라고 인사하고 싶네요.

감사합니다.

2020. 6. 29

████ 올림

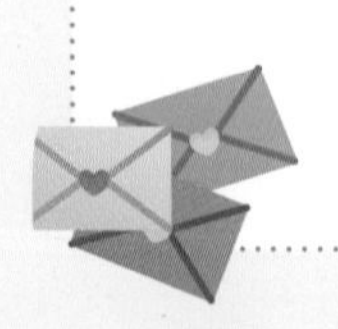

안녕하세요.

짧은 머리를 한번도 해본적없어서 거울속 얼굴이 아직도 어색하네요

저는 스페인에서 가이드일을하다, 작년 3월 코로나로 한국에 들어왔습니다.

짧은 휴가가 될줄 알았던 한국행이 이제 벌써 일년이 다 되어가네요.

하루 하루 가다리듯 버려지듯 시간이 가고, 다듬지 않은 머리도 차츰

길어지더군요. 조금 다듬기라도 해야할까 고민하던 차에, 불현듯

머리카락을 기부할수 있다던 이야기가 떠올랐습니다.

보내면서도 민망한 마음이 앞섭니다. 소아암 어린이들에게 기부할 목적으로

기른 머리카락이 아닌지라 아이들을 위해 사용이 가능할지 모르겠네요.

그래도 혹시나 해서 보내봅니다.

부디 저의 무용한 일년이 어떤아이에겐 기쁨으로 쓰여지길 바랍니다.

To, 친구

안녕? 난 ■■■라고 해! 요즘 코로나 때문에 힘들지?
난 요즘 집콕 생활이야ㅠㅠ

사실 내 친구도 건강 했는데 갑자기 백혈병이 와서
나도 힘들었어 왜냐면 나의 가장 친한 친구이기도 하고, 그 전엔
무척 건강했거든 근데 그때 나도 엄청 속상하고 힘들었
어 근데 내가 그랬으면 얼마나 속상하고 힘들지
생각이나... 나보다 100배아니 1000배는 되겠지?
나의 말이 위로가 될진 몰라도 내선에서 노력해
서 썼으니 이해해 주길 바래...

내가 머리 기부를 하게 된 계기는 나의 선생님
이 머리를 기부했는데 엄마가 그걸 듣고 나에게 추
천해 줬어 그런데 나는 머리묶는게 나의 큰 낙이
였고 처음으로 머리를 길러본 거라서 고민이 많이
되었어... 근데 엄마가 내 머리로 아이들이 행
복해 질수 있다고 해서 결심했어... 내가 꼭 해
야 되겠다고!! (~~다음장으로~~ 뒤로 돌리기)

아픈 아이들 에게

안녕? 나는 이야

너희들에게 머리카락을 선물해 줄거야!

이 머리카락을 받고 꼭!

병이 나으면 좋겠어.

파이팅!

- -

FOR YOU

아픈 친구들에게 가발을
만들어주고싶어요. -3-?

올림

내머리카락이 너희에게
도움이 되었으면좋겠어
빨리 건강해 질수있게
내가 기도할께 ~
화이팅!!

- 가

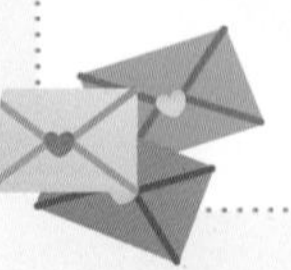

께서 '어머나 운동본부'에 기부할 꺼라고 말씀하시니
웹사이트에도 들어가 보았습니다. 그렇게 점점 검색하다 보니
다른 사람을 위해 어느 정도 긴 머리를 기증하는 것도 나쁘지
않다는 생각이 들었습니다. 그리고 다른 사람도 머리가 많이
길었다고도 하고 숱도 많다고 하니 기증을 하고 나면 꽤 뿌듯할
것 같았습니다. 그리고 저는 학교에서 진행하는 사랑의 빵 모금도 잘
참여 하지 않습니다. 그만큼 기부 정신이 없는 저는 어느새
빨리 기부할 날짜가 다가오길
바라고 있었더군요. 그런데 제가
걱정스러웠던 부분은 예전부터 머리카락
끝이 상하고 있었던 것입니다. 그리고 끊긴
머리도 많아 근심이 많았습니다. 그래도 최대
한 린스도 많이 하려 노력하고 머릿결이 상
하지 않게 노력했습니다.
마침내, 머리를 기부할 날짜가

마음을 나누는 인터뷰

이름: **임헌향**
소속 및 직업: **가발제작 봉사자**

Q1. 가발 제작 봉사활동을 하게 된 동기 또는 계기가 있으신가요?

우리 조카가 어린나이에 암으로 세상을 떠났어요. 그리고 그때 머리카락이 없어서 제가 해준 가발을 씌워서 보냈습니다. 암환자들 중 어려운 사람들이 많이 있다고 들었습니다. 내가 좋은 일, 즉 어떤 계기가 되어 봉사해야 되겠다고 마음먹었을 때 우연치 않게 강남 세브란스 병원과 연결이 되어서 올해가 4년째 되네요. 가발을 맞춤형으로 제작해서 개개인으로 계속 전달하고 있습니다.

Q2. 가발을 제작함에 있어 어려운 부분은?

어려운 부분은 없지요. 가발인생 50년인데…. 정확하게 치면 47년 정도 됩니다.

Q3. 가발 제작 봉사를 하며, 특히 감동받은 사연이 무엇이 있나요?

양산에 사시는 분인데, 강남 세브란스 병원에서 연결해주셨습니다. 그 선생님이 유방암이여서 머리가 많이 빠졌는데, 자녀는 엄마가 암에 걸린 것을 몰랐습니다. 제가 그 가발을 기부해줘서 그 가발을 쓰고 아이를 만났습니다. 양산에 오면 밥 한끼 대접하겠다고 전화가 와서 정말 감동받았습니다.

Q4. 가발 제작과정은?

두상에 본을 뜨고, 특히 여성분들은 줄자로 둘레를 잽니다. 우리나라 학생들은 48~50정도 되고, 맞춤형 가발로 나가고 있습니다. 그리고 짠모를 빼는 등 머리카락 분류 작업을 진행합니다. 선정된 머리카락은 산처리를 하고, 산처리 비용은 1kg당 7만 원 정도 듭니다. 그리고 정모 과정을 거친 후 가발을 완성하여 최종적으로 전달합니다.
맞춤형 가발로 진행하고 있습니다.

Q5. 가발 하나가 만들어지는데 몇 명 기부자의 머리카락이 필요하나요?

한 번 만들 적에, 그램 수로 하지 올 수로는 할 수가 없어요. 두 세 올 씩 잡아서 작업을 합니다. 두상마다 다르고,100~120,130g 정도 필요합니다. 머리기부자들한테 오는 머리를 모두 다 사용할 수 없기 때문에, 몇 명의 기부자라고는 할 수가 없습니다. 암환자가 원하는 머리는 모두 다 긴 머리입니다.

Q6. 머리카락 모발상태와 관련 없이, 모두 가발로 만들어지나요?

염색머리, 흰머리 모두 가능합니다. 산처리 할 때, 칼라를 뽑기 때문에 괜찮습니다. 파마, 염색, 흰머리 모두 괜찮고, 머리길이가 제일 중요합니다.

Q7. 외국인의 모발기부도 가능한가요?

외국인의 모발기부도 가능합니다. 머리의 색상과 상관없이, 머리길이가 가장 중요합니다.

3장

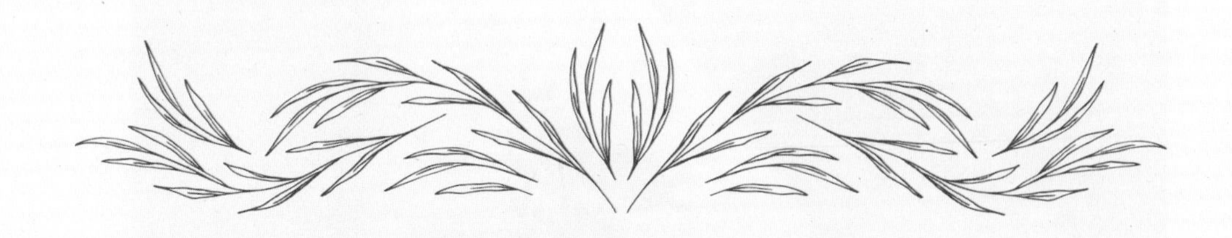

소아암이란 무엇인가

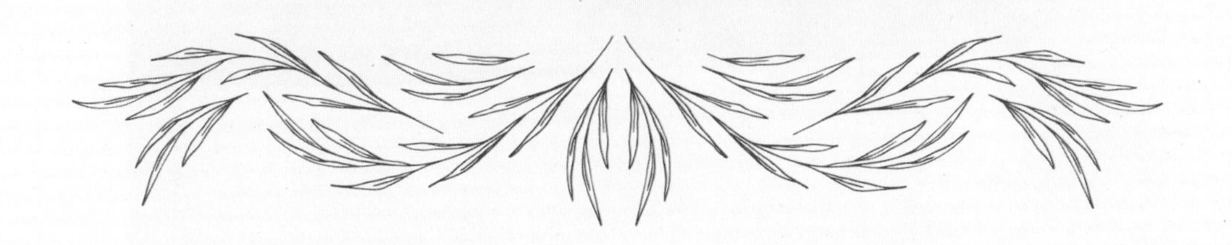

- 소아암 바로알기
- 소아암 환자 관련 프로그램
- 소아암 환자와 가족들

■ 마음을 나누는 인터뷰: 백다혜(간호사), 문관영(학생)

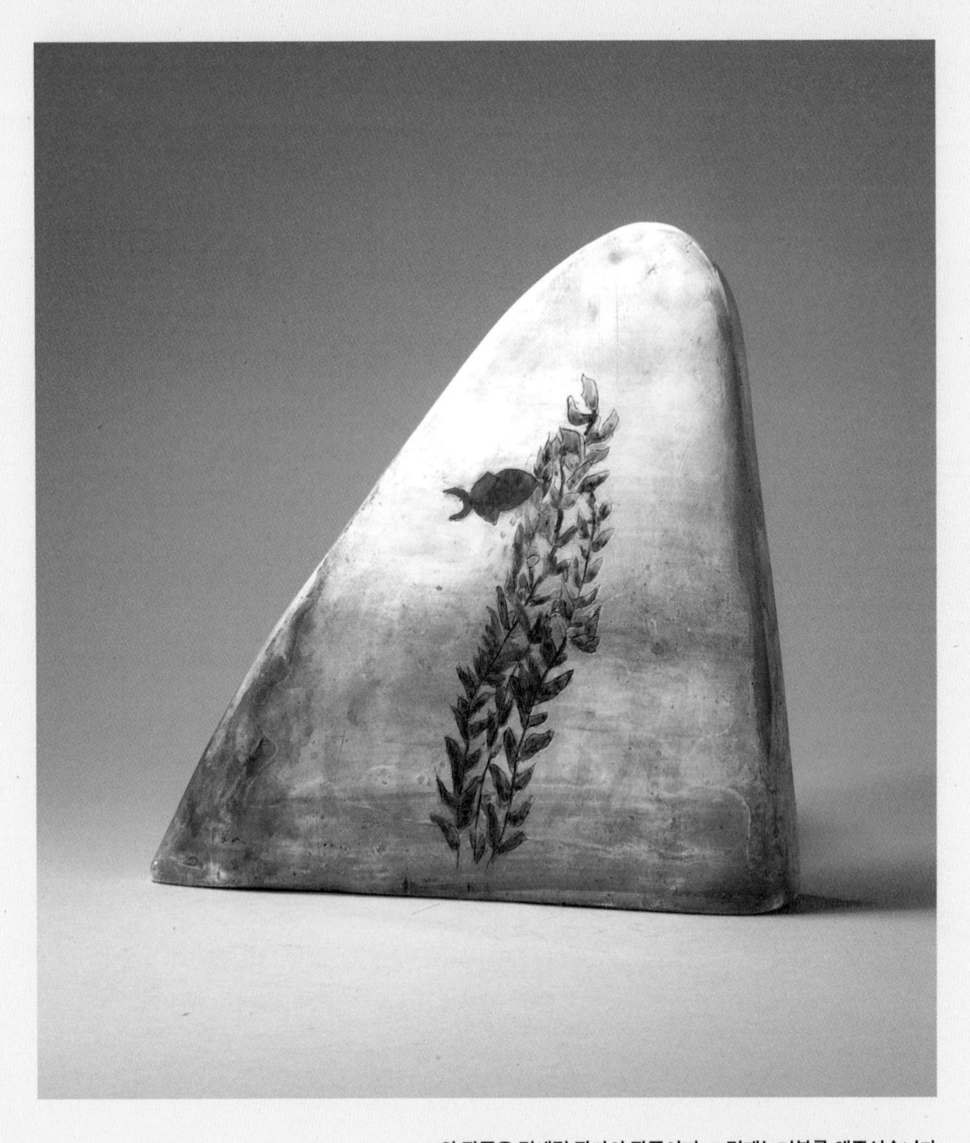

위 작품은 김예린 작가의 작품이며, 그림재능기부를 해주셨습니다

김예린 작가의 작품

* 자른 머리카락을 건넬 때 내가 건네는 것은 비단 머리카락뿐만이 아니다. 나의 마음이다.
부디 나의 마음이 작은 천사들에게 잘 전달되기를 바라는 마음이다.

소아암
바로알기

1) 소아암이란?

소아암은 만 18세 미만 어린이 및 청소년에게 생기는 암으로, 크게 두 가지로 나눌 수 있습니다. 첫째, 혈액세포에 발생하는 백혈병입니다. 둘째, 뼈, 근육, 뇌 등 몸 속의 조직이나 장기에 덩어리 형태로 발생하는 고형암입니다.

2) 소아암의 발생현황은?

우리나라에서는 하루에 4명, 1년에 약 1,500명의 어린이와 청소년이 소아암으로 진단받고 있습니다. 이는 전체 암 환자의 약 1%에 해당합니다.

나이에 따라 많이 발생하는 암의 종류가 다른데, 일반적으로 소아암 중 가장 많은 것은 급성 백혈병이고, 그 다음으로 많은 것은 뇌종양입니다.

3) 소아암의 원인은?

소아암의 원인은 아직까지 정확하게 밝혀지지 않았습니다. 유전적인 요인과 환경적인 요인이 함께 작용하는 것으로 추정할 뿐입니다. 소아암 중 일부는 유전자의 이상으로 발생하기도 하나 대부분 유전적인 요인을 찾기 힘든 경우가 많습니다. 암의 발생에 영향을 미치는 환경적인 요인에는 방사선, 약물, 여러 가지 바이러스 감염 등이 있으나 소아암은 성인암에 비해 환경적인 요인과 관련되는 경우가 매우 적습니다.

4) 소아암의 완치율은?

소아 암세포는 매우 빠르게 자라고 조직이나 장기의 안쪽에서 발생하여 상당히 많이 진행될 때까지 증상이 나타나지 않습니다. 그렇지만 소아암은 성인암보다 치료에 대한 반응이 좋아 치료 성적이 굉장히 좋습니다. 특히 소아암 중 가장 흔한 백혈병의 하나인 급성림프모구백혈병의 경우 완치율이 80~90%에 이릅니다. 이외에도 대부분의 소아암은 생존율이 70~80% 이상입니다.

5) 소아암의 증상은?

일반적으로 소아암을 의심할 수 있는 증상은 다음과 같습니다. 아이가 창백하고 빈혈이 지속되거나, 피가 잘 멎지 않거나, 온몸에 멍이 들어 손으로 눌러도 없어지지 않습니다.

– 원인을 알 수 없는 발열이 3주 이상 지속된다.

– 통증이 3주 이상 지속된다. 특히 아픈 부위를 만지지도 못하게 하면 신속한 진찰

이 필요하다.

– 아이의 배 등에서 덩어리가 만져진다.

– 두통과 구토가 반복되며, 특히 새벽이나 아침에 심해진다.

6) 소아암의 진단은?

성인에서는 암 검진을 통해 조기에 암을 발견하는 경우가 많습니다. 반면 소아에서는 일반적인 병의 증상과 암의 증상을 구별하기 쉽지 않기 때문에 조기에 암을 발견하기가 어렵습니다. 성인암과 마찬가지로 소아암도 조기에 발견하면 치료가 더 잘됩니다. 따라서 소아암으로 의심되는 증상이 나타나면 소아암 전문의를 찾아 빠르게 진단하고 치료를 시작하는 것이 중요합니다.

7) 소아암의 치료법은?

소아암의 치료 방법으로는 크게 항암화학요법, 수술, 방사선 치료의 세 가지가 있습니다. 항암화학요법은 항암제를 투여하는 것으로 몸 전체에 영향을 주는 방법입니다. 한편 수술과 방사선 치료는 시술 부위에만 영향을 주는 방법입니다. 소아암은 진단 당시 암세포가 몸 안 곳곳에 퍼져 있는 경우가 많기 때문에 대체로 세 가지 치료가 모두 필요합니다. 최근에는 치료 방법이 발달하여 골수나 말초 혈액을 이용한 조혈모세포 이식을 하기도 합니다.

소아암은 꾸준히 치료하면 80% 이상의 높은 완치율을 보입니다. 즉, 병이 완전히 치료되어 더 이상 재발하지 않고, 다른 질병에 걸릴 가능성이 건강한 아이들과 같아지게 됩니다. 그렇지만 소아암의 종류가 매우 다양하고, 암의 위치나 수술 가능 여부 등에 따라 치료 결과가 달라질 수 있습니다.

아이들은 소아암으로 진단되어 치료를 받기까지 여러 검사와 절차를 거쳐야 합니다. 어떤 것은 금방 끝나지만, 어떤 것은 엄청나게 아프고 오래 걸립니다. 따라서 아이들에게 가장 좋은 방법을 찾기 위해 의료진과 꾸준히 소통하는 것이 중요합니다.

소아암 환자
관련 프로그램

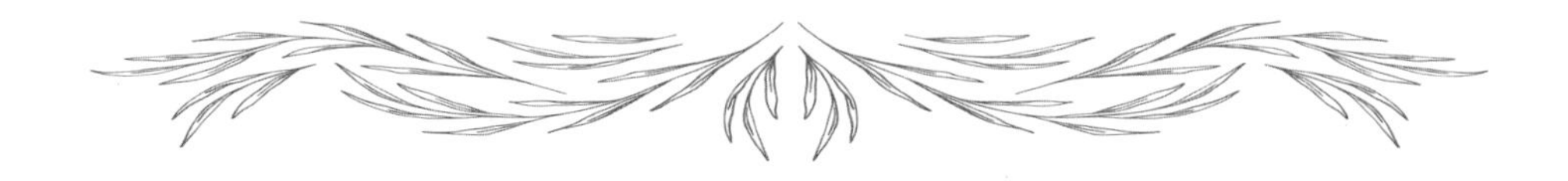

1) 소아암 환자의 심리학적 문제와 그에 대한 해결방안

소아암 환자들은 병을 진단받은 시점부터 치료 과정, 완치 이후까지 여러 가지 심리사회적 문제를 경험합니다. 이미 많은 연구들이 소아암을 진단받고 치료를 받기까지의 과정을 정신적 외상으로 정의하며 생명을 위협할 정도로 심각한 질병을 진단받는 것을 외상 후 스트레스 장애로 보고 있습니다.

암과 관련이 있는 외상 후 스트레스 자애의 증상에는 꿈이나 회상 등을 통해 원치 않는 투병 기억을 떠올리거나, 의사 또는 병원 등 과거 기억을 되살리는 사건들을 회피하려는 경향이 포함됩니다. 실제로 소아암 환자들 가운데 4.7%에서 21%가 완치 후 외상 후 스트레스 장애를 경험합니다. 특히 어릴 때 암을 진단받았거나 사회경제적 수준이 낮거나 사회적인 지지를 받지 못하거나 암의 재발을 경험하면 외상 후 스트레스 장애를 겪을 가능성이 높습니다.

2) 심리상담 프로그램

소아암 환자들은 진단부터 완치에 이르기까지 학업, 취업, 결혼 및 출산에 대한 불안감, 가족에 대한 책임감, 재발에 대한 두려움, 일상으로의 복귀에 대한 기대와 현실적 어려움, 암에 대한 사회적 낙인 등 다양한 문제들로 심리적 스트레스를 겪습니다. 심리 상담 프로그램을 통해 소아암 환자들이 자존감을 회복하고 삶에 대한 자신감을 갖도록 지원해 줄 수 있습니다.

여전히 암 환자에 대한 편견과 부정적인 인식이 많습니다. 암의 투병 경험을 드러내거나 투병 과정에서 느낀 감정을 표현하기가 쉽지 않습니다. 이에 암 환자들은 완치 이후에도 투병 과정을 떠올리며 암의 원인을 자신의 탓으로 돌리거나 비관적인 태도를 갖게 됩니다. 이러한 경우에도 전문가와의 심리상담이 큰 도움이 될 수 있습니다.

3) 학업지원 프로그램

소아암 환자들의 대다수는 학령기를 병원에서 치료를 받으며 보냅니다. 그들 중 대다수는 복학 후 학교생활에 잘 적응하기 위해 치료 중에도 학업을 게을리 하지 않는 편입니다. 그럼에도 불구하고 학업을 따라가는데 어려움을 겪기도 하고 나이가 어린 동생들과 학교에 다니는 것을 싫어하거나 친구들에게 따돌림을 받아 정규 교육 과정을 포기하기도 합니다. 현재 소아암 환자들과 완치자들 가운데 일부는 학습 서비스를 제공받고 있지만 학습을 도와주는 자원봉사자의 무책임한 태도 등으로 인해 학습을 효과적으로 따라가는 데 어려움을 겪고 있습니다. 따라서 소아암 환자들과 완치자들을 위해 체계적인 학습 지원이 필요합니다.

4) 사회성 향상 프로그램

소아암 환자들은 투병 기간 동안 또래와의 상호작용을 전혀 경험하지 못하는 경우가 많아 완치된 이후에도 사회적인 관계를 형성하는 데 어려움을 겪습니다. 대인관계에서 위축감과 두려움을 느끼거나 이성관계에서 불안감을 느끼고, 투병 기간 내내 부모에게 의존하여 가족 관계에만 안주하고자 합니다. 암 환자와 완치자들을 위한 사회성 향상 프로그램은 이들이 두려움을 극복하고 사회의 일원으로 성장하는 데 큰 도움이 될 것입니다.

5) 멘토 상담 프로그램

소아암 환자들과 완치자들은 진로 탐색, 정서 발달 등의 다양한 경험을 하지 못하였기 때문에 어려움을 나누고 정보를 공유할 수 있는 멘토를 필요로 합니다. 특히 먼저 사회에 복귀한 완치자 멘토들은 환자와의 개별 만남이나 강연 등을 통해 완치 이후 경험하게 되는 문제들에 대한 고민을 들어주고 조언을 해줄 수 있습니다. 소아암 환자는 불확실한 미래에 막연한 불안감을 느끼다가 멘토링을 통해 삶에 대한 자신감을 얻고 나아가 자신 역시 완치 이후 다른 소아암 환자들에게 자신의 경험을 공유하며 그들을 도울 수 있습니다.

6) 평생 건강관리 프로그램

소아암 환자들은 치료 종결 이후 새로운 삶에 대한 희망을 갖게 되나 한편으로는 의료진과 가족들의 관심과 지지가 사라지는 것에 대해 불안과 공포를 느낍니다. 이에 소아암 환자들과 완치자들은 치료를 마친 뒤에도 식습관이나 생활 습관을 관리해 주거나 자신의 병력에 맞춰 신체적, 정신적 건강을 유지하기 위한 통합적인 관리 프로그램을 필요로 합니다.

7) 자조 모임

최근에는 소아암 완치자들이 결성한 자조 모임이 활발하게 이루어지고 있습니다. 완치자들은 다른 완치자들과 소통하며 공감대를 형성하고 서로 위로를 받습니다. 소아암 완치자뿐만 아니라 가족과 의료진이 함께 이야기를 나눌 수 있는 자리가 마련된다면 정서적인 위안도 얻고 사회적 낙인감으로부터 해방될 수 있을 것입니다.

소아암 환자와 가족들

소아암은 환자의 생명을 위협할 뿐 아니라 환자의 가족 전체에게 엄청난 영향을 미칩니다.

부모는 자녀가 소아암으로 진단받게 되면 심리적으로 큰 충격을 받습니다. 소아암 환자의 부모는 단기적으로는 우울감, 소진감과 같은 급성 스트레스 반응을 나타내고 장기적으로는 외상 후 스트레스 증상을 보입니다.

부부는 건강한 자녀를 양육하는 부부에 비해 심각한 수준의 갈등을 겪습니다. 그러다 보니 이혼이나 별거 등으로 가족이 해체될 가능성이 높습니다. 환자의 형제자매들은 부모로부터 돌봄을 받을 수 있는 시간이 줄어들게 되고 이웃이나 조부모와 함께 지내는 시간이 늘어나게 됩니다. 이들은 부모가 환자인 형제 또는 자매에게 집중하게 되면서 슬픔, 외로움, 질투, 두려움 등의 다양한 감정을 경험합니다. 따라서 소아암 환자와 가족들을 위한 심리사회적 문제에 대해 인지하고 적절한 대안을 생각해 볼 필요가 있습니다.

1) 부모에 대한 심리적인 지지

소아암 환자의 부모들은 자녀의 치료 과정에서 아이의 쾌유와 회복을 가장 우선적으로 생각하기 때문에 정작 자신들의 심리적인 어려움에 적절하게 대처하기 힘듭니다. 자녀가 치료를 마친 뒤에도 우울감, 불안감, 초조함, 위축감 등의 감정을 느끼거나 불면증과 같은 신체적인 증상을 겪기도 합니다. 따라서 소아암 환자의 부모에 대한 심리사회적인 서비스가 제공될 필요가 있습니다.

부모는 심리적인 문제를 해결하기 위해 전문가와의 상담이나 집단 상담에 참여할 수 있습니다. 이들은 상담가와 자녀의 치료 과정에서 느끼는 고통에 대하여 이야기를 나누며 정서적인 지지를 받게 되고, 다른 환자의 부모들과 경험을 공유하며 어려움을 극복할 힘과 용기를 얻게 됩니다.

치료적인 상담도 필요합니다. 소아암 환자의 부모는 자녀의 치료 중이나 치료 후까지도 우울감을 느낄 수 있고 심한 경우 자살에 대한 생각을 할 수 있기 때문입니다. 또한 사회로의 복귀와 적응을 돕는 사회 적응 지원 서비스도 필요합니다. 자녀의 투병 생활 동안 긴장 상태를 유지하다가 치료 종료 이후 무력감을 느끼게 됩니다. 사람들을 만나면 자녀의 치료에 대한 상황이 주제가 되므로 반복해서 힘든 기억을 떠올리는 것에 피로감을 느껴 사람들과의 접촉을 피하고 혼자만의 시간을 보내려고 합니다. 사회 적응 지원 서비스를 통해 이러한 어려움을 극복하도록 도움을 받을 수 있습니다.

2) 부부 상담

부부는 자녀의 투병 생활 중 빈번하게 갈등과 충돌을 겪습니다. 자녀들을 돌보고 가사까지 담당하며 부부 중 한쪽의 부담이 가중되어 심한 갈등 끝에 이혼하는 경우도 있습니다.

부부를 위한 갈등 해결 프로그램이 필요합니다. 정신없이 바쁜 치료 과정에서 부부가 대화할 수 있는 시간이 줄어들며 자신의 어려움을 이해하지 못하는 배우자에게 서운함을 느끼게 됩니다. 따라서 부부간의 갈등을 최소화하고 상호 이해를 돕기 위한 프로그램이 부부 갈등 해결의 실마리를 제공할 수 있습니다.

3) 형제자매 지원

소아암 환자의 형제자매들은 부모로부터 돌봄을 받기가 상당히 어렵습니다. 부모의 관심은 환자에게 집중됩니다. 남은 자녀들은 조부모와 함께 지내거나 그마저도 여의치 않아서 그대로 방치됩니다. 이들은 정서적으로 소외되고 안전의 사각지대에 방치됩니다.

환자와 형제자매를 위한 돌봄 서비스가 필요합니다. 부모가 아픈 자녀에게 집중하다 보면 다른 자녀들에게 소홀하기 쉽습니다. 아픈 자녀에게는 관대한 반면 다른 자녀들에게는 더욱 엄격하게 대합니다. 따라서 환자의 투병 과정 중에 다른 형제자매들을 돌봐주거나 부모가 이들을 돌볼 수 있도록 아픈 자녀를 간병하는 서비스가 필요합니다.

환자와 형제자매가 함께 하는 캠프도 좋은 대안이 될 수 있습니다. 형제자매는 소아암의 특성을 이해하고, 환자는 형제자매의 심리적인 문제를 이해할 수 있습니다. 이러한 서비스가 일회성으로 끝나지 않고 지속적으로 제공될 수 있도록 꾸준히 노력해야 합니다.

4) 소아암 환자 및 가족에 대한 사회적인 인식 개선

소아암 환자는 물론이고 환자의 가족들은 사회적인 편견과 부정적인 인식을 경험하기도 합니다. 일부 사람들은 소아암이 옮는 질환이 아님에도 불구하고 소아암 환자라고 하면 탈모, 마스크 등을 떠올리며 환자 근처에 다가가기 꺼립니다. 반대로 소아암 환자들을 동정의 대상으로 다룬 각종 방송 매체의 영향으로 소아암 환자였다고 하면 완치되었다고 해도 불쌍하고 약한 대상이라고 여깁니다. 환자의 부모는 자녀가 병에 걸린 것이 자신의 잘못이라고 여기며 자녀가 불이익을 받지는 않을까 걱정하며 자녀의 병을 숨기기도 합니다. 따라서 소아암 환자를 다른 사람들과 동등한 기회를 갖고 성장하여 자립할 수 있는 존재로 인식할 수 있도록 사회적인 편견을 개선하기 위해 노력해야 합니다.

마음을 나누는 인터뷰

이름: **백다혜**
소속 및 직업: **서울대학교어린이병원 소아암센터 간호사**

Q1. 백다혜 간호사님께서는 현재 어떤 일을 하고 계신지, 간단한 자기소개 부탁드립니다.

안녕하세요. 저는 현재 서울대학교어린이병원 소아암센터 낮 병동에서 근무하는 백다혜 간호사입니다. 낮의 병동에서는 주로 항암제 투약, 수혈, 골수 및 요추 검사 등의 간호 업무를 시행하고 있습니다. 소아혈액종양내과병동으로 입사해서 현재까지 소아암환자들을 간호하고 있습니다.

Q2. 백다혜 간호사님께서는 간호사가 되신 지 얼마나 되신 건가요?

2013년도 입사로 올해 9년차입니다.

Q3. 백다혜 간호사님께서는 근무하시면서 가장 기억에 남는 일이나 환아가 있으신가요?

신규로 일할 때 간호했던 환아가 생각납니다. 혈구탐식성 림프조직구증HLH이라는 진단명을 가진 환아였는데 가장 힘들었던 만큼 기억에 가장 많이 남습니다. 환아의 재롱에 힘든 업무도 보호자랑 같이 웃으며 이겨내고 또 환아가 컨디션이 안 좋아지면 보호자와 같이 울며 위로했던 게 생각납니다.

Q4. 백다혜 간호사님께서는 서울대어린이병원 소아암병동에 근무하시면서 앞으로의 계획, 목표가 있으신가요?

소아암환자의 치료과정이 길고 힘들지만 그 기간 동안 묵묵히 지지해주고 완치까지 도달할 수 있도록 옆에서 응원하는 든든한 조력자가 되는 것이 저의 목표입니다.

Q5. 백다혜 간호사님만의 업무철학이 있으신가요?

조그마한 실수도 생명과 직결될 수 있기 때문에 정확한 의료행위를 하자는 것과 힘든 치료과정이지만 환아에게 너무 힘들었던 기억으로 남지 않도록 환경을 만들어주자는 것입니다. 예를 들면 소아암 환아들에게 주사나 처치를 시행할 때 최대한 두렵지 않게 놀이의 형태로 덜 무서울 수 있도록 하거나 시간적 여유가 되면 환아들이 친근함을 느낄 수 있게 놀아주거나 돌봐주려고 합니다.

Q6. 소아암이란 무엇인지, 일반인들도 쉽게 이해할 수 있도록 설명 부탁드립니다.

소아암은 급성백혈병, 악성림프종, 뇌종양, 골육종 등이 있는데 주로 급성 백혈병이 3/1이상으로 대부분을 차지합니다. 급성 백혈병은 미성숙한 백혈구의 과다증식으로 골수에서 정상적인 혈구세포들이 제대로 형성되지 못하여 전신에 증상(빈혈, 출혈, 감염 등)을 유발합니다.

Q7. 소아암을 앓고 있는 아동/청소년의 치료 과정에 대해 설명 부탁드립니다.

처음 병원에 오게 되면 각종 검사들을 통해서 진단을 받고 진단명에 따라 치료를 받게 됩니다. 백혈병을 예로 들면 항암 치료 요법을 시작하고 관해가 오면 다음 단계(공고요법, 유지요법)로 넘어가게 됩니다. 중간중간마다 피검사 결과를 보고 필요시 수혈을 하고 면역수치가 낮아 열이 나게 되면 감염 예방을 위해 항생제 치료도 하게 됩니다. 조혈모세포이식까지 하게 되는 경우도 있습니다.

Q8. 소아암을 앓고 있는 아동/청소년들이 치료받는 과정에서 어떤 어려움을 겪게 되는지요?

가장 큰 어려움은 신체적인 변화인 것 같아요. 항암치료를 받게 되면 머리카락이 빠지게 되면서 사춘기에 접어든 환아들은 특히 더 큰 심리적인 충격을 받게 되는 것 같습니다.

Q9. 소아암을 앓고 있는 아동/청소년들이 치료받는 과정에서 심리/정서적으로도 많은 어려움을 겪는다고 들었는데, 실제로는 어떤가요?

아무래도 병원 환경에 대한 두려움(주사 또는 처치)에 대해 많이 스트레스를 받는 것 같습니다. 또 보통 병원에 입원해서 치료를 받게 되는 경우가 많아 남은 가족들(보통은 형제자매, 아빠)과 떨어져 생활하는 것에서 심리적 불안감을 느끼는 것 같습니다.

병원에서 같이 치료를 받던 환아가 치료결과가 안 좋게 되면 더 큰 정서적 충격을 받는 것 같습니다.

Q10. 소아암을 완치한 아동/청소년들이 사회에 나와 겪는 어려움은 무엇인가요?

완치 이후에도 정기적으로 병원 외래를 다녀야해서 학교 수업을 빠지게 되거나 어렸을 때부터 자연스럽게 유치원이나 학교에서 또래들과 어울리면서 사회성을 기르게 되는데 이런 경험 부족이 어려움을 느끼게 되는 것이 아닌가 싶은 생각이 듭니다.

Q11. 저희 어머나운동본부에서는 소아암을 앓고 있는 아동/청소년들을 위해 머리카락 기부를 받고 그것으로 가발을 제작하여 지원하는 사업을 진행하고 있는데요, 그들에게 가발지원은 어떤 의미가 있다고 생각하시는지요?

실제로도 외래에 올 때 가발을 쓰고 오는 환아들이 많습니다. 항암치료로 인한 탈모로 인해 신체적 변화에 스트레스를 받는 환아들에게 가발지원은 많은 도움이 될 것 같습니다.

Q12. 실제로 그들에게 가발에 대한 수요가 얼마나 있다고 생각되시는지요?

대다수의 항암치료를 하는 환아들에게 흔한 부작용이 탈모이므로 수요는 많을 것으로 보여집니다.

Q13. 소아암을 앓고 있는 아동/청소년들의 경우 치료과정에서 정규적인 학교수업을 받기가 어려운 부분이 있을 텐데요, 그것을 보완하기 위해 많은 병원에서 교육청과의 협력을 통해 병원학교를 운영하고 있다고 알고 있습니다. 병원학교가 어떤 곳인지, 또 왜 병원학교가 소아암 환아에게 필요한지 설명 부탁드려도 될까요?

병의 특성상 병원 생활을 오래하는 경우가 대부분이라 정기적으로 학교에 등교할 수 없는 아이들에게 병원학교는 학습의 기회나 또래들과의 정서적 교감을 나눌 수 있는 곳이라고 생각됩니다.

Q14. 한국백혈병어린이재단이나 초록우산 등 많은 자선단체에서 소아암이나 희귀난치병을 앓고 있는 아동/청소년들에게 치료비 등을 지원하고 있는데요, 의료현장에 계신 선생님께서 느끼시기에, 그들에게 어떤 사회적 지원이 필요한지요?

재정적 지원이나 정서적 지원 등 생각보다 많은 형태의 지원들이 있어서 현상태로도 충분하다고 생각됩니다.

Q15. 머리카락 기부를 받아 가발지원을 해왔던 저희 어머나운동본부가 올해부터는 좀 더 그들에게 필요한 부분까지 지원영역을 확대하고

재원마련을 위해 적극적인 모금활동도 할 계획에 있는데요, 어머나 운동본부에 꼭 해주고 싶은 당부의 말씀이 있으시다면요?

형평성에 어긋나지 않게 지원이 꼭 필요한 환경에 있는 환아들에게 많은 재정적 도움이 되었으면 좋겠습니다.

Q16. 의료현장에 계신 의료인으로서, 일반대중에게 꼭 하고 싶은 말이 있으시나요?

힘든 병마와 싸우고 있는 환아들을 위해 머리카락 기부나 수혈 등 많은 참여 부탁드립니다.

Q17. 마지막으로, 코로나시기에 힘든 병마를 이기고 있는 소아암 환아에게 응원의 메시지나 꼭 전하고 싶은 이야기 있으시면 말씀해주세요.

지금까지 힘든 치료 과정을 잘 있는 너희들이 정말 대견하고 자랑스러워!

병원에서 만나는 모든 사람들은 다 너희들의 완치를 바라고 그러기 위해 열심히 노력하고 있으니까 긍정적으로 생각하고 잘 견뎌내고 열심히 치료받자!!

너희들은 소중한 존재라는 걸 잊지 않았으면 좋겠어.

마음을 나누는 인터뷰

이름: **문관영**

소속 및 직업: **학생**

Q1. 간단한 자기소개 부탁드립니다

안녕하세요ㅎㅎ 디자인을 전공한 사회초년생 25살 문관영입니다^^*

Q2. 암 판정을 받을 당시 어떤 기분이었나요?

안 믿었어요. 너무 평범한 나날들을 보내고 있었던 터라 당연히 흘러가는 소리로 들었고, 집에 와서 부모님께 의사소견을 말하면서 상황의 심각성을 조금씩 인지했던 것 같아요.

Q3. 검사결과를 기다리는 한 달 동안 어떤 감정변화가 있었나요?

제가 진단받았던 병명이 '희귀암'이라 인터넷 검색을 하면 너무 무시

무시한 말들만 나오더라구요.(웃음) 그 당시 제가 23살 정도였는데 겉으로 보이는 걸 중요하게 생각하다가 단순히 껍데기라는 생각도 들고, 취업에 대한 걱정보다는 내일 당장 죽는다면, 아니면 내가 살 수 있는 시간이 얼마 없다면 누구를 만나서 무엇을 해야 후회가 없고 남은사람들을 배려할 수 있을 지 고민해봤던 것 같아요.

나중에는 그냥 일상생활을 예쁘게 담아 올리는 SNS에서 친구들의 모습이 너무 미워보였어요. 그 친구들은 그냥 평범한 생활을 하는 것뿐인데, 그때 평범한 게 정말 어려운 일인지 새삼 너무 뼈저리게 느낄 수 있었죠.

Q4. 오진판정을 받았을 때 어떤 기분이었는지?

다행이다? 그리구 부모님 얼굴을 좀 더 편하게 볼 수 있었어요. 독립해야 하는 시긴데, 괜히 부모님을 더 고생시킬까봐 걱정했거든요.

Q5. 어머나운동은 어떤 경로로 알게 되었나요?

제가 고등학교 때 머리카락기부를 한 적이 있어서 이번에도 하려고 찾아보다가 유일하게 기부할 수 있는 곳이 이곳이라고 나와서 어머나운동본부에 기부를 동참하게 되었습니다.

Q6. 모발기부를 하게 된 특별한 의미는?

저는 긴 머리를 중요하게 생각해오고 자랐는데, 겉모습보다는 정말로 중요한 자신을 찾아가보자는 의미에서 시작했어요. 암 투병 하면서 머리카락이 빠지는 과정을 영상으로 본 적이 있는데 그 평범한 일상을 되돌려 줄 수는 없지만 이렇게라도 채워주고 싶어서 덤덤하게 머리카락을 자를 수 있었어요.
머리카락은 또 자라니까요!

Q7. 암환자들이 치료하는 과정에서 심리 · 정서적 어려움이 어떤 게 있을까요?

아프기 전의 내 모습을 그리워 할 것 같아요. 몸이 아프면서 마음도 상처받기 때문에 변한 모습을 긍정적으로 받아들이기까지 많은 포기와 상심을 하지 않을까요. 내 얼굴보다는 보호자얼굴을 많이 볼 것 같고. 제가 이전에 말한 평범함이 그 친구들에게는 특별함으로 부러움의 무언가가 마음에서 일렁이고 있을 것 같아요.

Q8. 소아암을 완치한 아동청소년들이 사회에 나와서 겪는 어려움은 무엇인가요?

요새는 학습도 선행학습이고 유행도 엄청 빨리 변하잖아요. 이런 과정 속에 일부분을 잠시 쉬었다는 불안함이 잠깐 들 것 같아요. 근데 저는 사회에 나와서 겪는 어려움보다 그 친구들은 엄청난 걸 해냈으니 모든 시간을 소중하고 알차게 너무너무 행복하게 보내지 않을까요?

Q9. 암 치료 과정에서 가발의 필요성을 느낀 적이 있는지, 환자들이 가발에 대한 수요가 얼마나 있다고 생각하는지요.

가발의 필요성은 절실하게 느낄 것 같아요. 하지만 가발이 정말 생각보다 너무 비싸다고 들었어요. 그래서 가발의 수요보다는 모자의 수요가 더 많지 않을까 싶네요.

Q10. 어머나운동본부에서 하는 가발지원이 어떤 의미가 있는지요.

어린마음을 보듬어 줄 수 있는 따뜻한 위로, 세상에 아무렇지 않게 나갈 수 있다는 자신감이 되어줄 것 같아요.

Q11. 힘든 병마를 지내고 있는 환자들에게 하고 싶은 말이 있다면 무엇인가요.

지금 이 순간이 다 지나가고 언젠가는 분명 완치하고 아무렇지 않게 말할 수 있는 추억으로 남을 거예요. 그리고 아무나 경험하지 못하는 특별한 경험으로 인해 완치 후 시간을 남들보다 더 소중히 행복하게 쓸 수 있을 거니까 매 순간 미래에 대한 기대로 가득 차게 행복했으면 좋겠어요. 저는 제가 할 수 있는 사소한 것들을 해서 항상 응원하고 생각할게요. 오늘도 잘 버텨줘서 고마워요.

4장

일곱 빛깔 기부자들이 뿜어낸 무지갯빛

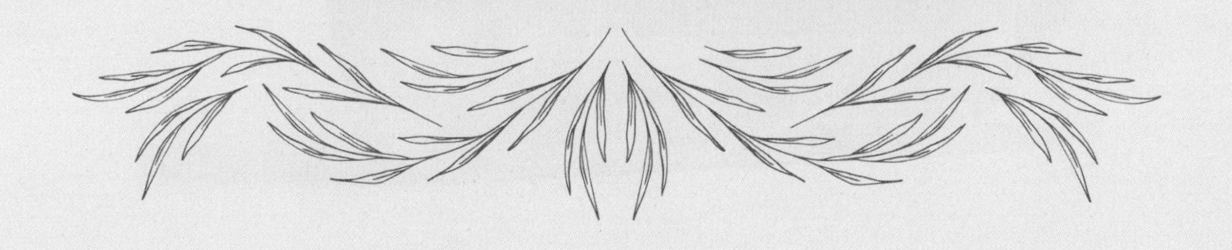

- 다양한 기부지의 이야기
- 따뜻한 후원을 해주신 후원기업

■ 마음을 나누는 인터뷰: 김형록(배우), 임진성(대학생)

위 작품은 김예린 작가의 작품이며, 그림재능기부를 해주셨습니다

김예린 작가의 작품

* 모발기부에는 "나이 및 성별제한이 없다"는 인식을 보편화하고,
  기부에 대한 통념을 변화하고자 한다.

다양한 기부자의 이야기

1) 만화로 보는 사연

–머리카락을 기를 수 있는 용기

'혈액암'
이라고
친구는
말했습니다.

또한 친구는 저의 머리를
부러워했습니다.
야, 머리를
멋지게 하고 다니네.

그런 친구의 순수한
부러움에 저는
흠... 맘에 들어.
이런 객기로 머리를 기른게 부끄러워졌습니다.

심지어 친구의
학창시절 당당하고
활발했던 모습과
자신감을 잃은
지금의 모습이
겹쳐졌으며
....

당장 친구로서 돕지 못하는
그 상황에 가슴이 아팠습니다.
내가 할 수
있는게 있을까?

순간 군인 시절, 여군 소대장님의
머리카락을 기부하는 모습이 생각나
소대장님,
그건
뭡니까?
머리카락인데
기부하려고!
친구와 같은 어려움을 겪는
사람들에게 도움을 줄 수있는
방법을 떠올렸습니다.

그렇게 사람들을
돕기 위해
머리를 기르는 동안
뭔 머리를
그렇게 길러.
여자야?
보기
안 좋다.
많은 사회적 편견을
느꼈습니다.

아무리 사회적
편견을 받더라도
암환자들이 겪을 고통에
비해 아무것도 아니라는 생각을 하며
잘 기른 이 머리카락을 보냅니다.

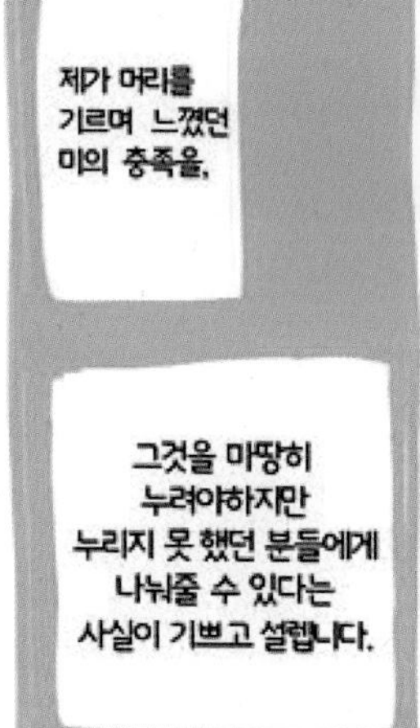
제가 머리를
기르며 느꼈던
미의 충족을,
그것을 마땅히
누려야하지만
누리지 못 했던 분들에게
나눠줄 수 있다는
사실이 기쁘고 설렙니다.

제 머리카락으로
소아암 환자들에게
기쁨이 되었으면
좋겠습니다.

2) 만화로 보는 사연

– 백발의 머리카락, 사랑의 흔적을 담다

어중간히 긴머리를 자를까하다가
그 이야기가 생각났습니다
어차피 어울리지도 않는 머리카락,
필요한 사람 주는게
낫겠다 싶어서
기부가능한 길이가 될때까지
기다렸다가 잘랐습니다.

3) 정성스러운 손편지로 보는 사연

안녕하세요 ?

저는 2018년에 정부초청 장학금을 통해 한국에 유학을 온 스리랑카 여학생 [redacted] 입니다. 지금 대전에 있는 배재대학교 한국어교육학과에서 외국으로서의 한국어교육 석사를 하고 있습니다. 저는 스리랑카에서도 암에 걸린 사람들에게 진료를 하는 병원에 머리카락 기부해 본 적이 있습니다. 저의 둘째 나라인 한국에서 공부할 수 있는 좋은 기회를 주신 한국 정부와 우리 나라인 한국 시민들에게 고마운 마음으로 어떤 것이 해야 되겠다는 마음이 생겨서 1년 동안 머리카락 길게 기르게 되었습니다. 저의 머리카락을 기부를 통해 머리카락 가발을 받는 사람의 기분이 더 좋아지고 평생 동안 행복하게 살 수 있기를 바랍니다. 저에게 이런 기회를 알려 주신 우리 대학교에서 같이 공부하는 선생님들, 친구들, 가족들 소포를 보낼 때 도와주신 선생님, 어머나 운동본부에서 일하시는 사람들과 한국 정부 장학금을 주신 모든 사람들에게 진심으로 감사합니다. 그리고 저의 기부를 통해 전 세계적으로 코로나 19 병에 걸린 사람들 빨리 나으시길 바라고 이 상태를 빨리 없어지길 바랍니다.

[redacted]
[redacted]

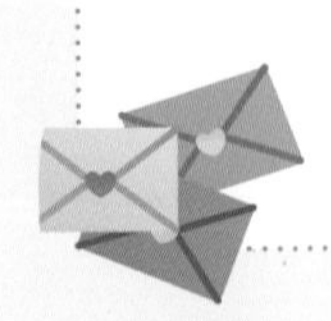

어머나 운동본부 여러분
안녕하십니까
저는 칠순이 넘은 할머니 입니다
이러한 재단이 있다는 것을
일년전에 알게 되어 늦게 나마
조금이라도 도움이 될까 해서
2년동안 머리를 길렀습니다
좀 더 길게 길렀으면 좋았을 텐데
머리가 너무 많이 빠지는 바람에
아쉽게 자르게 되었습니다
짜르고 보니 너무 짧아서 실망입니다
그래도 도움이 될수 있을지 모르겠습니다
이제 머리 기르는 것은 저의 생애에는
없을것 같아요 저의 머리가 어린이
에게 조그만 기쁨이 되었으면 합니다
2년의 세월이 헛되지 않았으면
하는 바램을 가져 봅니다
여러분들의 수고와 희생의 봉사가
있었기에 세상에 따뜻한 온기가
퍼져 나가는것 같습니다
감사 합니다 고맙습니다 항상
건강들 하시고 복 많이 받으시길
바랍니다.

2020. 12. 28

포항에서 [redacted] 드림.

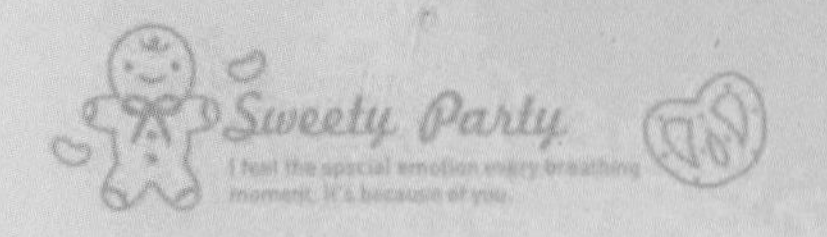

안녕하세요?

저는 전북 군산에 살고있는 낼 모레 50 되는 "아직은 49"인 (마흔아홉 ㅋ)
아줌마입니다.

너무 악필인 관계로 편지쓰기가 망설여졌지만 용기 내 봅니다.

저는 2015년에 심한 우울증에 걸려 사회생활은 물론이고 일상생활도 어려운 정도의 상태였습니다.

설상가상 이듬해인 2016년 봄에는 예기치 않은 사고로 오른쪽 손목이 골절되었습니다.

수술후 병원에 입원해 있는 동안 복면가왕이라는 프로그램을 다시보기 하는 것이 유일한 낙이었습니다.

그 프로에서 음악대장으로 나온 국카스텐의 보컬 하현우님의 노래에 많은 위로와 위안을 받았고 팬이 되었습니다.

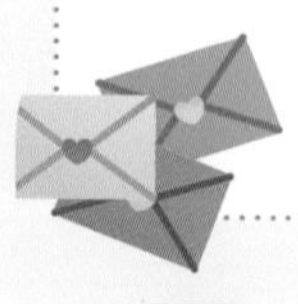

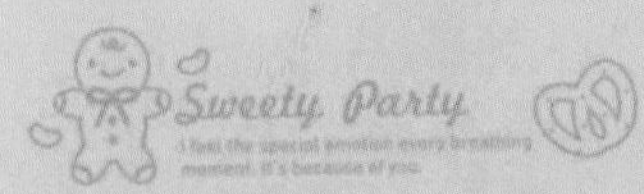

2017년 봄부터 국카스텐의 Hello 라는 콘서트를 통해
소아암 환자에게 기부를 시작하였고 팬들도 자연스럽게
기부에 동참하게 되었습니다. (Hello 콘서트는 2018, 2019 년까지 성황리에 공연되었습니다)
한편으로 재단 홈페이지 (날개달기운동본부)를 통해
머리카락 기부에 대해 알게 되었는데 안타깝게도 그곳에선
머리카락 기부를 더이상 받지 않는다고 하더군요
그러던 차에 어머나운동본부를 알게 되었고 2018년 봄에
때마침 저의 개인적인 신상에 변화가 생겨
제 의지를 시험해 보는 계기로 삼고자 머리카락을
기르기 시작했고 오늘 (2/22) 제 아들의 생일을 기념하여
드디어 머리를 자르게 되었습니다.
저의 머리카락은 출산 이후로 가늘어지고 힘이 없어
혹여 도움이 되지 못할까 걱정스럽기도 합니다.

barunson

안녕하세요, 저는 ███이라고 하는 남학생입니다.

마음에 큰 충격을 받고 집에서 면도기로 머리를 밀고 삭발을 한 뒤로 5년 2개월 정도 머리를 길렀습니다.

장발을 좋아하기에 기르는 것은 크게 어렵지 않았습니다.

기르는 와중에 큰 이모께서 항암치료를 하느라 머리가 다 빠지셨고 이를 계기로 머리 기부에 관심을 가지게 되었습니다.

중간에 머리를 자를까 고민도 많이 했지만, 제가 아는 한도 내에서는 기부받은 머리의 90%가 손상 등의 이유로 제외되고, 또 이렇게 남은 머리카락들은 길이가 짧아서 단발인 가발밖에 남지 않는 것으로 알고 있습니다.

이러한 이유로 염색과 매직 등 일체 머리카락에 어떠한 가공도 하지 않은 채, 소중하게 관리해온 제 반곱슬 머리카락을 택배로 동봉하여 보냅니다.

엉덩이까지 오는 길이에 말도 많고 탈도 많았지만, 오랜기간 저와 함께했던 긴 머리카락으로 소아암 어린이 여러분들을 위해 한 올, 한 올 엮어 흔치않은 긴 머리 가발로 지급됐으면 좋겠습니다.

어린이 여러분! 항암치료 힘들겠지만 꼭 이겨내시고 건강해져서 웃는 날이 오기를 진심으로 바랍니다.

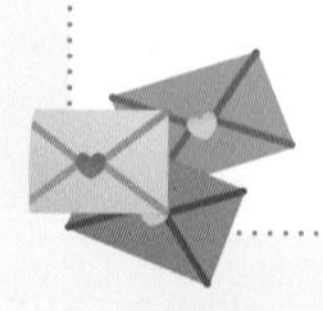

안녕하세요! 저는 올해 고3이 된 지방의 한 남학생입니다. 드디어 많고 많은 이야기 끝에 9개월 간의 제 노력을 보내게 되었습니다.

사실 주변의 많은 지인들(부모님, 친구들, 선생님들)이 반대해 이런 좋은 일을 하는 것에 제가 너무 앞서가는가 하는 생각도 했습니다. 하지만 "세계 어딘가에 도움이 될 삶을 살겠다"는 제 인생의 원칙을 배신할 수 없었고, 모발기부라는 좋은 일을 하는 저를 보고 본인도 동참하고 싶다고 말하고 실제로 기부도 했던 분들의 고마움과, 선한 영향력을 행사한다며 응원해주신 많은 또 다른 지인들에 대한 고마움에 2021년 4월 4일까지 기른 제 머리를 기부할 수 있게 된 것 같아 주변 사람들에게 너무나 고마울 따름입니다.

혹자는 이런 선행들이 아무 의미 없다고 할지도 모르겠습니다만, 제 마음 속 촛불의 작은 불씨가 어느 어린 환우의 마음속 촛불에 옮겨 붙고 또 그가 자신의 불씨를 옮겨서 언젠가 모두의 마음속에 촛불의 온기가 자리잡는 날이 오리라고 저는 생각합니다. 부디 좋은 곳에 쓰여 세상이 더 밝아지길 희망하겠습니다.

안녕하세요.

저는 한양대학교 에리카 캠퍼스에서 공부중인 ■■■ 이라고 합니다.

'머리카락 기부'에 관한 내용은 어릴 때부터 많이 들어왔었고, 그 이야기를
들을때마다 나도 언젠가는 소아암, 백혈병 환자분들에게
작게나마 도움이 되어드려야겠다고 생각해왔었습니다.

남학생인지라 주변의 시선도 있고 하여, 쉽진 않았으나, '졸업 후에는
이런 기회를 갖기가 정말 어려울 것 이다. 이번이 마지막 기회다.'
라는 생각으로 꾸준히 기르다보니 어느덧 기부조건을 충족하는 기장에
이르게 되었네요.

펌이나 염색과 같은 인공적 시술은 전혀하지 않은 머리카락 이으니
좋은 가발 만드시는데 꼭 도움이 되었으면 좋겠습니다.

좋은 기회 마련해주셔서 감사합니다.

2020. 9. 16. (수)

■■■ 드림

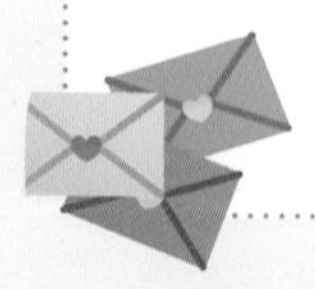

몇년동안 기른 머리카락을 자르며...
이리도 기분이 좋은적이 있었는지 생각해 봤어요.
어느때 보다도 기쁜마음으로 미용실을 향했습니다.
누군가에게 소중히 쓰일 생각을 해
가슴이 벅차기까지 합니다.
나이가 마흔이 넘은지라 흰머리도 있고
몇년전에 한 파마흔적도 남았지만
사용가능 하다는 메일을 받고는 정말 기뻤답니다.
목뒤로 느껴지는 단발머리가 이리도 가벼울수
있을까요~^^
제가 이런 일을 할수 있게 해주시는
어머나 운동본부 관계자 님들께 감사드립니다.
그리고 환아들에게 기운내라고
전해주세요. 멀리서 응원한다구요!!!
감사합니다!

2020년 8월 21일
제주에서
드림

안녕하세요~~

중2. 40대 모녀입니다.

이렇게 좋은 일을 하게 되어 기쁩니다.

중2 딸. 초등1번 퍼머했고. 한번도 염색 안했습니다.

40대인 저 또한 초등학교 이후.

염색을 한 번도 한적 없는 모발(퍼머도 2번)입니다.

나이가 들면서 힘이 없어 속상할 뿐...ㅋㅋ

딸 아이와 좋은 일에 참여하게 되어 무척 기쁩니다.

딸 아이는 머리 숱이 많아 좋지만.

저는 너무 숱이 없어 걱정이긴 하지만요.....

이쁘고 사랑스런 아이들에게 도움이 된다니 행복합니다.

봉사하시는 자원 봉사자 분들께서도

이 어려운 시기에 힘이 되어 주셔서 감사합니다.

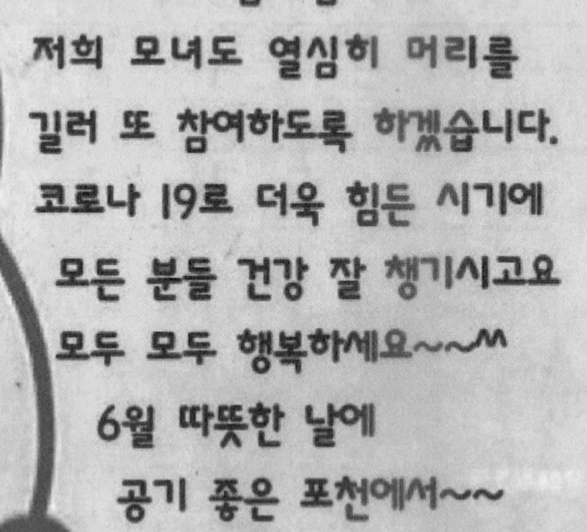

저희 모녀도 열심히 머리를

길러 또 참여하도록 하겠습니다.

코로나 19로 더욱 힘든 시기에

모든 분들 건강 잘 챙기시고요

모두 모두 행복하세요~~^^

6월 따뜻한 날에

공기 좋은 포천에서~~

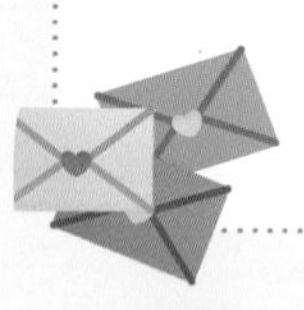

※ 부족하지만, 늦은 나이라 더 열심히 길러서 보냅니다.

머리카락이 힘도 없고 가늘어서 도움이 될지 모르겠습니다.

좋은 일 하시느라 너무너무 고생이 많으십니다.

항상 응원하겠습니다. ——

안녕하세요 ~.

제 머리카락을 이렇게 좋은 일에 동참할 수 있게 되서 영광입니다.
나이는 40대 초반이지만 누구보다 좋은 머리카락이라고 자부할 수 있어요.
제 평생 파마는 초등학교 때 딱 한번 어른되서 딱 한번 그외에 펌, 염색을
10년넘게 하지 않은터라 거기다 참머리라 불리우는 제 머리카락이에요.
제 머리카락이 작은 도움이 되길 바랄게요. 감사합니다.

20. 8. 27 목.

기쁜 마음으로 보내는 [illegible] 기부자 올림 ^^

To 안녕 하십니까 ?

저는 오산에서 작은 카페를 운영하고 있는 60대

여성 입니다 !

반갑습니다. *어머나 운동본부를* 알게 되어서 .....

우연히 그전에 아는 지인께서 머리가 건강해 보인다고

아픈아이들에게 기부를 하면 좋을거라고 해서

이렇게 몇자적어서 머리를 보내드립니다.

이년동안 염색도 파마도 안했어요

이년전에 머리를 하러가서 묶어서 외땋머리라

파마 한것처럼 보입니다. ^^

제 머리가 어린아이들 한테 쓸수 있다면

얼마나 좋겠습니까.

나름 깨끗하게 간수했으니 받아주셨으면 합니다.

정말로 제 머리 카락이 소중하게 쓸수있다면

감사하겠습니다.

머리카락 아니라 그무엇도 드리고 싶은마음 입니다.

정말로 쓸수있는 머리였음 좋겠습니다.

온세상이 코로나19 때문에 힘들어 하는거

빨리 좋은 세상이 왔음 좋겠습니다.

우리 모두 화이팅 하시고 건강하세요.

감사합니다. ♡

행복하세요

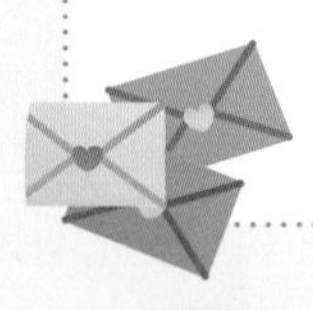

Your smile completes my day!

안녕하세요!

필요한 어린이들이 예쁘게 쓸 수 있는 가발이 되기를 바랍니다.

감사드립니다.

2020-12-29

[redacted] 드림.

안녕하세요. 고생이 많으십니다.
좋은 머리결이 아니라서 안타까움이 크지만
지난 21개월 동안 마음을 담아 길렀습니다.
조금 갈색 빛을 띄지만 염색은 하지 않았으니
안심하세요.
조금 더 머리를 기르고 싶은 마음도 있지만
남자 공무원이란 직업을 가진 남성으로서
귀로 얻은 이야기에 여기서 그만 멈춥니다.
힘든 치료를 받는 아이들에게 조금더 위안과
기쁨을 줄 수 있기를 바라며, 아이들을 위해
고생하시는 어머님들께 감사와 응원하는
마음을 담아 박수를 보냅니다.
항상 건강하시기를 기도드립니다.
2020.12.25. [redacted] 드림.

Your smile completes my day!

만감이 교차하였다. 머리카락을 자르고 있는 모습이 거울에 비춰 나에게 보일 때 복잡한 감정이 느껴졌다. 20대의 마지막, 머리카락을 기르는 과정은 험난했고 쉽지않았다. 핍박, 불편, 외로움, 슬픔, 아픔 등... 나는 후회할까? 후회하지 않는다. 힘들고 고통스러웠던 만큼 더 성장하고 단단한 사람이 되었으며 지금은 아주 행복하다. 이 머리카락을 받은 그 친구도 지금은 힘들겠지만 견뎌낸다면 분명 더 큰 행복이 기다리고 있을것이다. 힘을 받았으면 좋겠다.

-20대의 마지막 보내는 남자

안녕하세요.
남자라 더 길고 많은 머리카락을 주지 못해 아쉽지만
누군가에게 희망의 한 가닥이 될수있기를 빕니다.
저도 같은 힘든 시간을 겪었었기 때문에 모발 기부로
응원하고 싶었습니다.
꼭 이겨낼 수 있습니다! 화이팅! VLEI

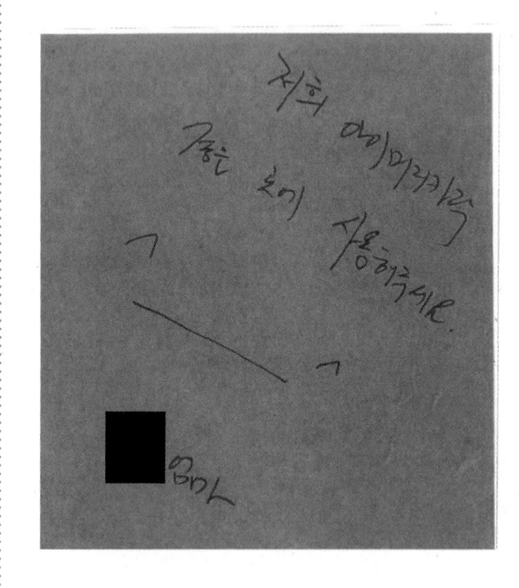
저희 아이 머리카락
좋은 곳에 사용해주세요.
엄마

안녕하세요 :)
건강하게 기른 머리카락입니다.
좋은 일에 동참하게 되어 기쁩니다.
소아암 환우들이 건강해지길 바라며
여러곳에서 봉사하시는 분들에게도
감사인사를 드립니다.
2020. 07. 01

안녕하세요
저는 이제 서른을 넘은 29살 남자입니다
처음부터 기부하려는 생각은 없었고 그저 긴머리를 한번 해보고 싶어서 기르게 되었습니다
멋 부리는 편은 아니라 기르거 이전에나 이후나 염색이나 펌은 해본적이 없네요
1년쯤 길렀을까요 모발기부를 알게되고 제 안에서 뭔가 조금 바뀌게 되었습니다
제 스스로가 불우하다고 생각해 살면서 평생 누군가를 도와준적도 그럴생각도 없이 살아왔네요
하지만 시간이 지나면서 사람들은 저마다의 고통을 조금씩 지고 살아간다는 걸 알게되었습니다
나만 힘든것은 아니지만 그것과 별개로 감당할 수 없는 상황속에 있는 아이들도 있네요
다 큰 어른이 무슨 말을 해줄 수 있을까요 너만 힘든것은 아니란다 같은 사회에 찌든 말은 아무런 희망도
줄 수 없겠죠 무슨 죄가 있어 어린나이에 병마와 싸우고 있을까요 그저 운이 없어서, 불행할 뿐
이라는건 다 아는 사실이지만 참으로 잔인한 일 입니다
눈물조차 잃어버린 아이들에게 어른들이 조금씩 모아 만든 마음이 절망의 안개를 걷어내고
희망으로 가는길을 조금이나마 열어 줄 수 있기를 바랍니다

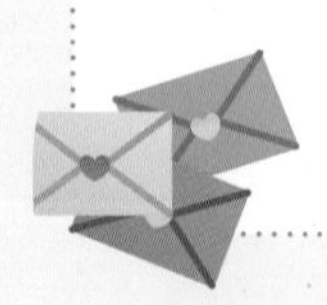

안녕하세요 30대 남자 회사원입니다.
길이는 권장길이(25cm)에 못 미치지만,
좋은 곳에 쓰이면 좋겠습니다.
좋은 활동에 동참할 수 있어 기쁩니다.
어머나 운동본부와 아이들 모두 응원합니다.
감사합니다.

담주에 군대갑니다
일년동안 모았네요
모두 화이팅!

대한민국에서 사는 성인 남자로서 머리카락 기르기가 쉽지 않았습니다. 어려웠던 만큼 머리에 애착이 많이 생겨, 좋은 일에 사용하고 싶었습니다.

안녕하세요
어머나 운동본부 담당자님.
이 머리카락은 염색머리가 아니라 제 남편 머리카락인데 프랑스인이라 색깔이 연합니다.
따마도 한적 없는 머리입니다.
잘 부탁드립니다

안녕하세요
저는 평범한 30대 남성입니다.
사회복지학과를 나와서 평소에 봉사, 기부 등 다양하게 해보다, 이렇게 머리카락 기부에도 참여하게 되었습니다.

저는 평소에도 머리를 짧게 하고 다니고, 술도 많이 먹고, 모발도 얇습니다.
하지만 한번 해보고 싶다는 마음에 3년 정도 걸려서 이렇게 기부를 하게 되었습니다.

날은 춥고, 여전히 코로나로 인해서 많은 불편이 있으텐데, 소아암 아이들에게 작게나마 도움이 되었으면 좋겠습니다.

감사합니다.

안녕하세요. 평택에 살고있는 28살 [redacted]이라고 합니다.
손 글씨가 워낙 악필이라 PC의 힘을 빌려 글을 적어 내려갑니다.

평범하게 살아가던 저에게 있어 '암'이라는 단어는 어딘가 거리감이 느껴지고 형태가 없는, 그저 단어로서 존재하는 어떠한 것이었습니다. 하지만 올해 5월, 저희 아버지께서 암 진단을 받으시고, 수술과 항암으로 힘들어하시는 모습을 보며, 그 시련의 무게감을 가슴 깊숙이 세기게 되었습니다.

4년 정도 기른 머리를 자르며, 문득 누군가에게 스쳐들었던 모발기부의 이야기가 떠올라 수소문했습니다. 그래도 세상을 먼저 살았던 어른들에게도 고통스러운 일인데, 어린 친구들에게는 얼마나 아프고 힘든 시간일까. 처음으로 소아암 환자들에 대해서 깊게 생각해보게 되었기 때문입니다.

옆머리는 짧은 체로 윗머리만 길렀던 남자의 머리라, 가발을 만드는데 많은 도움이 되지 않을지도 모르겠단 생각이 듭니다. 그래도 작은 응원이나마 전하고 싶은 마음만큼은 아이들에게 전달되기를 바랍니다.

안녕하세요 24살 [redacted]입니다.
22살 (2018년) 10월에 군복무를 마치고 지금까지 머리를 길렀는데
짧은 머리만 하고 다녀서 기르는 과정에 불편함을 참지 못하고
파마를 두번인가 해서 머릿결이 그렇게 좋진 않을 수 있어요.. ㅠㅠ
그래도 그 뒤로는 머릿결관리를 열심히 했습니다!
2년이란 시간동안 길렀던 머리가 누군가에게 작은 희망이라도
될 수 있었으면 좋겠네요! :)
좋은일만 가득한 날들 보내시고 하느님께서 돌보아주시길 기도하겠습니다.

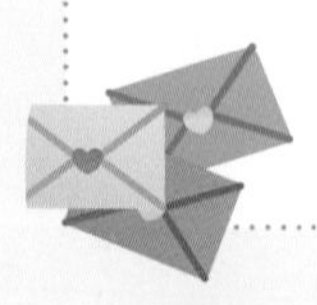

안녕하세요.
남자라 더 길고 많은 머리카락을 주지 못해 아쉽지만
누군가에게 희망의 한 가닥이 될수있기를 빕니다.
저도 같은 힘든 시간을 겪었었기 때문에 모발 기부로
응원하고 싶었습니다.
꼭 이겨낼 수 있습니다! 화이팅! VLEI

어머나 운동본부 담당자님...

안녕하세요. 중2 딸 아이를 둔 엄마 입니다.
예전엔 소아암 협회로 기부한 경험이 있는데..
어머나 운동본부 쪽으로는 첫 기부 네요...
아쉽게도 염색 1회, 길이도 부족 하지만..
매번 긴머리 자를 때 마다 기부 했던
터라 아이가 원해서 참여 해 봅니다.

안녕하세요?
43개월 남아 모발입니다
좋은일에 참여하게되어
기쁘네요.

안녕하세요~ 어린 천사들에게 조금이나마 힘이 되고자 4년동안 기른 머리를 잘라 보냅니다~
가게에 머리를 빗고 빠진 머리카락도 조금씩 모아서 같이 보내요~
100개를 주웠지만 100가닥이 이래도 작게 보여서... 머리의 소중함도 알게 되었습니다.
비단결 머리는 아니지만 그래도 천사들에게 조금이나마 저의 머리카락이
큰 힘이 되고 도움이 되길 바라겠습니다.
이제야 항상 기부하고 싶은 생각만 하다가 꾸준하게 참고 길러서 잘라 보내네요..
저에게는 어린 조카들이 있네요. 그 아이들을 볼 때면 아픈 천사들이 생각이 많이 나더라구요~
그래서 더 늦기 전에 더 머릿결이 상하기 전에 기부를 해서 도와줘야겠다는 생각이
바로 미용실에 가서 잘랐어요~
자르면서도 부디 잘 기부되어 천사들에게 도움이 되길 바랐습니다.
우리 어린 천사들 아프고 힘들겠지만 힘냈으면 좋겠고, 행복하길 기도할게~♡
천사들 덕분에 저도 머리카락의 소중함을 다시 한번 배우게 되어서 감사하고
나의 머리로 행복을 줄 수 있어서 또 한번 감사함을 느꼈어요~
코로나로 모두가 지치고 힘들고 우울하지만 이 글을 보는 모든 분들은 힘내시고 행복하세요~
2021년 따뜻한 한 해가 되시길 바랍니다~♡
천사들도 힘내고 항상 행복하길 바랄게~~♡

♥ 남자 아이인 저희 "○○이"가
정말 열심히 기른 머리예요^^
꼭 좋은일에 씌였으면 좋겠습니다.
- ○○ 드림♥

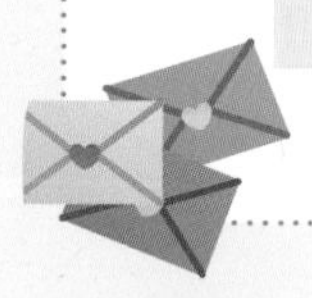

태어나서부터 9년간 기른 효영이의 머리카락이에요.

아픈 친구들 위해 선물한다고 좋아하는 긴머리는 잘랐답니다.

친구들에게 예쁜 머리카락이 되어 전달되면 좋겠어요.

"항상 응원하는 친구들이 있으니 빨리 낫고 건강하렴!"

제 작은 머리카락이 누군가에는
힘이 될 것이라 믿고 보냅니다.

2년이라는 저에게는 긴 시간에
뜻하지 않게 오던 시련을 '머리카락을
길자'고 한 제 자신만의 약속으로
참고 참아 지금 제가 있습니다.

제 머리카락은 금방 길고 사라지지만
받는 사람의 기쁨은 오래 가길 바랍니다.

따뜻한 후원을 해주신 후원기업

1) ㈜한백코퍼레이션-끌림글램

2021년 6월부터 매월 진행되고 있는 감사(감동적인 사연)이벤트를 소개합니다. 모발기부자 분들 중 마음 따뜻한 사연을 보내준 모발기부자 80명을 선정합니다. ㈜한백코퍼레이션 기업은 선정된 분들께 헤어트리트먼트 상품을 후원해주셨으며, 모발기부자 분들에게는 따뜻한 마음과 감사의 표현을 전달했습니다. 감사이벤트는 6월부터 매월 진행될 예정입니다. 자세한 사항은 어머나운동 홈페이지를 참고해주세요.

HANBAEG
CCLIMGLAM
Catch One's Eyes

한백코퍼레이션 로고

우연찮게 머리카락 기부와 관련된 인스타그램 피드를 보고 '어'린 암 환자들을 위한 '머'리카락 '나'눔 운동본부를 알게 되었습니다.

항암 치료로 탈모가 심한 소아암 환아에게 기부자님의 머리카락 기부로 특수 가발을 제작하여 희망을 씌우는 뜻 깊은 일을 한다고 하더군요. 처음에는 아~ 이런 좋은 일을 하는 곳도 있구나 하고 가볍게 넘겼습니다. 그러다가 어느 날 이 선한 마음의 기부자님들께 뭔가 작은 응원이라도 보내고 싶다는 생각이 문득 들더군요.

머리카락 기부를 하기 위해 약 2년여의 시간을 멋내기 염색, 펌 등을 참아가며, 인내하셨을 기부자님들께 헤어 케어에 큰 도움이 되는 제품을 드리면 조금이나마 기뻐하실 수도 있겠다 싶어 어머나운동본부에 문을 두드리게 되었습니다.

처음에는 너무 소소하여 이 일이 성사될까도 싶었지만, 어머나운동본부에서 흔쾌히 저희의 마음을 받아주셔서 함께 하게 되었습니다. 다시 한 번 감사드립니다. 간략하게 끌림글램(한백코퍼레이션) 브랜드를 소개해 드리면, 자연의 성분은 더하고 불필요한 성분은 덜어내어 식물 에너지와 자극 없는 안전한 원료로 자연과 환경까지 생각하는 제품입니다.

정직하게 제품을 만들고 선하고 귀중한 일에 꾸준히 동참할 수 있도록 힘쓰겠습니다. 감사합니다.

2) 주식회사 디얼시- 스킨시그널

유기농 비건화장품 스킨시그널(대표 백진주)은 소아암 환아들을 위한 이번 행사에 유기농 아미노 멀티밤(5g, 15000원 선)을 후원하였습니다.

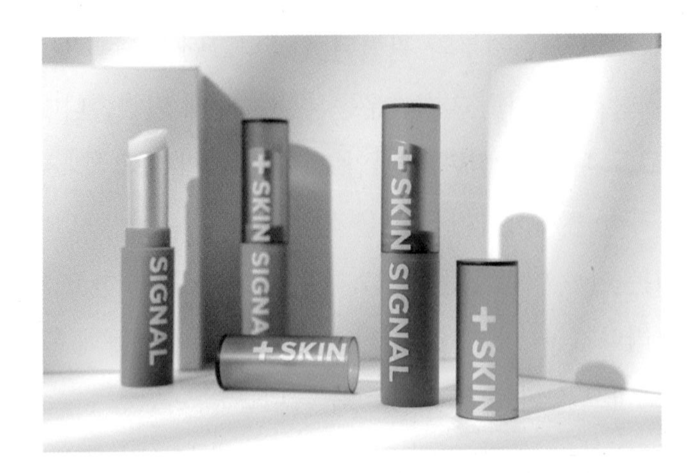

+ SKIN SIGNAL

스킨시그널 제품과 로고

스킨시그널은 정제수와 화학성분을 넣지 않은 처방으로 피부가 보내는 신호에 빠르게 대처하여 더 나쁜 상태로 가는 것을 막아줍니다. 또한 지구가 보내는 신호에도 귀 기울여 지구 환경에 해롭지 않은 제조공정 및 소비과정으로 답하고 있습니다.

마음을 나누는 인터뷰

이름: **김형록**

소속 및 직업: **배우**

Q1) '기부'라는 단어를 들으면, 어떤 단어, 어떤 이미지가 먼저 떠오르시나요?

'기부'란 무엇이라고 생각하시나요? 기부란 단어를 들으면 따뜻함, 사랑이란 단어가 떠오르고, 포옹의(허그) 이미지가 떠오릅니다. 기부는 모두가 함께 어우러져 살 수 있는 세상을 만드는 것이라고 생각합니다. 간단히 말하면 기부는 사랑이라고 생각합니다.

Q2) 배우라고 들었는데, 배역 때문에 머리를 기르신 건지 아니면 기부를 위해 머리를 기르신 건지, 머리카락을 기르게 된 특별한 계기가 있으셨나요?

처음에는 평생 한번 길러보고 싶은 마음에 시작을 했고, 기르다보면 배역이 들어 올 거라는 생각도 했지만 결과적으로 그런 적은 없었습니다. 기르다보니, 예전부터 생각했던 기부를 해야겠다는 생각으로 약 3년의 시간을 버티며 인내했습니다. 결국은 기부를 하기 위해 길게 기른 것입니다.

Q3) 평소에도 긴 머리스타일을 선호하시나요? 어떤 머리스타일을 선호하시나요?

단발일 때가 가장 이쁠 것 같기는 합니다만 그래도 대한민국에서 긴 머리 남자로 사는 것은 환영받지는 못하는 것 같습니다. 그래도, 저는 각각의 개성이 있기에 어떤 스타일을 선호한다는 명확한 기준은 없습니다.

Q4) 어머나운동은 어떤 경로로 알게 되었나요?

경로는 인터넷을 통해 검색으로 알게 되었습니다.

Q5) 어머나운동본부에 모발 기부를 하게 된 특별한 동기가 있으시나요?

머리를 기부하기 위해 찾다보니, 하이모, 어머나운동본부 이렇게 두 군데에서 한다는 것을 알았고, 하이모는 더 이상 진행하지 않는다는 공지가 떴고, 어머나운동본부 하나만 남았다는 사실을 알게 되어 너무 감사하게도 이곳에 기부하게 되었습니다. 혹시 다른 곳도 있나요?

Q6) 머리를 기르면서, 힘들거나 불편한 점은 없으셨나요?

가장 힘든 점은 관리하기가 힘들었고, 불편한 점을 여름에 특히 땀 배출이 안 되서 항상 머리가 젖어 있다는 것과 머리 말리는 시간이 30분 정도 걸리는 것, 의자 앉을 때, 누울 때 머리가 당기는 것, 밥 먹을 때 머리카락이 같이 들어와 씹히는 것, 스타일을 자유롭게 낼 수 없는 것, 주위의 시선이 불편한 것, 모자를 항상 준비해야 되는 것, 샴푸, 린스가 많이 들어가는 것 등등 너무 많은데 여기까지 하겠습니다.

Q7) 모발기부를 위해서, 모발을 관리하는 등 특별히 개인적으로 기울인 노력이 있으셨나요?

처음에는 에센스를 발라주고, 염색을 하지 않고, 파마를 하고 싶어도, 초반에만 했고 상해가는 것이 보여서 더 이상 머리에 아무것도 하지 않았습니다. 근데 저도 처음 길러보는 거라 에센스 밖에는 무엇을 해야 할지 몰랐습니다. 이것도 많이 힘들어 마지막쯤에는 관리가 소홀했던 거 같습니다. 그래도 린스는 꼭 했습니다. 그리고, 한 가닥 한 가닥 빠지는 머리카락을 정성스럽게 모으는 작업을 했습니다.

Q8) 평소에 소아암 환아에 대한 기부 및 봉사활동에 관심이 있으셨나요?

옛날부터 머리기부에 대해 알고 있었고 언젠가 나도 해야겠다는 생각이 있었습니다.그리고 '봉사는 죽기 전에는 많이 해봐야 할 텐데' 라는 생각을 항상 가지고 있습니다. 관심은 어느 정도 있는 것 같아요,

Q9) 평소 어머나운동 캠페인에 관심이 굉장히 많으시고, 유튜브 컨텐츠 에도 어머나운동 캠페인을 언급하셨는데, 어머나운동 모발기부에 참여하고자 하는 예비기부자에게 꼭 하고 싶은 이야기 말씀해주세요.

세상에 좋은 일 하는 것이 부끄럽다고 생각한적이 단 한 번도 없습니다. 충분히 자부심을 가지고 살아도 될 만큼 소중한 일이라고 생각됩니다. 더 나아가 우리가 하는 작은 일들이 한 생명을 살릴 수도 있는 일이라고 생각하기에 머리가 많이 상해서 난 안 돼, 길이가 안 돼라기보다는 우선 자를 마음이 있으시다면 꼭 기부에 동참해 주셨으면 합니다. 그리고 기부자 모든 분들 꼭 좋은 일만 가득하실 겁니다. 여러분은 천사임에 틀림없습니다. 그리고 항상 감사드립니다. 기부에 동참해 주신다는 것에… 어쩌면 생명을 구하는 일에 같이 함께 하시는 것입니다.

Q10) 자 이제 마지막으로, 코로나시기에 힘든 병마를 이기고 있는 소아암 환우에게 응원의 메시지나 전하고 싶은 이야기 있으시면 말씀해 주세요.

많이 힘들고, 아플 거라는 것을 알지만, 그래도 따뜻함이 전해져서 잘 견뎌내고 치료 잘 받아서 좋은 모습으로 우리 꼭 만나는 날이 왔으면 좋겠습니다. 제가 기독교인데 예수님의 사랑으로 행복한 일만 가득 넘치기를 소망합니다. 저의 작은 정성이 큰 기적으로 돌아가길 간절히 바랍니다. 사랑합니다.

마음을 나누는 인터뷰

이름: **임진성**
소속 및 직업: **대학생**

Q1) 자기소개

안녕하세요? 저는 23살이고 곧 훈련소에 들어갈 임진성이라고 합니다.

Q2) '기부'란 무엇이라고 생각하시나요? '기부'라는 단어를 들으면, 어떤 단어, 어떤 이미지가 먼저 떠오르시나요?

기부는 자신이 할 수 있는 범위 내에서 사회에 선한 영향력을 끼치는 것이라고 생각합니다.

Q3) 평소에도 긴 머리스타일을 선호하시나요? 어떤 머리스타일을 선호하시나요?

평소에 긴 머리스타일을 선호하지는 않았습니다. 저는 투 블럭 스타일의 깔끔한 머리를 선호해왔습니다.

Q4) 어머나운동은 어떤 경로로 알게 되었나요?

머리카락을 기부할 수 있다고 주변 사람들을 통해 전해 들었고, 인터넷 검색을 통해 알게 되었습니다.

Q5) 어머나운동본부에 모발 기부를 하게 된 특별한 동기가 있으시나요?

특별한 동기는 없었습니다. 작년부터 올해까지 별 생각없이 약 1년 동안 최대한 길러왔고, 좋은 일 하려고 기부했습니다.

Q6) 머리를 기르면서, 힘들거나 불편한 점은 없으셨나요?

앞머리가 자꾸 눈을 찌르는 것이 불편했습니다. 그리고 머리를 감고 말리는 데 시간이 오래 걸리고 자꾸 빠지기도 해서, 평소에 머리가 기신 분들은 어떻게 관리하는지 참 대단하다고 생각했습니다.

Q7) 모발기부를 위해서, 모발을 관리하는 등 특별히 개인적으로 기울인 노력이 있으셨나요?

펌이나 염색을 한 모발은 받지 않는다는 내용을 봐서, 최대한 생머리로 좋은 모발을 유지하려고 노력했습니다.

Q8) 평소에 소아암 환아에 대한 기부 및 봉사활동에 관심이 있으셨나요?

이번 기회를 통해 처음 알게 되었습니다.

Q9) 자 이제 마지막으로, 코로나시기에 힘든 병마를 이기고 있는 소아암 환우에게 응원의 메시지나 전하고 싶은 이야기 있으시면 말씀해주세요.

저는 소아암이 어떤지 가늠할 수 없지만, 제 머리카락이 자그마한 선물이 되면 좋겠습니다. 파이팅하세요!

Q10) 마지막 한마디 해주세요.

머리카락은 모두가 가지고 있는 것이고 가만히 냅두면 알아서 기르니, 누구나 이러한 기부는 참여할 수 있을 것이라고 생각합니다. 돈이 들지도 않고, 다만 시간만 좀 듭니다.

마음을 나누다

5장

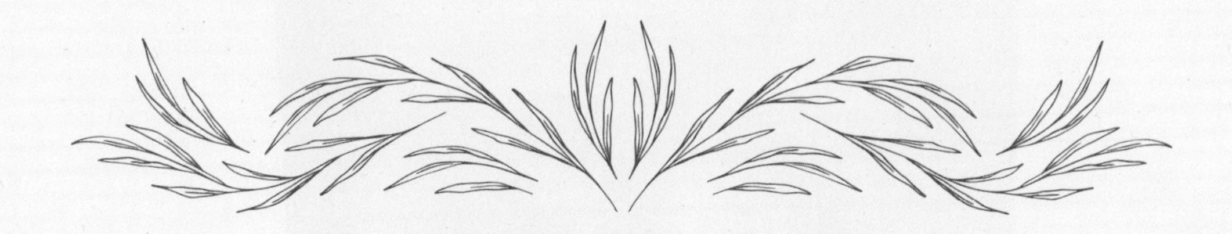

특별한 꿈을 선물한 스타

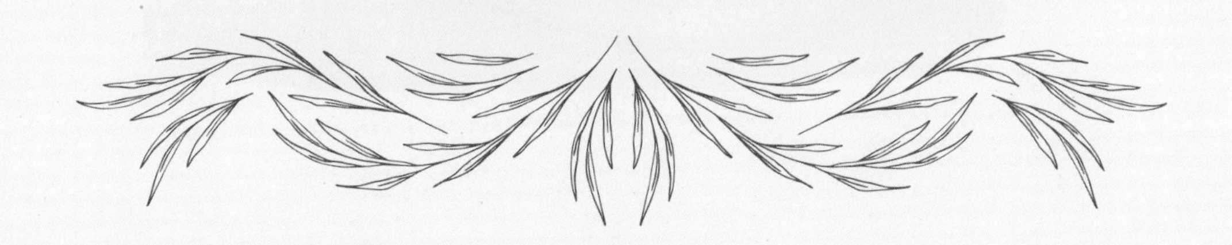

- 기부스타 이야기
- 삼성디스플레이 임직원 분들의 따뜻한 나눔 이야기
- GS리테일의 따뜻한 나눔이야기

■ 마음을 나누는 인터뷰: 이채린(하사), 김예린(화가)

위 작품은 김예린 작가의 작품이며, 그림재능기부를 해주셨습니다

김예린 작가의 작품

* 의료진 및 군인들의 감동적인 기부사연과 사회적으로 저명한 유명인의 기부사연을 통해 모발 기부에 대한 선한 영향력을 전파했습니다. 이번 장에서는 그분들의 이야기를 들어보겠습니다.

기부스타 이야기

1) 만화로 보는 사연

–머리카락, 첫 기부를 하다!

저는 직업이 직업인 만큼
머리를 거추장스러워해
거슬려...
주기적으로 머리를
자르기만 했는데
우연히
어머나 운동본부를
알게되었습니다.
미리 알았더라면!
아쉽다...
서너 번은 기부했을텐데...
어쨌든 두근
거리는 마음으로
미용
첫 기부를 위해
머리를 잘랐는데
작은 사건이
있었습니다.
미용실 원장님이 머리를
적셔놓은 상태에서 자르셔서
젖은 머리를 다시 풀어 말린 후
하나하나 다시 묶다보니
머리 다발이 너무 헝클어졌습니다.
부디 문제없이
사용할 수 있는
상태이기를
바랍니다.
괜찮을까?
택배

2) 만화로 보는 사연

–암환자들을 돕는 방법, 어렵지 않았다

알아보니 소아암 환자를 위해
머리카락 기부
어머나 운동본부
머리카락을 기부할 수 있더라고요!

오오~
25cm
마침 길이도 기부가능기준과 비슷한 정도였습니다.

생각만큼 챙겨줄 수는 없었지만
머리카락 기부
생각치 못한 방법으로 도움을 주게 되어 기쁩니다.

의미있는 경험을 하게 해준 어머나 운동본부!
감사합니다!
머리카락은 다시 잘 길러서 기부할게요!
FIN.

3) 정성스러운 손편지로 보는 아름다운 사연

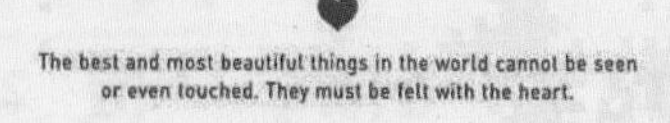

The best and most beautiful things in the world cannot be seen
or even touched. They must be felt with the heart.

안녕하세요! 의정부에서 군생활하고 있는 사람입니다.
머리카락 기부는 이번이 2번째에요.
3년이란 기간동안 열심히 길렀어요. 누군가에게 꼭 필요한 일을 하고 싶었고...
머리카락은 가만히 둬도 길어지고 가볍게 생각하기 쉬운 데 꼭 필요할 수 있다는
생각에 기부를 시작했어요. 제 목표는 최소 5회 기부를 하는 거예요.
건강한 기운을 담은 머리카락을 받아 꼭 건강해지길 응원합니다.
지금 아픈 것은 금방 이겨낼 수 있다는 믿음으로 조금만 더 힘내주세요.
누구인지, 어떤 분인지는 모르지만 당신의 건강이 좋아지길 바래요!

안녕하세요
머리카락 기부를 생각하면서 기분 좋게 시간을 보냈어요
사실 공황장애가 있어서 미용실을 잘 못가는데
기부한다고 맘먹고 머리를 싹뚝 자르고 왔네요.
소아암 환우들에게 잘 써주세요.
염색도. 파마도. 안했어요. 머리카락 기르면서
좋은일도 많이 생기고 행복했습니다.
이글을 읽어보시는 분께서도 행복하시길 바래요.
또 기부할게요 ~ ♥

안녕하세요?
저는 환자분들의 재활을 위해 일하는 물리치료사이자 두아이의
엄마 ■■■이라고 합니다.
우연히 뉴스기사로 유명 연예인이 몇년간 길러온 머리카락을 잘라
기부했다는 소식을 접했습니다. 어머나 운동본부에 관심을 갖게
된건 이분의 선한 영향력 때문인 것 같습니다.
평소 영화 보는걸 좋아하는데 최근에 '마이. 시스터즈 키퍼' 라는
영화를 보았습니다. 혈액암을 앓는 소녀와 가족들의 이야기였는데
아이를 가진 엄마로써 많이 슬펐고 공감되었습니다.
이 영화를 봤던 것이 머리카락 기부에 동참하고자 한 결정적인
이유였습니다.
소아암 환자들에 비할순 없지만 저도 망막박리 라는 질환으로
실명의 위기를 겪어본지라 몸이 아프다는게 정서적, 신체적으로
얼마나 불안하고 힘든일인지 작게나마 공감을 하고 있습니다.
비록 머리카락 뿐이지만 작게나마 좋은 일에 쓰일 수 있을거란
생각에 스스로에게도 뿌듯한 기분이 듭니다. 꼭 소아암환자가
착용할 가발로 만들어 질수 있길 희망하며 이만 줄이겠습니다.
감사합니다

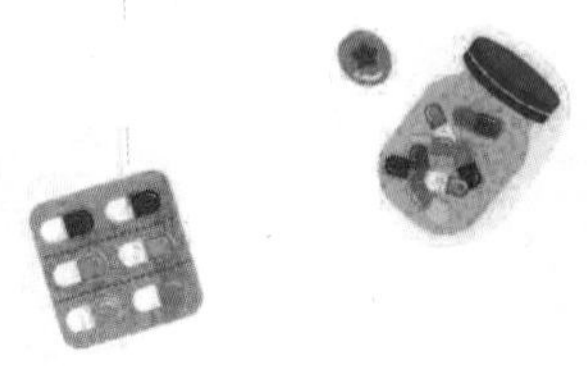
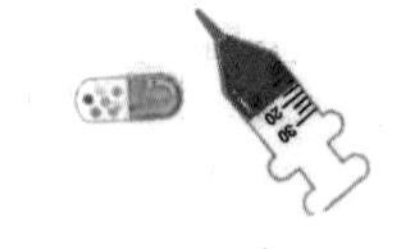

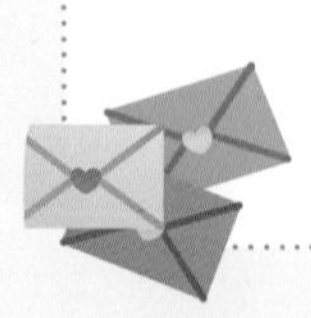

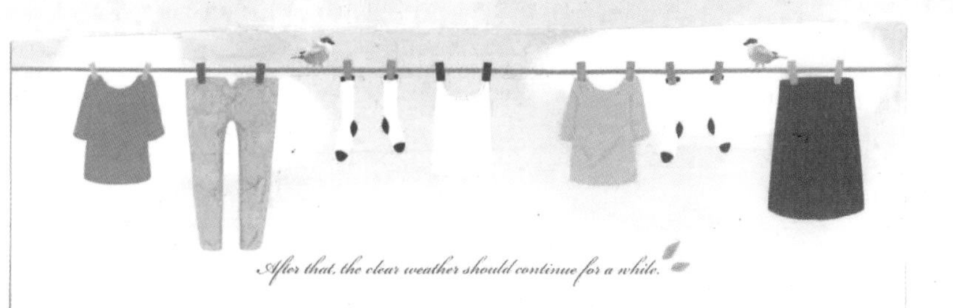

After that, the clear weather should continue for a while.

To. 어머나 운동본부

안녕하세요, 이제야 처음이자 마지막으로 머리기부를 해보게 되네요. 현재 간호대생 2학년입니다.
고1부터 4년간 길러온 머리카락인데, 대학교 간호학과 2학년부터는 머리망을 차게 됩니다.
애초에 기르자고 마음먹은 순간은 같은 반 학생이 머리기부를 한 걸 본 순간이었네요. (고1시절)
어차피 머리망 때문에 단발로 자를 거, 통 크게 잘라보자! 했습니다.
평소에 염색과 파마에 관심이 없어서 순조로웠습니다. 머리숱이 많아서 여름과 샤워할 때 빼고는...

미용실에 들른 날, 부탁을 받은 미용사 분은 관리가 잘된 긴 머릿결에 대한 안타까움과 오랜 시간 동안 기른 머리를 기부하는 저를 기특해 하셨습니다.

4년 동안의 무게가 덜어졌습니다. 부디 제 머리카락을 쓴 학생이 풍성하고 자연스러운 머리를 얻기를.
더불어 저도 훌륭한 간호사로 거듭나기를!

안녕하세요 ^ ^

저는 병원에서 10여년 넘게 근무하고 있는 간호사이자

두 남매의 엄마입니다

우연히 모발기부에 대해 접하게 된 건

둘째 출산 후 복직을 한지 6개월 정도 지난 이후였어요

상한 머리카락을 잘라낸 직후부터

설레임반, 안타까움 반으로 열심히 길렀습니다

사실 불혹을 눈앞에 두고 있는 나이인지라

흰머리가 자라나기 시작하기전에 좋은 일을 하고자 시작했던건데

모발기부에 대해 진작 알지 못했다는 것이

너무 속상하기도 하고 미안하기도 했습니다

전 긴머리를 즐겨해서

좀더 일찍 알았다면 여러번의 도움을 줄수 있었을 기회를 놓치게 되어

양가감정이 들었던 것 같아요

두 아이를 키우는 엄마의 마음과

간호사로서의 직업적 사명감이

모발기부라는 좋은 일을 실현하게 된것 같아

매우 기쁩니다

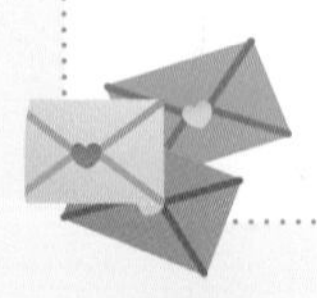

배냇머리때 부터
길러온 머리인데~
책을 읽고나서 머리카락기부하고
싶다하여 보내드립니다.

부디. 친구들이 아프지 않길..
기도하고 기도합니다

안녕하세요~ 해병대에서 군 복무 중인 여군입니다.
입대를 해서 3년간 기른 머리를 자르려고 하니
한편으로는 고민이되다가도 어린 암환자들에게 전달이될
생각을 하니 가슴이 벅차서 기쁜거 같습니다.
요새 코로나 때문에 모발기부를 많이 안하실까봐
걱정이 되네요.
군인 특성상 펌, 염색은 하지 못해서 기부하기에는 좋은거
같아요. 3년동안 열심히 기른 모발을 또 다시
기부하겠습니다. 작은 기부 이지만 꼭 필요하고
아픈 친구들에게 전달되면 좋겠습니다.
어머나 운동본부에서 일하시는 분들도 코로나로
인해 많이 힘드시겠지만 항상 힘내세요!
응원하겠습니다!!
좋은 추억을 남길수 있는거 같아서 감사합니다.
아픈친구들이 없는 그날까지 기도하겠습니다.
잘 전달해주세요 ^^ 감사합니다~

-2021. 2. 8. 월요일
[redacted]에서 근무하는 여군-

펌이나 염색한 머리도 받는다고 하셔서 머리를
기르긴 했지만 역시나 걱정되는 마음에 3년여동안 나름대로
정성껏 관리를 한다고는 했는데 혹여 도움이 되지 못할까
염려스럽습니다.
부디 제 머리카락이 자그마한 도움이라도 되길 간절히
빌며 이땅의 모든 소아암 환자들이 완쾌되어
밝게 웃으며 뛰어놀수 있는 날이 하루빨리 오도록
열심히 기도하며 응원하겠습니다.
저의 두서없고 엉망진창인 편지 읽어 주셔서 감사하고
앞으로도 좋은 활동 기대하겠습니다
감사합니다

2021. 2. 23
전북 군산에서

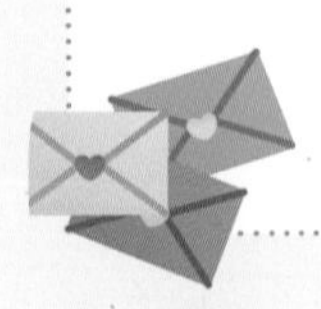

안녕하세요.
초등학교 교사로 근무하고 있는 [blacked out]
입니다.
아이들에게 기부와 나눔에 대해 가르치면서
최고의 기부는 신체를 나누는 일이 아니겠냐
했었습니다.
어린나이엔 헌혈도 곧잘 했는데 아이낳고
키우며 중년이 되다보니 그마저도 쉽질
않았습니다.
올해 코로나로 인해 여기저기 많이 힘들고
어렵지만 따뜻한 마음 전하고자 용기내어
봅니다.
흰머리 생기기 전에 나누고 싶어 2년 기른
머리입니다. 아이들에게 요긴하게 쓰였으면
좋겠습니다.
항상 응원합니다. 추운 날씨에 모두들
건강하시고 기원합니다.

기부를 해야겠다고 마음먹고 기른건
아니예요. 긴머리가 하고싶어서 길렀고
계획하지 않은 임신을 하게되어
더 생각없이 길러서 인생최대 머리길이로
출산하게 되었네요.
기른게 아까워서 유지하려다가
산후탈모로 빠질 생각하니까 그게 더
아깝더라구요. 우연히 SNS에서 모발기부 한
글을 발견하였고, 내가 열심히 기른 머리카락이
어디선가 누군가에게 웃음꽃을 피워줄거라는
생각을 하니 큰 고민없이 머리를 자르게되었네
요. 지금 태어난 아가를 안고 글을 쓰고있는데
이 아가만큼 예쁘고 맑은 아이가 힘들게
병마와 싸워 이겨내고 있다고 생각하니
해줄수 있는게 이것뿐인게 마음이 아프네요.
부디 이 작은 기부가 아이들에게 큰 의미가 되길
큰 힘이 되길 바랍니다.
이 일이 실현되게끔 애쓰시는 어머나운동본부
관계자분들께도 감사드리고 항상 행복이
가득하시길 바랄게요.

POST CARD

To. 백혈병, 소아암, 뇌종양 환우들에게

안녕하세요. 머리카락을 당신들에게 보내게 된 [blacked out]이라고 합니다.
언젠가 한 번쯤, 이렇게 내가 가진 무언가로 누군가에게 힘이 될 수 있으면
좋겠다고 생각했는데 그럴 수 있는 기회와 상황이 주어져 이렇게 나마 작은 힘을
보태게 되었습니다. 이런 제 뜻을 전할 수 있게 징검다리 역할을 해주신 어머나 운동
본부에도 감사하다는 말씀을 전하고 싶네요.
재작년, 저 또한 이유 불명의 질병들을 연거푸 앓았습니다. 물론 지금은 상황이 많이
호전되었지만 해당 상황 속에 놓인 그 당시에는 이루 말할 수 없이 힘들었죠.
그 때 제가 택한 것은 일상속의 작은 행복들을 찾아가는 거였습니다. '오랜 친구에게 불쑥
전화하기, 부모님께 맛있는 음식 차려드리기' 처럼 간단하지만 제가 행복할 수 있는 일들에
집중하다보니 어느새 오늘 이 순간까지 이어졌네요. 예측할 수 없는 하루하루에 웃을 일도, 울 일도
물론 많겠지만 부디 작고 예쁜 당신들이 치열하게 행복하길, 한 발 뒤에서 기도하겠습니다

PN-1135

To. 어머나 운동본부

안녕하십니까, ■사단 ■연대 ■대대에서 ■■■ 임무수행 중인 하사 ■■■ 입니다. 저는 2017년 12월에 입교를 했으며 그 당시 같은 분대원이던 ■■■ 하사와 동거동락하며 많은 얘기를 하고는 했습니다.

그 중 하나가 "우리 무사히 임관해서 열심히 머리카락 기르고 2020년에 꼭! 기부하자."라는 이야기였습니다. 서로의 약속을 했었지만 훈련 중 다리를 다쳤던 탓에 저는 퇴교를 할 수 밖에 없었습니다. 서로가 아닌 각자 해야하나 싶었습니다.

그렇게 시간이 흐르고 2018년 8월에 재입교를 하여 부사관학교 과정을 무사히 마치고 2018년 11월 30일에 임관을 했습니다.

정말 운명적이게도 23사단 57연대 2대대에 ■■■ 하사가 근무 중에 있었고 저 또한 부대분류로 이 곳을 오게 되었습니다. 다시 한번 서로의 약속을 기억하며 지내왔지만, 코로나19로 인해 계속 미루다 드디어 기부할 수 있게 되었습니다! ♥

어린 암환자를 위해 머리카락을 나눌 수 있음에 뜻깊은 의미를 새길 수 있을 것 같습니다. '어머나'를 알게된 후 다른 의미로 기르게 되었으며 그만큼 그 친구들에게 행복을 전달해 주시면 감사하겠습니다! 또한, 조금이나마 도움이 되었으면 좋겠습니다 ~

항상 고생많으신 어머나 봉사단 여러분들, ■■■ 하사와 저는 ■■■ 작전에 힘쓰며 멀리서나마 응원 보내드립니다! 일교차가 많이 커진 탓에 감기 조심하시고 코로나19 조심하시길 바랍니다! 항상 건강하십쇼 ~

2020. 10. 11

- 하사 ■■■ 올림 -

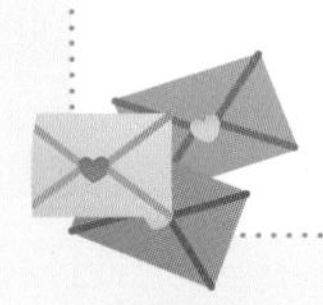

Jeju island

안녕하세요!..^^
저는 강원도 ■■■ 사단에 근무하고 있는 군인입니다. 약 2년간 머리 기르면서 참 좋은 일들이 많았어요. 진급도 하고, 결혼도 하구요! 좋은 기운이 함께 전달되면 좋겠어요! ㅎㅎ.. 파마, 고데기 같은 것두 안하구 관리 열심히 했어요! 저도 어릴때 몸이 많이 약해서 살도 안찌고 그랬었는데ㅠㅠ 군에 입대하고 나서 이것저것 훈련도 하고 생활하면서 제 자신의 한계점을 조금씩

Jeju island

뛰어넘었던 것 같아요.
아픈 아이들도 포기하지 말고, 이겨내면 다 나아서 나중에 본인들의 머리카락을 기부할 수 있는 날이 올거라고 믿어요!♥
머리카락과 좋은 기운, 건강한 기운까지 다 함께 받아 조금이라도 더 힘내고 자신감을 가졌으면 좋겠네요. 그럼 아이들에게 예쁜 가발 부탁드려요! 수고하세요!
모든 소아암 환자들의 쾌유와 행복을 빕니다!

라푼젤이 되고 싶었던 6살 여아의 머리카락 입니다. 공주거울 앞에서 매일 정성스럽게 자기 머리카락을 빗어 주던 모습은 한동안 볼 수 없게 되었지만 필요한 친구들에게 선물한다고 어깨를 들썩이는 모습을 보게 되었습니다. 필요한 친구들에게 반창고가 되길 빕니다.

저는 초등학교 3학년
■■■ 입니다.
제 머리카락으로 좋은 분에
사용된다니, 정말, 기쁘네요.
염색. 파머. 한번도 하지 않았습니다
이쁘게 만들어 주세요.

[illegible] 습니다!♥
[illegible] 세월이 고스란히
담겨있는 머리카락을 보냅니다..
꼭 사용될 때 아이들의 [illegible]
다시 태어날 수 있다면
큰 영광이 될 거 같습니다ㅎㅎ
감사합니다 ^^

거의 1년 10개월 정도
기른 머리에요!
염색 2번, 탈색/파마는
한번도 안했는데
머리 상태가 좋아서
도움이 되길 바랍니다.

안녕하십니까^^
세아이 엄마이자, 육군 에서 근무중 [blacked out] 상사입니다.
12년도부터 모발을 기증했지만
이번엔 정성을 드려 머리를 관리했어요.
긴머리 카락을 갖고싶은 여자아이
에게 예쁜 머리가발을 부탁드립니다

기부라는 단어를 쓰기엔
부족한 머리카락일
뿐이지만 ...
어느 누구에게겐 "큰기쁨"이
되길 바랍니다.

안녕하세요
머리카락에 층이 많아서 가능할지는 모르겠지만
필요한곳에 쓰일수 있으면 좋겠습니다.
뒤늦게 떨어진 머리카락도 된다고 해서 모은것이니
쓰이면 좋을것 같아 같이 보냅니다~
수고하세요~ 꼭 필요한
곳에 쓰이길 바랍니다!

안녕하세요 :)
저는 지금 아이들을 가르치고 있는 보육교사 입니다.
최근 아동학대며, 코로나며 아이들에게 안좋은
소식들이 가득한데 이와중에 ♥ 제가 아이들에게
도움이 될 수 있는 ♥ 일이 무엇일까
고민하다가 알게되어 저도 동참해보려 합니다.
머리카락이 층이 많이 져서 도움이 될지 모르겠지
만. 한 아이의 용기와 응원이 되었으면
합니다. 좋은 일로 선한 영향력을 주고 계신
어머나 운동본부에 감사함을 느끼며 오늘 하루도 화이팅
하세요! 감사합니다♡

NO.
DATE.
안녕하세요
오늘도 어느 아이의 행복과 희망을 만들어 주신다고
수고 많으세요.
많지 않은 머리카락이지만 보탬이 되었으면 좋겠습니다.
떨어뜨려서 머리카락이 많이 떨어져 얼마 안되는 양인데
더 적어졌어요.
다음엔 꼭 관리 더 잘해서 더 많은 머리카락 보내드리겠습니다.
저희 아이도 열심히 기르고 있어요.
다음엔 아이것과 세트로 함께 보내겠습니다.
감사합니다!!
2021. 4. 16.
경북 경산에서.

글씨를 그리 잘 쓰지 못하는 점, 미리 양해부탁합니다.
2년동안 열심히 길렀습니다. 어린 나이의 아이들에게는 2년이란 다시는
돌아오지 않을 구하기 귀한 시간이죠. 그에 비하면 하찮을 것 없는 머리카락이지만.
작은 아이들에게 웃음을 주어줄 수 있다면 매우 기쁠것 같습니다.
새치가 많고, 파마했었고 [illegible] 탓에 사용할 수 있을만큼 좋은 모질일지는
모르겠지만, 부디 사용되기를 바라며 보냅니다.
소아암 환아 친구들의 밝은 얼굴을 바라며, 좋은 일을 하시는
어머나 운동본부분들께 감사인사 드립니다.
부디 모든 앞날이 행복하시길 바라며 이만 줄이겠습니다.
코로나19 조심하시고 감사합니다.
2021. 04. 15 모발기부자 남김.

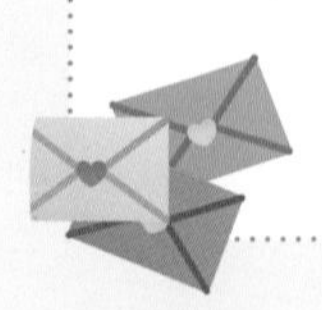

안녕하세요! 저는 해병대 ████에서 근무하고 있는 ████ 중사입니다.
저는 국가와 국민을 지키겠다는 일념으로 지난 2012년 입대하여, 지금은 제주도에서 근무하고 있는 해병대 여군 부사관입니다. 저는 지금까지 줄곧 단발머리의 여성이자 여군이었습니다.

그러던 중 2017년 김포 전방을 떠나 제주도로 임지를 옮길 무렵, 우연히 앳된 나이에도 불구하고 투병하는 소아암 환자들의 안타까운 사연을 매스컴을 통해 접하게 되었습니다. 문득 저의 머릿속에는 '나의 보탬이 누군가에게는 절실한 도움의 손길이 될 수 있겠다. 이 또한 국민에게 헌신하는 길이다' 라는 생각이 스치며 '머리를 길러 작은 힘이라도 보태보자!' 고 다짐하게 되었습니다. 그 때 다짐한 것을 시작으로 4년이 지나 어느덧 오늘의 실천에 이르러 쑥스럽지만 작은 결실을 맺게 되었습니다.

'머리를 기르겠노라' 처음 마음먹은 것은 쉬웠지만 그 과정은 정말 쉽지 않았던 것 같습니다. 항시 대기태세를 유지해야하는 군인으로서 긴 머리를 관리한다는 것은 여간 어려운 일이 아니었습니다. 그러나 내가 조금 더 노력하고 부지런하게 행동한다면 '나로 인해 누군가는 기뻐하고 웃을 수 있을거야' 라는 생각이 들자 이내 마음먹은 대로 되었던 것 같습니다.

이렇게 길게 머리를 길러본 것은 난생 처음입니다. 몇 주 전, 결혼식을 마치고 많은 이들에게 축하받으며 느꼈던 '행복' 이라는 감정을 주변에 함께 나눌 수 있게 되어 너무나 기쁩니다. 함께 해병대에 몸담고 있는 남편 또한 '좋은 일을 했다' 며 저를 자랑스러워하고 격려해주는 것을 보니 '참 잘한 것 같다' 라는 생각이 듭니다.

주변에서도 갑자기 짧아진 제 머리를 보며 놀라는 반응입니다. 4년동안 기른 머리를 한 번에 잘라내자 스스로도 내심 쑥스럽고 어색하기도 합니다. 하지만 이 모발이 우리 친구들이 행복해지는 일에 쓰일 것임을 알기에 저는 기쁜 마음으로 기부를 하고자 합니다. 한창 외모가 신경쓰일 나이의 어린 친구들이 자신감을 갖는데에 조금이나마 도움이 되기를 바라는 마음입니다.

어머나 운동본부 관계자 여러분! 저의 소중한 머리가 이웃에게는 사랑이 될 수 있도록 잘 부탁드리겠습니다. 그리고 제게 이웃 사랑을 실천할 수 있는 오늘의 계기를 만들어주심에 다시 한 번 감사드립니다.♥

ESPECIALY FOR YOU

I've never met the person who I love as much as now.
You're my destiny I want to be with every single day in my life.

To. 보이지 않는 곳에서 아픔을 겪고 있을 이들에게

안녕하십니까! 저는 육군에서 복무중인 현역 군인입니다.
제가 17년 12월에 하사로 임관하며 가슴에 묻어두었던 저의 버킷리스트를 드디어 이루게 되었습니다. 모발기부 할 수 있는 길이가 되는 날까지 매일같이 줄자로 머리카락을 재며 희망을 품고 있던 저의 모습이 필름처럼 지나갑니다. 수많은 기부자 중 한명일 뿐이지만, 제 머리카락은 숱도 많아서 가발제작 하는데 더 유용할지도 모릅니다 :) 학창시절 때부터 이런 기부단체를 알았더라면 수번은 했을텐데 많이 아쉽습니다.
누구보다 말 못할 고통으로 인해 아픔을 겪고있을 국민들을 돕고 싶습니다. 이게 군인의 역할이라 생각합니다. 돈 드는 것도 아닌, 나눔을 실천함으로써 국민들에게 작은 희망이 되고싶습니다. 시국도 시국인지라 몸도 마음도 편치가 않을텐데 멀리서나마 항상 기도하고 응원하겠습니다.
그리고 꾸준한 나눔실천을 위해 노력하고 고민하겠습니다. 저는 2주에 한번씩 헌혈봉사를 하며 헌혈 기념품 대신 소아암 어린이 치료비를 지원하는 기부권을 통해 작은 도움을 전하고 있습니다. 헌혈증 많이 모아서 꼭 보내드릴 것을 약속합니다! 항상 웃으며 즐겁게 감사하는 마음으로 함께 합시다!
사랑합니다 ♡♡♡ - 2020. 8. 26. ▇▇▇ 하사 -

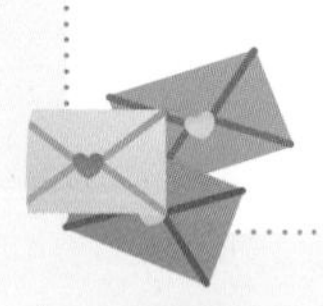

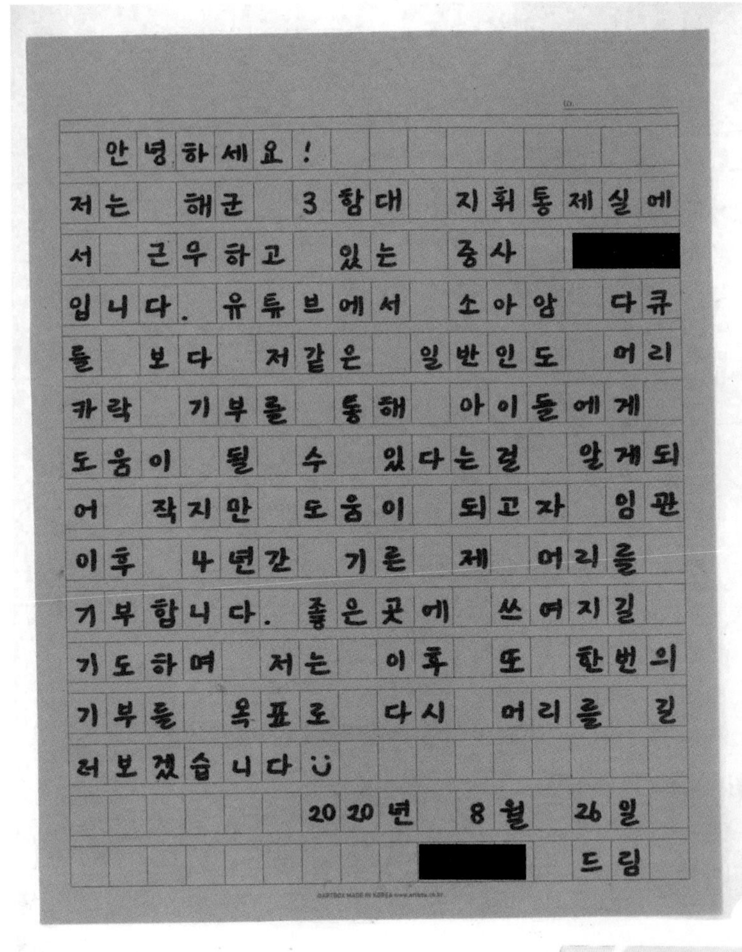

안녕하세요!
저는 해군 3함대 지휘통제실에서 근무하고 있는 중사 입니다. 유튜브에서 소아암 다큐를 보다 저같은 일반인도 머리카락 기부를 통해 아이들에게 도움이 될 수 있다는걸 알게되어 작지만 도움이 되고자 임관 이후 4년간 기른 제 머리를 기부합니다. 좋은곳에 쓰여지길 기도하며 저는 이후 또 한번의 기부를 목표로 다시 머리를 길러보겠습니다 :)

2020년 8월 26일
드림

안녕하십니까. 39사단에 근무중인 이라고 합니다.
우연히 검색을 하다가 "어머나 운동"이라는 좋은 기부 캠페인을 알게되었습니다. 저의 아버지도 뇌졸중 환자로 투병중에 있으십니다. 옆에서 아픈 아버지를 간호하면서 대신 해드릴 수 없음이 너무 가슴아프고, 괴로워 하시는 모습을 보기가 힘이 들었습니다. 이런 힘든 투병생활을 작고 어린 어린이들이 겪고 있다는 사실이, 더욱 마음이 좋지 않고. 뛰어노는 시간보다 병상에서의 시간이 길수도 있다는 사실에 큰도움이 되지는 못해도. 제머리카락이 아이들에게 작은 도움이라도 줄수 있으면 좋겠습니다. ♥
기부가 어렵지 않고 이렇게 가까운곳에서 참여할수 있음에 감사하고. 예쁘게 만들어 아이들에게 전달됐으면 좋겠습니다.

오늘도
네 생각이 났어..

안녕하세요. 저는 ■사단 ■■■지원대에서 분대장 역할을 수행하고 있는 ■■■라고 합니다. 제가 임관하고나서 부터 지금까지 약 4년이란 시간을 머리를 길렀는데 그 계기가 머리카락을 소아암 환자들에게 기부를 할 수 있다고 우연히 듣게되어서 기르게 되었습니다.

군인이라는 직업특성상 (나랑 놀자~) 파마나 염색이 불가능하니 건강한 모발일것이라는 생각도 들어서... 제 머리카락이 상태가 어떨지는 제가 판단 할 수 없지만! 좋은마음으로 기부를 하고자 머리카락을 잘랐습니다.

자르고난 지금도 후회는 없고 제 머리카락이 어린아이들에게 자그마한 행복을 가져다 주었으면 좋겠습니다! 저는 또 머리카락을 열심히 길러서 3~4년 뒤에 또 기부를 할 수 있도록 관리하겠습니다 :)♡ 이렇게 좋은마음으로 기부를 할 수 (기분이 둥실 둥실) 있도록 해주시는 어머나 운동본부! 감사합니다.

앞으로 우리가 살고 있는 이 땅 대한민국의 안전을 위해 최선을 다하는 군인이 되겠습니다.

항상 좋은 일만 가득하시고 코로나 19 때문에 더 힘이 드실텐데 우리는 늘 그랬듯! 이겨낼 겁니다.

화이팅 :)! 건강하세요 ㅅ♡

— ■■■ —

ARTBOX Greetings ©ARTBOX www.artbox.co.kr MADE IN KOREA 2-004903

국군함평병원 입니다.

모발기증 3명 입니다.

(대위 ■■■, 중위 ■■■,

하사 ■■■)

꼭 필요한 곳에 잘 쓰여지길 희망합니다.

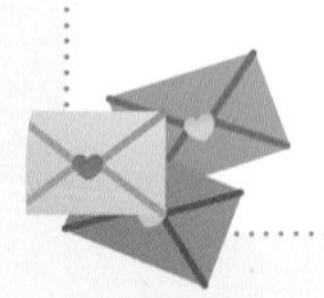

안녕하세요! 해군사관후보생 후보생 입니다.

저는 이번 달 9월 14일에 입대를 할 예정 입니다. 곧 입대를 앞두고 오랫동안 기른 긴 머리카락을 싹둑 자르고 짧은 머리로 입대를 합니다. 자른 머리카락는 소아암 환자들 에게 작은 희망을 주고싶어 좋은 마음으로 기증하고 싶습니다. 또한 저는 염색과 파마를 하지 않은 검은 생머리 입니다. 가발로 제작하여 아이들에게 선물하여 마음에 들어했으면 바램입니다.

병마와 사투를 벌이는 아이들이 하루빨리 쾌유하기를 기원합니다!

아이들과 선물을 해주시는 담당자 분들 '코로나19' 조심하시고 항상 건강하시고 행복하세요!

저는 이 편지가 도착할때 쯤이면 훈련을 받고있을 예정 입니다.

나중에 저의 머리카락으로 선물 받는 아이가 있다면 "너는 절대 약하지 않아 병마를 싸워 이겨낼 수 있어!" 말을 전해 줬으면 좋겠습니다.

2020년 9월 11일.

안녕하세요.

저는 전남 완도에서 유아문화예술교육 지원사업을 수행하고 있는
■■■ 단체 대표 ■■■ 입니다.

오래 전 부터 소아암 환우들을 위한 모발 기부운동은 듣고 있었지만
늘 손상이 되어 기부에 동참 하지 못하였습니다.

이번에 15cm 이상까지도 가능하다는 절차를 다시보고 기부를
하게 되었습니다.

아이들에게 예쁘고 좋은 가발이 될 지는 모르겠습니다만.
꼭 이 천사가발을 소중한 아이들이 하루빨리 완치되어
세상 밖으로 나와 친구들과 함께 예술의 꿈도 꾸어보며
행복한 일상을 되찾길 기원합니다. :)

2020. 09. 25

■■■ 대표

■■■

소아암 환우를 위해 애써주시는 분들과
힘든 상황에서도 힘내고 있는 소아암 환우들에게..

현직 간호사로 일하고 있습니다.

현장에서 환자들을 돌보는 것 이외에,
제가 할수 있는 작은일들 중에 환우들에게 도움이될
만한 일들이 뭐가 있을까 고민하다 어머나 운동본부를
알게 됐습니다. 이전에도 머리를 기르고 있을때는 왜
생각을 못했는지,,, 작은 마음이나마 나누고자 기부에
동참합니다. 간호사 생활 11년만에 처음이지만, 마음은
너무나 뿌듯하네요. 소아암환우들의 투병생활 응원하고
늘 기도하겠습니다. 그리고 운동본부에서 수고해주시는
분들께도 감사의 마음 전합니다.

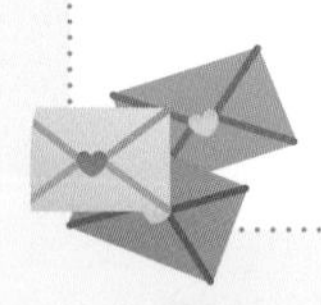

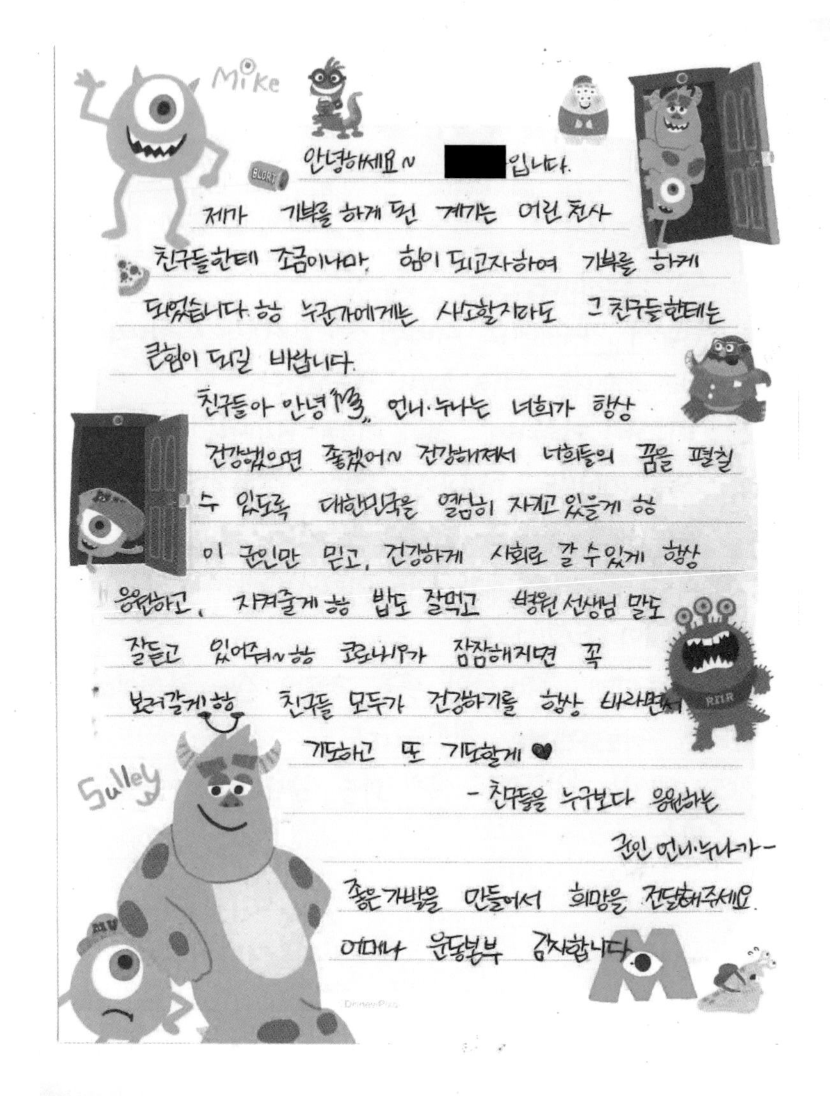

안녕하세요~ ████ 입니다.

제가 기부를 하게 된 계기는 어린 천사
친구들한테 조금이나마 힘이 되고자하여 기부를 하게
되었습니다.ㅎㅎ 누군가에게는 사소할지라도 그 친구들한테는
큰힘이 되길 바랍니다.

친구들아 안녕^^ 언니·누나는 너희가 항상
건강했으면 좋겠어~ 건강해져서 너희들의 꿈을 펼칠
수 있도록 대한민국을 열심히 지키고 있을게 ㅎㅎ
이 군인만 믿고, 건강하게 사회로 갈 수있게 항상
응원하고, 지켜줄게 ㅎㅎ 밥도 잘먹고 병원 선생님 말도
잘듣고 있어줘~ㅎㅎ 코로나19가 잠잠해지면 꼭
보러갈게ㅎㅎ 친구들 모두가 건강하기를 항상 바라면서
기도하고 또 기도할게 ♥

- 친구들을 누구보다 응원하는
군인 언니·누나가 -

좋은 가방을 만들어서 희망을 전달해주세요.
어머나 운동본부 감사합니다.

I wish you a life full of smiles and happiness.

to. 어머나 운동본부

항상 수고 많으십니다.

저는 두번째 기부인데요 이번엔 제 머리카락이 아니라
저의 작은 어머니를 대신 해서 기부합니다.
제가 머리카락 기부하며 짧은 머리를 보시더니
저희 작은 어머니도 머리카락을 잘라 참여 할수 있는지
너무 좋은 기부라며 좋아하시며 물으시더라구요.
요양 보호사로 근무하는 저희 작은 어머니맘에도 좋은
취지라 생각이 드셨나봐요.
소아암 환우에게 작게 나마 희망을 전하고 싶다 하셨어요.
그리고 늘 기도하겠다고 하셨습니다.
건강해 지시길 바라며 작은 마음 보냅니다.

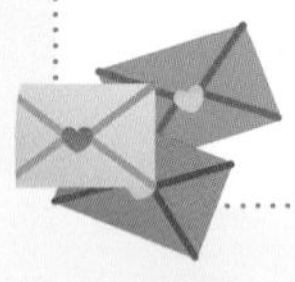

안녕하세요
우연히 알게된 어머나운동
평생 길러온 머리인데
이번에 의미있는 일을 하고자
아들이 해군 입대하기전에
머리카락을 더 영양히 많고

전역할때 까지 건강한
머리카락이 되도록
다듬었어요. 염색. 파마. 펌을
한번도 하지 않고 머리카락.
건조때도 헤어드라이어
사용은 최대한 손상이 가지않게
정성스럽게 길렀습니다

안녕하세요, 처음으로 모발기부에 동참하게된
연천군에 위치한 전곡고 재학중인 고등학생입니다!
제가 모발기부에 동참하게된 계기는, 학생인
제가, 어떻게 다른 사람을 도울수 있을까
고민하는 중에 저의 어머니의 친한분께서
모발 기부를 하고 계신다는 소식을 듣고, 오랜 대립 끝에
17살 처음으로 모발기부에 동참하게 되었습니다.
처음엔 머리카락을 자른다는 것이 기른만큼
정이들어 서운하긴 했지만, 좋은 기운을 나눠준다는
생각으로 기쁘게 잘랐습니다 ㅎㅎ

올해 5살 아이의 모발입니다.

5년 길러서 소아암환우 친구들에게 작게나마

도움이 되고 싶어 보냅니다.

소아암 환우 친구들에게 큰힘이 되었으면 좋겠습니다.

어머니 운동본부에
정말 감사드립니다.
소아암 환아에게
조금이나마
힘이 되었으면
좋겠습니다 :)

안녕하세요. 머리카락을 인생
처음으로 기부하게 된 ███이라고 합니다:)
이번에 인생 처음으로 칼단발을 하게
되어 그동안 길렀던 머리카락을
버리기엔 너무 아깝다는 생각에
머리카락을 길러오면서 기부해야
겠다고 생각해 와서 기부를 결심하게 되었
습니다.. (뒷장 봐주세요 ♡)

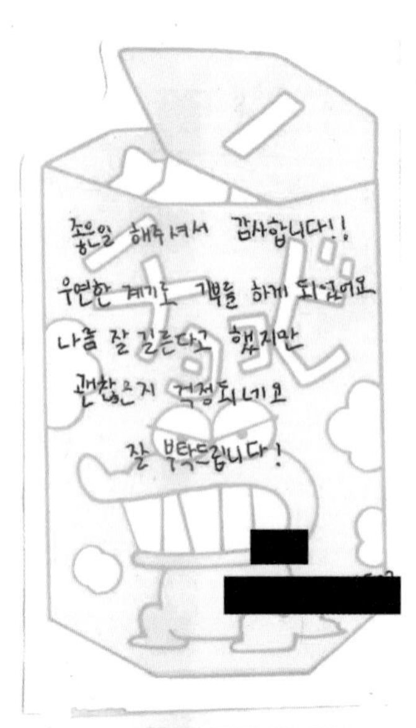
좋은일 해주셔서 감사합니다!!
우연한 계기로 기부를 하게 되었어요
나름 잘 길른다고 했지만
괜찮은지 걱정되네요
잘 부탁드립니다!

아픈 친구들에게 도움이
되고 싶어서 딸아이가
염색, 펌 안하고 건강하게
기른 머리카락 입니다 ♡

2021. 4. 14
안녕, 나는 ███.
모발 기증합니다. 예쁘게
가발 만들어서 소아암 환자분들
잘 사용하시길!

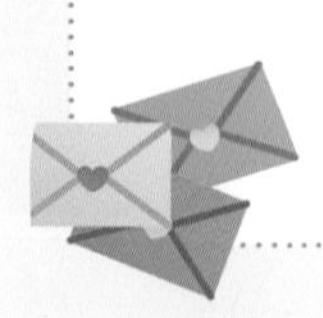

삼성디스플레이 임직원 여러분의 따뜻한 나눔 이야기

1) 어머니를 생각하며 자녀와 함께 기부하신 김희애 프로님의 사연

안녕하세요 서포터님, 머리카락을 나눔 할 수 있는 좋은 기회를 마련해주셔서 감사합니다.

8년 전, 저희 어머니께서 백혈병으로 세상을 떠나셨습니다. 어머니께서는 늘 긴 생머리를 유지하셨는데 치료를 위해 머리를 밀던 그 모습이 아직도 생생하네요. 저 또한 어머니의 영향인지 늘 긴 머리를 유지해왔는데요, 어머니께서 돌아가시기 며칠 전 단발머리 했으면 좋겠다고 말씀하셔서 머리를 자른 적이 있습니다. 하지만 급격한 건강악화로 인해 제가 단발머리 한 모습을 보지 못하셨습니다. 모발기부를 위해 머리를 자를 때 엄마가 원하는 단발머리를 했는데 왜 떠났나고 원망하던 어린 저의 모습이 잠시 스쳐서 살짝 슬프기도 했네요.^^

어린 암 환자들에게 보호자께서 해주신 수많은 말 중 “우리 얼른 나아서 멋진 가발사러 가자”라는 말씀이 정말 많았습니다. 3개월 동안 암

병동에서 지켜본 머리카락의 힘은 대단한 것 같았습니다. 멋진 가발 쓴 모습을 상상하며 힘든 시기를 견디는 분도 계시고, 거울을 통해 밋밋한 머리를 보며 씁쓸해하는 모습을 보았습니다. 머리카락이 때론 동기부여가 되기도 하고, 현실을 직면하는 부분이기도 합니다. 완치되길 기다리며 힘든 항암치료를 견뎌내는 암환자들에게 머리카락이 얼마나 소중한지 지켜보았음에도 지금까지 선뜻 용기가 나지 않아 기부를 실천하지 못했던 제 자신이 부끄러워지는 순간이기도 합니다.^^

이번 어.머.나 기부 활동을 통해 지금이라도 참여하게 되어 영광입니다. 외할머니를 한 번도 뵌 적 없지만 하늘에 계신 외할머니께 가발을 선물해드리고 싶다는 6살 딸아이에게도 너무나 감동받은 순간이 아니었나 싶어요.^^

자녀의 머리는 25~26cm 정도 잘랐으며, 저는 30cm 잘랐습니다. (드라이가 된 머리라서 파마처럼 보이는 겁니다! 머리에 아무것도 하지 않았어요~) 오늘 직접 제출하겠습니다.^^

모발기부하신 프로님과 프로님의 딸

2) 항암치료를 이겨낸 김미숙 프로님의 자녀모발 기부 사연

안녕하세요, 재료연구팀 김미숙입니다.

2019년 건강검진에서 생각치도 못한 암 판정을 받았습니다.

드라마나 영화에서 주변인들 사이에서 듣기만 했던, 슬퍼할 겨를도 없이 수술과 치료가 시작되고 두려움 속에 항암치료를 시작하자 머리가 빠지기 시작했습니다. 머리가 다 빠지기 전에 밀어야 한다고 해서 미용실에 앉아 잘려나가는 머리카락을 보니 새삼 두상이 이쁘다는 생각이 들더군요. 아이들이 엄마 머리카락 없는 걸 보고 첨엔 이상하다 안보는 듯 했지만 엄마가 슬퍼할까 봐 이쁘다 우리엄마 이쁘다 매일 말해주었습니다.

그러던 중 일상생활을 위해 가발을 알아보니 금액대가 엄청 비싸다는 걸 알게 되었습니다. 가발 사는 것을 좀 미뤄두고 있다가 어머나 모발기부를 알게 되어 둘째아이에게 소아암 환자에게 머리카락 기부를 할 수 있다, 그러면 아이들에게 선물을 주는 것과 같다는 설명을 해준 적이 있는데 아이가 기부를 하고 싶다고 머리카락을 계속 기르더군요. 엄마의 아픈 모습과 힘든 모습을 지켜본 뒤라서 그런지 머릿결 관리를 특별히? 하며 허리까지 기르게 되어 기부를 하게 되었습니다. 미용실에 앉아서 우리 딸 너무 자랑스럽다 엄마처럼 아픈 사람들이 너무 고마워 할 거야 기운내고~!

모두들 일상에서 건강을 바라고 살아가고 있습니다. 저 또한 아프지 않게 잘 살기를 바랐지만 마음처럼 되지는 않았고 힘든 치료를 마치고 회사에 복직하여 건강을 되찾고 있습니다. 작은 관심과 배려가 몸이 아픈 모든 사람들에게 큰 힘이 된다는 걸 아프고 나니 더 알게 되었습니다.

내 주변의 사람들, 내 가족을 위해 따뜻한 마음으로 기부해 보는 건 어떨까요? 올 한해 모두 건강하고 행복한 일들만 가득하길 바랍니다. 한마디만 한다는 게 너무 길어졌네요. 모발은 내일 문서수발로 보내겠습니당. 깜빡 잊고 안 들고 왔어요.

오늘도 화이팅입니다!! 감사합니다.

머리카락이 갖는 의미를 생각해 본 적 있나요?

누군가에게는 패션을 위한 부분이기도 하고,
나에게 필요 없이 잘려 나가는 것이기도 하지요.

하지만, 항암치료를 이겨내고 있는
암 환자에게 머리카락이 갖는 의미는 대단하지요.

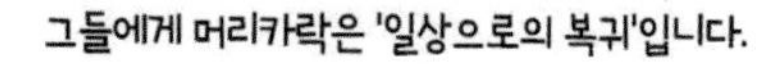

그들에게 머리카락은 '일상으로의 복귀'입니다.

주위의 시선과 친구들의 놀림까지도 이겨내야 하는
어린 암 환자에게 머리카락은 일상으로의 복귀에 너무 중요합니다.

어린 암 환자에게 보호자가 가장 많이 하는 말,,,

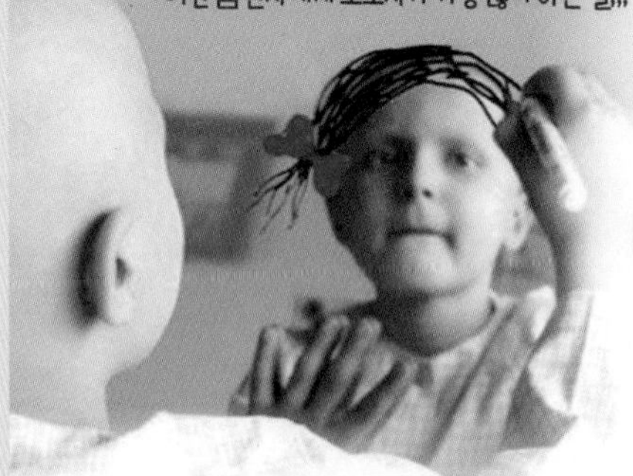

" 우리 얼른 나아서 멋진 가발 사러 가자"

어른조차 견디기 힘든 항암 치료를 이겨내는 어린 암 환자들에게
멋진 가발은 아픔을 조금이나마 덜어줄 수 있어요.

소아암 환아들은 항균처리가 된
환자용 인모(人毛) 100% 가발을 착용하는 것이 좋지만,
경제적 어려움을 겪고 있는 환자와 가족들은
수백만 원에 달하는 고액이라
쉽게 구입하기가 어려운 것이 현실이지요.

그 · 래 · 서
어린 암 환자의 일상 복귀를 위해
SDC가 응답했습니다!!

어.머.나!
#내가먼저
#엄마들닮은아이가
#동료와함께

조금 불편하지만
내가 먼저!!
정현철프로/제품연구팀
#좋아하는거아님#머리카락 무거워도 나는참지

#딸아님주의#스스로관리도#자랑스러워!!
우리 아들이 스스로!
심정후군 (12세 / 9세부터 기부를 위해 준비)
/ 심범주프로 자녀(대형Module기술팀)

감사~ 감사~
엄마처럼 아픈
친구를 위해!
구단희양 (12세 / 9세부터 기부를 위해 준비)
/김미숙프로 자녀 (재료연구팀)
#친구아아프지마#선물하고싶어요!

#하늘에계신 외할머니께 가발을 선물하듯~
엄마랑! 딸이랑!
김희애프로(중소형기술센터)와 이환희양

예쁜 마음이 꼭 닮은
자매가 함께~
임주연, 임성연양
/임성호프로 자녀
(중소형재조혁신그룹)
작년 7월과, 2021년 3월
34명의 임직원과 가족이
어.머.나 모발 기부에 참여해 주셨어요.

모발 기부에 함께 하고 싶은데
머리를 기르고, 자르는데 어려움이 있으세요?

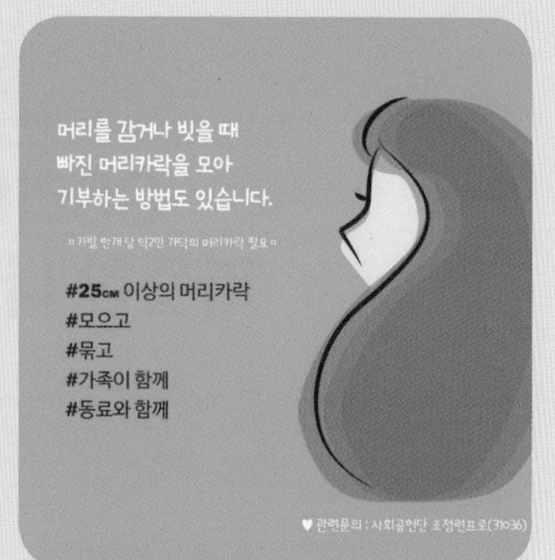

머리를 감거나 빗을 때
빠진 머리카락을 모아
기부하는 방법도 있습니다.
※가발 한개 당 약2만 가닥의 머리카락 필요※
#25cm 이상의 머리카락
#모으고
#묶고
#가족이 함께
#동료와 함께
♥관련문의 : 사회공헌단 조정련프로(31036)

석탄과 다이아몬드는 동일한 원소입니다.
석탄이 연료가 되느냐, 다이아몬드가 되느냐는
여러분이 선택할 수 있습니다!

지금부터, 머리카락에 시간을 보태면 됩니다.
오늘부터 시작해 보시겠습니까?

보석이 될 여러분의 시간을 응원하겠습니다!!
사회공헌단

GS리테일의 따뜻한 나눔 이야기

1) GS리테일 사업이란?

GS리테일은 기업사회공헌의 일환입니다. 소아암 환아를 돕는 어머나운동 홍보물을 직접 제작하여 이번 크라우드펀딩 일정에 맞춰 부산·경남지역 1,800여 개의 GS25 편의점에 비치하였습니다.

GS리테일은 기업의 사회적 책임을 다하며 지속 성장할 수 있다는 목표, 신념과 함께 우리사회 구성원에 대한 따뜻한 관심과 진심에서 우러나오는 마음으로 일상에서 함께하는 나눔을 실천하고 있습니다.

임직원뿐만 아니라 경영주, 고객이 함께하는 GS나누미 봉사활동 외 푸드뱅크 기부, 헌혈캠페인, 북드림캠페인(도서기부) 등의 다양한 기부활동을 진행 중입니다. 그리고 당사의 임직원, 경영주, 스토어매니저 중 선행을 실천하는 구성원을 칭찬하고 알리는 숨은나눔천사 찾기 캠페인을 통하여 어머나운동본부에 소아암 환자를 위해 몇 달 동안 25cm의 모발을 기른 후 기부를 실천하신 GS25명륜스타점 지덕근 점장님의 사례를 소개, 감사인사를 전하였습니다.

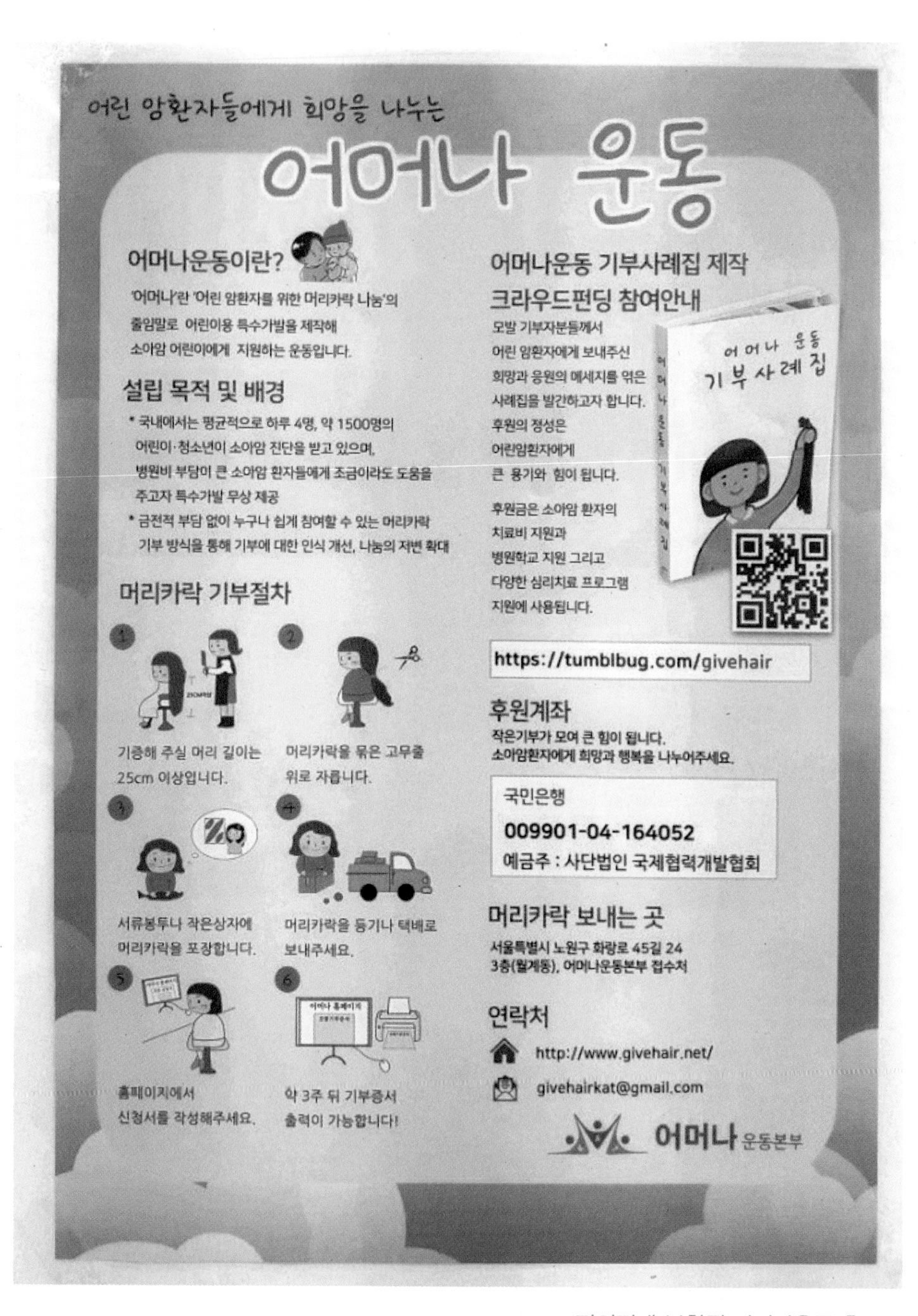

편의점에 부착된 어머나운동 홍보물

2) GS리테일의 활동들

어린이활동 지원봉사

그린봉사(환경정화 봉사)

유기견 봉사

푸드뱅크 기부

북드림 캠페인

연말 사랑의 떡국 나눔

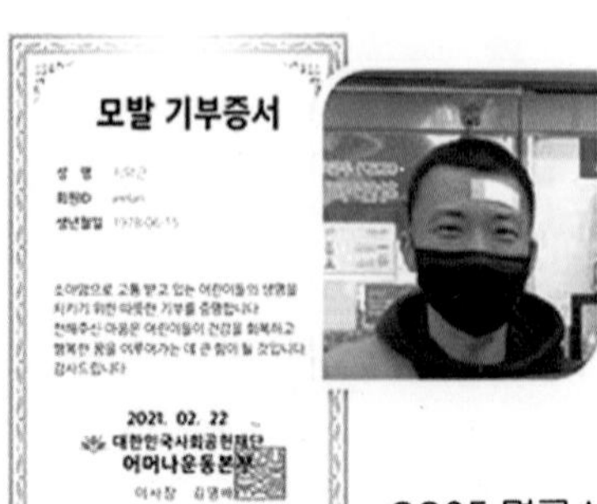

모발 기부증서

2021. 02. 22

어머나운동본부

GS25 명륜스타점 지덕근 점장님

3) GS리테일 지덕근 점장님의 이야기

Q. 안녕하세요, 점장님. 어떻게 해서 모발기부를 하게 되셨나요?

안녕하세요, GS25 명륜스타점의 지덕근입니다. 짧았던 머리카락이 어느새 길게 자라서 이제 그만 잘라야겠다고 생각했을 때 우연히 소아암 환아를 위해 모발을 기부할 수 있다는 걸 알게 되었습니다. 그래서 저는, 염색과 펌을 하지 않은 25cm 이상의 모발을 기부했지요.

10cm 정도 길러 앞으로 15cm를 더 길러야 하는 장발의 괴로움도 있었으나 소아암으로 힘들어 하는 아이들에게 도움이 될 수 있어 행복한 시간이었습니다.

2009년에 처음 독거어르신 집수리 활동에 재능기부를 하며 진심으로 고마워하시고, 기뻐하시는 어르신들을 뵙고서, 뿌듯하고 즐거웠던 첫 봉사의 시간도 기억났습니다.

첫 봉사 후 4년 전까지 꾸준히 재능기부를 하였으나 조금씩 달라지는 봉사 단체와 함께한 사람들의 생각에 회의감을 느껴 중단한 나눔 활동에 다시 긍정적인 생각을 심어주었습니다. 제가 필요한 일이라면, 또한 할 수 있는 일이라면 무엇이든 다시 함께 하고자 합니다.

내세울 거 없는 저의 나눔이 이렇게 소개되어 부끄럽지만 이것을 보고 더 많은 분들이 기부와 봉사를 함께할 수 있는 계기가 되면 좋겠습니다.

감사합니다.

마음을 나누는 인터뷰

이름: **이채린**
소속 및 직업: **직업군인**

Q1. 현재 어떤 일을 하고 계신지, 간단하게 자기소개 부탁드립니다.

전진! 저는 1사단에서 복무 중인 하사 이채린입니다.

Q2. 어머나운동본부를 알게 된 경로는 어떻게 되시나요? 어머나운동의 '어머나'의 의미를 알고 계신가요?

어머나운동본부는 고등학교 시절부터 머리카락 기부단체라고 얼핏 알고 있었는데 기부를 생각하고 자세히 알아보다가 어머나운동에 관하여 알게 되었습니다. 어머나운동이 '어'린 암 환자들을 위한 '머'리카락 '나'눔 운동이라고 알고 있습니다.

Q3. (기부를 위해서) 머리를 기르게 된 건가요? 아니면 다른 연유가 있으신가요?

코로나19로 많은 사람들이 힘들어 하고 있는 상황 속에 군인으로서 조금이라도 도움이 되고 싶다는 생각이 들었습니다. 때마침 군인으로 임관 후 머리카락을 한 번도 자르지 않아 머리카락이 매우 길어 도움을 줄 수 있는 어린 친구들을 위해 기부하게 되었습니다.

Q4. 이채린 하사님께서는 평소 기부 및 봉사활동에 관심이 많으셨나요? 기부와 관련한 활동을 하신 적이 있으신가요?

군인으로 복무를 하면서 전보다 봉사활동이나 기부에 관심을 더 많이 갖게 되었고, 여유가 생기면 꼭 봉사활동을 하고 좋은 곳에 기부하고 싶다는 생각을 했습니다. 아직 많은 기부나 봉사 활동을 하지는 않았지만 주기적으로 헌혈을 했고, 도움이 필요한 어린 친구에게 정기후원을 계획하고 있습니다.

Q5. 기부라는 단어를 들으면, 어떤 이미지나 생각이 떠오르시나요?

처음엔 기부가 거창하고 갖은 것이 많아야 할 수 있는 활동이라고 생각했는데, 이번에 모발기부를 하면서 거창하지 않아도 다른 사람에게 도움을 줄 수 있는 것이 기부의 시작이라고 생각하게 되었습니다.

Q6. 이채린 하사님께서는 머리를 기르면서 기울인 특별한 모발관리방법이나 어떤 노력이 있으셨나요?

사실 머리를 기를 때 처음부터 기부를 생각하고 있진 않았지만, 어머나 홈페이지에서 모발기부관련 정보를 주의 깊게 보고 그 후에 모발 관리에 조금 더 신경을 썼습니다. 그리고 조금이라도 더 보탬이 되고 싶어 평상시에 빠지는 머리카락도 보관해 두었다가 같이 기부하게 되었습니다.

Q7. 평소 어머나운동에 대해 들어보신 적이 있으신가요?

어머나운동은 학창시절 때 알고 있었으며, 많은 여군 분들이 모발기부를 했을 때 관련 자료를 보았습니다.

Q8. 어머나운동 모발기부에 동참하신 계기나 특별한 이유가 있으시나요?

군인이라는 직업을 갖은 후 항상 누군가를 위해 행동하는 사람이 되고 싶었습니다. 코로나19로 모두가 힘든 현 상황 속에 한사람일지라도 그 사람을 위해 도움을 줄 수 있는 것이 무엇이 있을까 고민해 보았고, 대면적인 활동이 제한되기 때문에 비대면 도움을 주고 싶었습니다.

그때 길게 자라있는 머리카락을 보고 모발기부에 동참하게 되었습니다. 저의 모발 기부가 작은 행동일지 모르겠지만 제가 기부한 모발로 만들어진 가발을 쓰게 될 어린 암 환자분들에게 기쁨을 전달하고 싶었습니다.

Q9. 어머나운동본부는 소아암을 앓고 있는 아동/청소년들을 위해 머리카락 기부를 받고 그것으로 가발을 제작하여 지원하는 사업을 진행하고 있는데요, 그들에게 가발지원은 어떤 의미가 있다고 생각하시는지요?

자신감을 안겨주는 일이라고 생각합니다. 갑자기 머리카락이 빠지고 점점 없어지게 된다면, 물론 어떤 모습을 하던 아름답겠지만, 갑작스런 변화에 우울하고 자신감도 많이 떨어질 것 같습니다. 누군가에게는 자르고 버려지는 머리카락일지 모르겠지만 암 환자 친구들에게는 매우 소중한 부분이기 때문에 그들에게 가발지원은 자신감을 지켜주는 일이라고 생각합니다.

Q10. 암을 앓고 있는 환자들이 치료받는 과정에서 심리/정서적으로도 많은 어려움을 겪게 될 것이라고 예상되는데, 어떤 어려움이 있을까요?

아무래도 어른도 감당하기 힘든 일을 어린 친구들이 감당하고 있어 스트레스도 많고 불안한 마음을 갖고 있을 것 같습니다. 특히 병원에 주로 있다 보니 또래 친구들과 어울리지 못하는 부분에 어려움이 있을 것 같습니다.

Q11. 힘든 병마를 이기고 있는 소아암 환아들에게 꼭 하고 싶은 말이나 따뜻한 응원의 메시지 있으시다면 부탁드리겠습니다!

안녕하세요! 친구들! 저는 군인으로 근무를 하고 있는 이채린입니다. 멀리 떨어 있어 글로 응원하지만 제가 갖고 있는 강하고 씩씩한 긍정적인 기운을 여러분에게 보내 드리겠습니다. 지금은 힘들고 답답할지 모르겠지만 꼭 건강해져서 나중에는 여러분이 하고 싶은 일을 모두 할 수 있는 멋진 어른이 되기를 간절히 응원하겠습니다. 나중에 기회가 된다면 여러분과 친구로 만나고 싶습니다. 우리 모두 힘든 상황 속에 좌절하지 않고 힘내봅시다!! 여러분 항상 행복하세요. 여러분 곁에는 응원하는 많은 사람들이 있다는 것을 잊지 말아 주셨으면 좋겠어요. 항상 응원합니다!

마음을 나누는 인터뷰

이름: **김예린**
소속 및 직업: **화가**

Q1. 현재 어떤 일을 하고 계신지, 간단한 자기소개 부탁드립니다.

안녕하세요! 밤하늘의 달처럼 은은하게 그림을 통해 세상을 따뜻하게 비추는 아티스트 김예린입니다.

Q2. 김예린 선생님께서는 화가가 되신 특별한 계기가 있으신가요?

어렸을 때부터 다른 활동들보다 그림 그리는 것을 좋아했어요. 그림 그릴 때 아이디어를 생각하는 것도 즐겁고 초등학교 때 교내외 대회에서 상을 받았는데 대부분 미술부문 상이었어요. 그리고 어렸을 때부터 가족들과 함께 미술관과 박물관을 자주 갔고, 그림을 보는 것이 지금까지도 삶의 낙이더라고요. 시간이 지나고 내가 좋아하는 활동이 전공이 되었고, 지금까지 너무 재미있게 하게 된 것 같아요.

Q3. 김예린 선생님은 화가로서 앞으로의 계획, 목표가 있으신가요?

꿈과 그림을 담은 독립출판이나 책을 쓰고 싶어 준비하고 있습니다. 그리고 국내뿐만 아니라 해외에서도 영향을 끼치는 작가가 되고 싶습니다.

Q4. 평소 기부 및 봉사활동에 관심이 많으시다고 들었는데, 혹시 어머나운동에 대해 들어보신 적 있으신가요?

네 주변에서 기부하는 모습을 본 적이 있었습니다. 어머나운동이 사람들에게 더욱 알려질 수 있도록 저도 빠른 시일 내로 기부에 동참하려고 합니다.

Q5. 어머나운동본부는 소아암을 앓고 있는 아동/청소년들을 위해 머리카락 기부를 받고 그것으로 가발을 제작하여 지원하는 사업을 진행하고 있는데요, 그들에게 가발지원은 어떤 의미가 있다고 생각하시는지요?

촛불의 작은 불씨인 것 같아요. 불씨는 작지만 주변을 따뜻하고 환하게 밝히죠. 가발 하나가 만들어지기까지는 기부자 200명의 모발이 필요하다고 들었어요. 한명 한명의 사랑이 모여 많은 분들의 사랑을 받는다면 정말 큰 힘이 될 것 같다고 생각합니다.

Q6. 어머나운동본부 기부사례집 만화(삽화) 작품 제작에 동참하게 된 계기가 있으신가요?

제가 인터뷰에서 제 재능으로 봉사활동을 하고 싶다고 썼었는데 그

것을 본 친한 언니 추천으로 어머나운동본부에서 삽화디자인이 필요하다는 것을 알게 되었고, 기쁜 마음으로 동참했죠!

Q7. 기부자들의 사연을 읽고, 감동적이거나 기억에 남는 사연이 있나요?

기부하신 분들 전부 사연이 정말 다양했는데 저는 그 중에서도 남성 기부자 분들이 눈에 띄었습니다. 25센티미터 이상 머리를 기르는 건 여성분들도 힘들 수 있다고 생각하는데, 남성분들께서 어떠한 시선도 신경 쓰지 않고 긴 세월동안 길러서 기부를 했다는 데에서 따뜻한 마음이 더 느껴졌던 것 같아요.

Q8. '기부'란 무엇이라고 생각하나요?

'아이스 브레이킹'이라고 생각합니다. 사람을 처음 만났을 때 다가가기 어렵다고 느낄 수 있는데, 어색함을 이겨내고 다가가게 될 때 편해지면서 그 사람의 좋은 부분이 많이 보인다고 생각합니다. 기부도 마찬가지인 것 같습니다. 어렵고 시간이 많이 들 거 같아 나중에 여유로워지면 하자고 생각할 수도 있지만, 기부가 꼭 여유로워야만 할 수 있는 것은 아니라고 생각합니다. 작은 나눔이라도 일단 시작해서 기부하면 저도 기분 좋아지고 다른 사람들도 행복해지는 것 같아요.

Q9. 힘든 병마를 이기고 있는 소아암 환아에게 응원의 메시지나 꼭 전하고 싶은 이야기 있으시면 말씀해주세요.

여러분 꿈이 있는 한 이 세상은 도전해볼 만합니다. 어떠한 일이 있더라도 절대 자신의 꿈을 잃지 마세요. 꿈은 희망을 버리지 않는 사람에게 선물로 주어질 것입니다. 어느 곳에 있든 저는 당신의 꿈을 항상 응원하겠습니다.

6장

명예의 전당

- 모발기부해주신 분들의 명단
(모발기부자 2020년도~2021년도 기준)

- 텀블벅 후원자 명단

영국의 한 대학에서 디자인을 전공한 익명의 디자이너가 그림 재능기부를 해주셨습니다. 오마주 to 32,745명의 어머나운동 모발기부자님들! 익명의 디자이너가 어머나운동에 참여해주신 모발기부자님들을 향한 감사의 마음을 표현한 그림입니다.

*화가의 인스타그램: https://www.instagram.com/10oclockshop/

모발기부해주신 분들의 명단

가도은	가와사키	타 에	가유담	가일상
가하경	감규빈	강가람	강가민	강가연
강가윤	강가현	강건구	강경민	강경선
강경아	강경원	강경자	강고운	강고윤
강귀연	강기민	강규림	강나련	강나령
강나리	강나연	강나영	강나윤	강나율
강나은	강누리	강다경	강다래	강다미
강다빈	강다연	강다영	강다원	강다윤
강다은	강다인	강다현	강다혜	강다희
강단비	강대원	강덕현	강도연	강도원
강동영	강라온	강라임	강로와	강루나
강루하	강류빈	강리나	강리언	강리원
강리현	강 린	강명서	강명신	강문양
강문정	강미나	강미란	강미래	강미선

강미성	강미연	강미정	강미주	강미현
강미혜	강미희	강민경	강민리	강민서
강민아	강민정	강민주	강민지	강민채
강민하	강민혜	강민희	강보규	강보기
강보라	강보미	강보민	강보빈	강보숙
강보영	강보현	강보화	강복현	강봉임
강사랑	강산하	강상순	강상인	강상임
강새나	강새봄	강서연	강서영	강서우
강서원	강서윤	강서은	강서현	강선미
강선아	강선영	강선혜	강선희	강성심
강성아	강성은	강성찬	강성혁	강성훈
강세린	강세별	강세은	강소라	강소람
강소연	강소영	강소울	강소정	강소현
강송연	강 수	강수경	강수민	강수빈
강수연	강수이	강수정	강수지	강수진
강슬기	강승욱	강승지	강승훈	강승희
강시온	강시우	강시윤	강시율	강아라
강아란	강아람	강아린	강아림	강아윤
강아인	강애주	강여미	강여민	강연서
강연우	강연희	강영란	강영리	강영실
강영애	강영인	강영주	강영희	강예나
강예린	강예서	강예손	강예솔	강예영
강예원	강예은	강예지	강예진	강우신
강우영	강원경	강원정	강유경	강유나
강유라	강유리	강유미	강유민	강유빈
강유선	강유은	강유진	강윤경	강윤미

강윤서	강윤선	강윤설	강윤수	강윤아
강윤정	강윤지	강윤진	강윤하	강윤호
강윤희	강 율	강 은	강은경	강은미
강은비	강은서	강은선	강은솔	강은수
강은순	강은아	강은영	강은유	강은지
강은진	강은채	강은하	강은혜	강은희
강이랑	강이석	강이솔	강이현	강 인
강인규	강인서	강인형	강 일	강자윤
강재선	강정미	강정수	강정숙	강정아
강정옥	강정우	강정이	강정인	강정해
강정희	강종민	강종희	강주안	강주애
강주연	강주영	강주은	강주이	강주향
강주현	강주호	강주희	강준구	강준석
강준혁	강즈희	강지돈	강지민	강지수
강지숙	강지아	강지안	강지연	강지영
강지우	강지원	강지유	강지윤	강지은
강지현	강지혜	강지효	강지희	강 진
강진경	강진솔	강진실	강진아	강진영
강찬우	강창숙	강창화	강채연	강채원
강채율	강채은	강 철	강체령	강태이
강태희	강필순	강하나	강하늘	강하늬
강하라	강하람	강하린	강하림	강하선
강하연	강하영	강하은	강하음	강한나
강한별	강한비	강한솔	강한음	강한태풍
강해원	강해인	강 현	강현미	강현선
강현숙	강현아	강현영	강현욱	강현이

강현정	강현주	강현지	강현진	강현화
강현희	강형선	강혜란	강혜린	강혜림
강혜민	강혜빈	강혜선	강혜숙	강혜영
강혜원	강혜은	강혜인	강혜정	강혜진
강화정	강효은	강효지	강효진	강효희
강휘경	강 희	강희선	강희수	강희아
강희영	강희원	강희주	강희진	견민설
경다윤	경다율	경세림	경유리	경은지
경정현	경진아	경태인	경혜숙	계기철
계시온	계예진	계윤슬	고가연	고가영
고가윤	고 겸	고경남	고경림	고경미
고경민	고경순	고경진	고경희	고국희
고규빈	고나연	고나영	고나은	고나현
고다빈	고다영	고다윤	고다은	고다현
고다희	고담은	고대호	고두현	고려원
고명주	고명희	고미연	고미정	고민경
고민서	고민성	고민정	고민주	고민지
고병학	고병희	고보경	고보람	고빛나
고서린	고서연	고서윤	고서희	고석란
고선경	고설화	고설희	고세빈	고세은
고세진	고소민	고소연	고수경	고수민
고수아	고수진	고승수	고아라	고아름
고아영	고아진	고아현	고애진	고야스민
고연후	고영권	고영덕	고영미	고영민
고예나	고예림	고예빈	고예서	고예슬
고예원	고예음	고예지	고예진	고운례

고유경	고유라	고유진	고윤서	고윤슬
고윤아	고윤희	고율리	고 은	고은나래
고은미	고은별	고은빈	고은서	고은석
고은설	고은솔	고은수	고은아	고은애
고은영	고은율	고은일	고은정	고은주
고은지	고은채	고은혜	고인혜	고정미
고정민	고정예	고정윤	고주연	고주원
고주은	고주희	고준희	고지애	고지영
고지은	고 진	고진미	고진아	고진우
고창녕	고채린	고채원	고태림	고태오
고하늘	고하린	고하연	고하영	고하윤
고한나	고한슬	고혁준	고 현	고현미
고현서	고현정	고현주	고현지	고혜림
고혜정	고혜진	고효비	고효진	고희서
공규빈	공나연	공나현	공다연	공도원
공동현	공라영	공민서	공민선	공민숙
공민정	공민지	공민혜	공보경	공상은
공서연	공서희	공선미	공성민	공세빈
공소율	공수민	공수정	공아람	공예나
공예인	공용해	공유라	공유리	공유진
공은빈	공인국	공지선	공지영	공지우
공지원	공지은	공지혜	공채련	공채영
공태연	공현희	공효은	곽경민	곽규민
곽기선	곽나래	곽나영	곽나윤	곽다은
곽단영	곽도연	곽도원	곽도윤	곽도은
곽도현	곽라희	곽로사	곽명선	곽명진

곽미선	곽미소	곽민서	곽민송	곽민유
곽민정	곽민지	곽 별	곽보람	곽보연
곽서린	곽서연	곽서영	곽서원	곽서진
곽선희	곽성은	곽세영	곽세은	곽소라
곽소명	곽소연	곽수정	곽순영	곽승주
곽시은	곽심지아	곽영소	곽예나	곽예린
곽예림	곽예원	곽유내	곽유란	곽유진
곽윤정	곽윤주	곽윤희	곽율하	곽은솔
곽은진	곽의정	곽인정	곽인찬	곽정원
곽정희	곽종민	곽주희	곽지연	곽지영
곽지오	곽지우	곽지원	곽지유	곽지윤
곽진아	곽진홍	곽찬미	곽하늘	곽해숙
곽해인	곽 현	곽현숙	곽현정	곽현주
곽혜림	곽혜인	곽혜진	곽호은	곽희지
구가령	구가연	구가은	구가인	구개원
구고운	구나린	구나연	구나윤	구다영
구다은	구덕희	구도아	구도연	구리듬
구명민	구민경	구민소	구민아	구민재
구민정	구민주	구민지	구보은	구본영
구본이	구본희	구서연	구서은	구선영
구선주	구성미	구소연	구소율	구수연
구수현	구숙향	구슬	구승현	구승희
구시하	구연서	구연정	구연주	구영은
구예나	구예람	구예린	구유나	구유희
구윤정	구은서	구은선	구은성	구은채
구이재	구인혜	구인화	구자민	구자영

구자훈	구정은	구주은	구지예	구지현
구지혜	구지희	구진영	구찬후	구창대
구창현	구태은	구태희	구하민	구하윤
구하진	구현서	구현수	구현정	구혜민
구혜원	구혜윤	구혜진	구홍랑	구효선
구효주	국가영	국령서	국보화	국선임
국연수	국예림	국정연	국지원	국지은
국하은	권가온	권가은	권가현	권경빈
권규린	권금빈	권기매	권기율	권나래
권나리	권나연	권나영	권나윤	권나은
권나현	권나형	권나혜	권난희	권내현
권노현	권누리	권다빈	권다솜	권다울
권다원	권다은	권다인	권다해	권다혜
권다현	권 단	권대우	권도경	권도아
권도연	권도영	권도윤	권도은	권도향
권도현	권도훈	권동나	권동주	권동채
권동희	권두향	권라온	권려원	권리나
권리아	권리우	권문현	권미란	권미선
권미숙	권미지	권미진	권미혜	권 민
권민경	권민서	권민재	권민정	권민주
권민지	권밀루	권병준	권보미	권보민
권보은	권새미랑	권새연	권서연	권서영
권서현	권선미	권선아	권선영	권선희
권성은	권세린	권세아	권세옥	권세은
권세이	권세현	권소라	권소빈	권소연
권소율	권소현	권소형	권수민	권수연

권수예	권수인	권수임	권수정	권수진
권수형	권순미	권순빈	권순아	권순억
권승아	권시연	권시은	권시현	권아름
권아림	권아현	권애정	권연경	권연우
권연주	권영경	권영미	권영민	권영애
권영은	권영주	권영채	권영화	권예랑
권예륜	권예림	권예소	권예심	권예인
권예지	권예진	권오련	권오봉	권오윤
권오진	권온유	권용원	권우경	권우인
권유경	권유나	권유리	권유빈	권유정
권유주	권윤숙	권윤정	권윤진	권윤후
권은서	권은송	권은실	권은영	권은우
권은재	권은정	권은주	권은진	권은화
권이경	권이솔	권이현	권인규	권재희
권정선	권정숙	권정순	권정연	권정윤
권정은	권정하	권주미	권주아	권주윤
권준솔	권지민	권지수	권지안	권지연
권지영	권지오	권지우	권지원	권지유
권지윤	권지율	권지인	권지현	권지혜
권지호	권지후	권진경	권진숙	권진아
권진희	권창주	권채은	권태현	권태후
권태희	권하늘	권하늬	권하랑	권하빈
권하연	권하은	권한솔	권한유	권해경
권해라	권해림	권혁찬	권 현	권현근
권현미	권현민	권현주	권현진	권현희
권형은	권혜란	권혜민	권혜빈	권혜숙

권혜영	권혜정	권혜주	권혜지	권혜진
권 호	권화선	권효경	권효숙	권효원
권효윤	권효정	권효종	권훈경	권희경
권희수	권희연	권희율	금다영	금다은
금다혜	금서우	금서현	금연주	금 율
금은영	금정은	금종은	금하나	금한나
금현진	기 단	기도혜	기동선	기미례
기민희	기 쁨	기세은	기아지	기예라
기예인	기은별	기은솔	기정선	기한별
길가은	길경은	길규민	길라임	길서형
길소영	길소현	길승은	길연희	길예은
길윤수	길인영	길창은	길태경	길태현
길현진	길혜정	길효주	김가경	김가람
김가령	김가린	김가림	김가빈	김가슬
김가언	김가연	김서연	김가영	김가예
김가온	김가원	김가윤	김가율	김가은
김가을	김가이	김가인	김가현	김에스겔
김가형	김가혜	김가희	김갑식	김강우
김강은	김강인한	김강하	김강희	김거울
김 건	김건아	김건우	김건호	김건희
김겸희	김경남	김경란	김경미	김경민
김경빈	김경서	김경선	김경숙	김경순
김경아	김경옥	김경원	김경은	김경자
김경진	김경찬	김경향	김경화	김경환
김경훈	김경희	김계량	김계아	김계연
김계영	김고운	김고은	김관영	김광현

김광희	김교래	김교연	김국남	김국진
김국화	김군영	김규경	김부경	김규나
김규랑	김규령	김규리	김규린	김규림
김규민	김규비	김규빈	김규연	김규열
김규원	김규희	김그린	김그림	김근숙
김근애	김근영	김근화	김근희	김기경
김기남	김기령	김기림	김기쁨	김기숙
김기연	김기영	김기은	김기주	김기현
김기훈	김나경	김나난	김나라	김나란
김나래	김나리	김나린	김나빈	김나언
김나연	김나영	김나예	김나운	김나윤
김나율	김나은	김나해	김나향	김나현
김나혜	김나희	김난영	김난이	김난형
김난희	김남경	김남숙	김남영	김남이
김남주	김남희	김노아	김노은	김노을
김누리	김누리나라	김늘해랑	김다나	김다민
김다반	김다비	김다빈	김다빛	김다성
김다솔	김다솜	김다슬	김다언	김다엽
김다영	김다예	김다옥	김다온	김다운
김다원	김다윤	김다율	김다은	김다인
김다정	김다주	김다현	김다혜	김다홍
김다희	김단경	김단미	김단비	김단아
김단영	김단호	김단희	김 달	김달희
김담이	김담희	김대민	김대수	김대연
김대영	김대현	김대훈	김대희	김덕만
김덕연	김덕현	김덕희	김도겸	김도경

김도림	김도빈	김도선희	김도아	김도연
김도영	김도예	김도운	김도원	김도윤
김도율	김도은	김도이	김도진	김도하
김도헌	김도혁	김도현	김도혜	김도훈
김도희	김동민	김동수	김동식	김동아
김동연	김동옥	김동완	김동이	김동주
김동준	김동진	김동하	김동현	김동화
김동환	김동효	김동희	김두리	김두연
김두환	김득희	김라온	김로운	김라윤
김라율	김라이	김라하	김라현	김라희
김란아	김란영	김란희	김 람	김래언
김래오	김래윤	김래은	김래현	김려원
김련후	김령안	김령현	김로아	김로운
김로은	김로이	김루비	김루아	김류현
김륜하	김륜화	김륜희	김률희	김리라
김리사	김리서	김리아	김리안	김리애
김리원	김리하	김리호	김 린	김린아
김마로	김많흔	김면주	김명규	김명덕
김명미	김명상	김명서	김명선	김명수
김명순	김명신	김명우	김명재	김명주
김명중	김명지	김명진	김명화	김명환
김명훈	김명희	김모아	김묘은	김묘진
김무경	김무송	김무진	김문규	김문영
김문정	김문준	김문희	김미	김미강
김미경	김미광	김미나	김미라	김미란
김미래	김미령	김미르	김미리	김미림

김미미	김미선	김미설	김미성	김미소
김미솔	김미송	김미수	김미숙	김미애
김미연	김미영	김미예	김미옥	김미인
김미자	김미정	김미조	김미주	김미진
김미현	김미혜	김미화	김미희	김민
김민경	김민교	김민규	김민기	김민서
김민서	김예리	김민석	김민선	김민설
김민성	김민소	김민솔	김민수	김민숙
김민슬	김민식	김민아	김민애	김민영
김민예	김민우	김민욱	김민이	김민재
김민정	김민제	김민주	김민준	김민지
김민진	김민찬	김민채	김민철	김민하
김민혁	김민혜	김민호	김민효	김민희
김바르	김방글	김범수	김벼리	김 별
김별하	김병국	김병대	김병림	김병석
김병윤	김병헌	김보강	김보경	김보나
김보라	김보란	김보람	김보리	김보림
김보미	김보민	김보배	김보빈	김보선
김보성	김보송	김보슬	김보아	김보연
김보영	김보예	김보옥	김보윤	김보은
김보현	김보혜	김보화	김보희	김복민
김복순	김 봄	김봉자	김봉주	김봉호
김부미	김비주	김빈희	김빛고을	김빛나
김빛나라	김빛나래	김빛누리	김사라	김사랑
김사랑아	김 산	김산이	김산희	김상국
김상규	김상미	김상미	가브리엘라	김상민

김상아	김상연	김상윤	김상은	김상주
김상지	김상철	김상필	김상혁	김상현
김상훈	김상희	김새나	김새로와	김새론
김새롬	김새별	김새순	김새얀	김새연
김새은	김샘이나	김샤론	김서경	김서련
김서리	김서린	김서빈	김서아	김서연
김서영	김서우	김서윤	김서율	김서은
김서이	김서인	김서정	김서준	김서진
김서하	김서하율	김서향	김서현	김서형
김서희	김선경	김선도	김선령	김선미
김선민	김선아	김선애	김선영	김선옥
김선용	김선우	김선임	김선정	김선주
김선지	김선진	김선하	김선형	김선혜
김선화	김선효	김선희	김설아	김설애
김설은	김설임	김설하	김설희	김성남
김성동	김성령	김성무	김성미	김성민
김성순	김성아	김성연	김성영	김성윤
김성은	김성이	김성재	김성주	김성지
김성진	김성현	김성혜	김성호	김성환
김성훈	김성희	김세경	김세담	김세란
김세련	김세린	김세미	김세미나	김세민
김세아	김세희	김세연	김세영	김세원
김세윤	김세은	김세인	김세준	김세진
김세하	김세현	김세형	김세호	김세홍
김세훈	김세희	김소라	김소리	김소린
김소망	김소미	김소민	김소빈	김소빛

김소선	김소애	김소연	김소영	김다온
김소완	김소운	김소원	김소유	김소윤
김보윤	김소율	김소은	김소이	김소정
김소지	김소진	김소현	김소형	김소화
김소효	김소희	김솔	김솔비	김솔빈
김솔우	김솔잎	김솔지	김 송	김송연
김송은	김송이	김송재	김송주	김송현
김송희	김 수	김수겸	김수경	김수라
김수람	김수린	김수림	김수미	김수민
김수본	김수빈	김수아	김수안	김수애
김수언	김수여	김수연	김수영	김수옥
김수원	김수인	김수정	김수지	김수진
김수하	김수향	김수현	김수형	김수화
김수희	김숙경	김숙정	김숙진	김숙현
김숙희	김순남	김순녀	김순란	김순애
김순영	김순정	김순진	김순화	김순회
김 쉰	김슬기	김슬기랑	김슬미	김슬아
김승리	김승민	김승빈	김승아	김승연
김승은	김승주	김승하	김승현	김승혜
김승회	김승휘	김승희	김시내	김시라
김시란	김시아	김시안	김시연	김시영
김시온	김시우	김시원	김시윤	김시율
김시은	김시향	김시현	김시형	김시후
김신비	김신아	김신여	김신영	김신정
김신조	김신지	김신혜	김아라	김아란
김아람	김아련	김아롱	김아름	김아리

김아리아	김아린	김아림	김아민	김아샤
김아연	김아영	김아윤	김아율	김아인
김아주	김아진	김아현	김안나	김알지
김애경	김애란	김애리	김애림	김애숙
김애진	김양희	김어진	김언빈	김언숙
김언주	김언희	김에스더	김여경	김여름
김여우리	김여진	김연경	김연미	김연서
김연수	김연순	김연아	김연옥	김연우
김연원	김연이	김연임	김연재	김연정
김연주	김연준	김연지	김연진	김연하
김연화	김연후	김연희	김 영	김영경
김영기	김영남	김영란	김영랑	김영미
김영민	김영복	김영분	김영서	김영선
김영성	김영수	김영숙	김영신	김영아
김영애	김영옥	김영욱	김영웅	김영원
김영은	김영인	김영임	김영주	김영지
김영진	김영채	김영현	김영혜	김영화
김영희	김예경	김예나	김예다	김예담
김예란	김예람	김예령	김예린	김예림
김예미	김예봄	김예빈	김예서	김예성
김예솔	김예솜	김예슬	김예식	김예아
김예안	김예영	김예원	김예은	김예인
김예정	김예주	김예준	김예지	김예진
김예찬	김예현	김예희	김오로라	김옥순
김옥자	김옥희	김온유	김온정	김용건
김용구	김용균	김용순	김용운	김우경

김우람	김우빈	김우아	김우정	김우진
김우현	김 원	김원미	김원빈	김원선
김원정	김원진	김원희	김유경	김유나
김유담	김유라	김유랑	김유래	김유리
김유림	김유미	김유민	김유비	김유빈
김유솔	김유신	김유안	김유연	김유영
김유은	김유정	김유주	김유진	김민정
김유하	김유현	김 윤	김윤겸	김윤경
김윤미	김윤민	김윤서	김윤석	김윤선
김윤수	김윤숙	김윤슬	김윤식	김윤아
김윤영	김윤옥	김윤정	김윤종	김윤주
김윤지	김윤진	김윤채	김윤하	김윤형
김윤희	김 율	김율아	김율하	김율희
김 은	김은결	김은경	김은령	김은미
김은별	김은비	김은빈	김은서	김은선
김은성	김은솔	김은송	김은수	김은숙
김은순	김은실	김은아	사찬효	김은영
김은옥	김은우	김은유	김은재	김은정
김은조	김은주	김은지	김은진	김은채
김은총	김은평	김은해	김은혜	김은호
김은효	김은후	김은희	김의연	김의인
김의정	김의진	김의현	김이네사	김이도
김이레	김이룸	김이솔	김이수	김이슬
김이안	김이연	김이은	김이주	김이지
김이현	김인겸	김인경	김인기	김인내
김인서	김인숙	김인순	김인실	김인아

김인애	김인영	김인옥	김인혜	김인호
김일동	김일리	김일화	김임화	김자연
김자엽	김자영	김자은	김자인	김장미
김재경	김재관	김재민	김재상	김재선
김재아	김재연	김재영	김재옥	김재원
김재은	김재이	김재인	김재철	김재하
김재화	김재훈	김재희	김 정	김정란
김정매	김정명	김정미	김정민	김정빈
김정서	김정선	김정숙	김정순	김정아
김정안	김정애	김정연	김정옥	김정우
김정욱	김정원	김정윤	김정은	김정이
김정인	김정임	김정자	김정준	김정진
김정하	김정한	김정헌	김정현	김정혜
김정화	김정효	김정후	김정훈	김정희
김제룡	김제빈	김제윤	김제이	김제인
김제하	김조앤	김조은	김조이	김종경
김종선	김종순	김종열	김종윤	김종은
김종호	김종혁	김주경	김주득	김주리
김주민	김주빈	김주섭	김주아	김주얼
김주연	김주영	김주오	김주원	김주은
김주이	김주하	김주현	김주형	김주혜
김주화	김주환	김주희	김준기	김준서
김준식	김준아	김준형	김준희	김중대
김중옥	김중일	김지나	김지남	김지니
김지다	김지미	김지민	김지석	김지선
김지성	김지수	김지숙	김지아	김지안

김지애	김지언	김지연	강채원	김지영
김지오	김지우	김지원	김지유	김지윤
김지율	김지은	김지이	김지인	김지해
김지향	김지현	김지형	김지혜	김지호
김지환	김지효	김지후	김지훈	김지희
김진경	김진기	김진나	김진미	김진서
김진선	김진솔	김진숙	김진아	김진양
김진영	김진우	김진유	김진율	김진이
김진주	김진태	김진하	김진향	김진현
김진호	김진희	김차린	김차옥	김차윤
김찬미	김찬송	김찬주	김찬희	김창민
김채령	김채린	김채림	김채민	김채빈
김채아	김채연	김채영	김채원	김채윤
김채율	김채은	김채이	김채정	김채하
김채현	김채희	김천강	김천미	김초록
김초아	김초은	김초이	김초인	김초현
김초희	김총화	김최세린	김춘란	김춘수
김치훈	김 탁	김태겸	김태경	김태나
김태리	김태린	김태림	김태미	김태산
김태양	김태연	김태영	김태완	김태은
김태인	김태정	김태하	김태현	김태형
김태호	김태화	김태후	김태희	김푸름
김필립	김필잎	김하경	김하나	김하늘
김하늘빛	김하늬	김하담	김하람	김하랑
김하린	김하림	김하민	김하빈	김하선
김하애	김하얀	김하언	김하엘	김하연

김하영	김하온	김하원	김하유	김하윤
김하율	김하은	김하임	김하정	김하준
김하진	김하현	김하희	김학진	김 한
김한기	김한나	김한들	김한별	김한봄
김한비	김한솔	김한송	김한울	김한웅
김한희	김해나	김해니	김해담	김해동
김해뜰	김해랑	김해리	김해린	김해림
김해민	김해빈	김해솔	김해윤	김해인
김해지	김행훈	김향란	김향선	김허유
김 현	김현경	김현교	김현미	김현민
김현빈	김현서	김현선	김현성	김현수
김현숙	김현순	김현승	김현실	김현아
김현영	김현율	김현이	김현정	김현주
김현주	김현준	김현지	김현진	김현화
김현희	김형기	김형돈	김형록	김형선
김형아	김형우	김형원	김형정	김형주
김형준	김형진	김형철	김혜강	김혜경
김혜교	김혜나	김혜라	김혜란	김혜람
김혜랑	김혜련	김혜령	김혜리	김혜린
김혜림	김혜미	김혜민	김혜빈	김혜서
김혜선	김혜송	김혜수	김혜순	김혜승
김혜신	김혜아	김혜연	김혜영	김혜옥
김혜원	김혜윤	김혜율	김혜은	김혜인
김혜임	김혜정	김혜주	김혜준	김혜지
김혜진	김혜현	김혜화	김호아	김호연
김호정	김홍민	김홍비	김홍실	김홍은

김홍정	김화민	김화선	김화영	김화은
김화정	김화현	김 환	김환미	김환희
김효경	김효남	김효담	김효리	김효린
김효민	김효빈	김효서	김효선	김효심
김효연	김효영	김효원	김효윤	김효은
김효재	김효정	김효주	김효준	김효진
김후리	김훈경	김휘영	김휘정	김흔령
김희경	김희나	김희서	김희서	김희선
김희성	김희수	김희언	김희엘	김희연
김희영	김희우	김희원	김희윤	김희은
김희재	김희정	김희주	김희진	꼬 유
나경윤	나규리	나누리	나다현	나덕형
나리안	나미정	나미화	나민정	나병훈
나선주	나성인	나성주	나세아	나세연
나소연	나소정	나슬기	나아름	나연우
나연주	나영선	나예서	나예슬	나원정
나윤아	나윤오	나윤정	나윤주	나은정
나은주	나은혜	나이현	나정은	나정인
나조카혼	나주연	나주원	나중걸	나지영
나지이	나지현	나진숙	나진파	나카가와리츠
나하나	나하라	나하랑	나하연	나하영
나한봄	나해성	나해원	나향숙	나현미
나현빈	나현주	나혜란	나혜림	나혜성
나효진	나희승	나희우	남가민	남가빈
남가연	남가영	남가은	남경균	남경림
남경주	남경진	남관우	남궁경빈	남궁린

남궁봄	남궁수민	남궁윤	남궁율	남궁은주
남궁준	남궁진	남궁평	남궁현지	남궁혜린
남궁혜빈	남귀현	남규연	남나리	남다름
남다연	남다은	남동현	남디현	남명수
남미연	남미영	남민영	남민우	남민주
남민지	남별이	남병희	남보라	남사무엘
남상외	남서연	남서유	남서율	남서현
남선우	남선형	남세연	남세정	남소윤
남소은	남수경	남수민	남수빈	남수연
남수진	남슬기	남승아	남승옥	남시내
남시연	남시원	남시은	남시현	남아라
남연서	남연수	남연우	남영은	남예나
남예린	남예림	남예서	남예원	남예은
남예주	남예진	남예현	남원지	남유림
남유민	남유빈	남윤서	남윤아	남윤이
남윤정	남윤지	남윤하	남은비	남은솔
남은실	남은희	남정빈	남정숙	남주현
남주희	남지아	남지연	남지원	남지윤
남지은	남지현	남지희	남진주	남한용
남해담	남현경	남현서	남현지	남혜란
남혜련	남혜린	남혜성	남혜진	남화연
남희수	남희원	남희정	남희주	노가연
노가희	노경미	노경우	노관용	노규아
노규원	노근령	노근희	노나은	노담희
노동경	노명순	노미나	노미란	노미숙
노미애	노민아	노민하	노서영	노서윤

노서율	노선미	노선애	노설리	노성희
노소연	노소영	노소윤	노소정	노송이
노수경	노수민	노수진	노수현	노순천
노승은	노승현	노시은	노시현	노신영
노아정	노연미	노연우	노연희	노영서
노영선	노영은	노영주	노영혜	노예린
노예은	노예지	노예진	노우정	노원태
노유경	노유나	노유리	노유하	노 윤
노윤래	노윤서	노윤주	노윤지	노윤희
노은경	노은빈	노은서	노은숙	노은영
노은율	노은지	노은효	노 을	노이슬
노인해	노재은	노재인	노정균	노주비
노주영	노준경	노지민	노지송	노지영
노지예	노지혜	노진웅	노진희	노찬호
노참이	노채하	노최유나	노태성	노하나
노하연	노하온	노하윤	노해민	노해밀
노현귀	노현숙	노현유	노현정	노현지
노혜진	노현진	노현희	노혜린	노혜림
노혜민	노혜선	노혜연	노혜원	노화연
노화영	노효민	노효은	노효재	노효주
노희경	노희선	노희연	노희원	노희윤
노희주	단이엄마	도가영	도경화	도록찬
도린하	도미영	도선미	도소정	도수아
도아윤	도안나	도연서	도연우	도연지
도예린	도예서	도예섬	도예원	도유정
도 윤	도윤아	도윤주	도이정	도인경

도진주	도현주	도현진	도현화	도효림
도효정	도 희	동해나	동희원	두가연
두경원	두연서	두예린	두은서	듀이초이
라보미	라승선	라윤미	라윤옥	라지율
로니오니	류가연	류가현	류경선	류금민
류남순	류다연	류다영	류다윤	류다인
류동일	류리아	류 미	류미현	류 민
류상지	류서연	류서현	류소랑	류수민
류수빈	류수지	류수진	류수하	류수희
류슬기	류승우	류승하	류승희	류시은
류신지	류아름비	류여정	류연서	류연주
류영빈	류예원	류원정	류은서	류은아
류은채	류이레	류이안	류인서	류재경
류재희	류제우	류주희	류지수	류지아
류지연	류지영	류지우	류지윤	류지형
류지혜	류진아	류진주	류찬열	류채린
류채민	류채은	류하나	류하영	류하온
류하은	류한나	류한슬	류행아	류현민
류현정	류효정	마가령	마경진	마근원
마서연	마서영	마서윤	마서희	마수아
마시연	마연희	마예람	마예주	마예진
마준오	마준형	마지현	마지혜	마진주
맹가영	맹가은	맹서영	맹서현	맹선희
맹소현	맹시윤	맹영애	맹정현	맹준호
맹진선	맹하연	머리숱왕	만 두	명가윤
명도연	명미선	명상식	명서진	명세진

명숙연	명은진	명재희	명지민	명초연
명 필	명현정	모규림	모상미	모서현
모성은	모수연	모수진	모에스더	모예솔
모은덕	모주희	모지영	모지현	모현아
모혜아	모화수	목서윤	목정은	목지원
목창수	무기명	묵수현	문가람	문가영
문경림	문경서	문경진	문경희	문고은
문광수	문규랑	문규림	문규비	문규은
문기쁨	문기은	문누리	문다경	문다원
문다은	문다인	문단을	문라희	문리산
문미녀	문미란	문미진	문민경	문민정
문병관	문보경	문보람	문서연	문서영
문서윤	문서은	문서인	문서진	문서현
문선미	문선영	문선정	문선혜	문선희
문설경	문성경	문성아	문성언	문성은
문성주	문성지	문성혜	문세연	문세영
문세진	문세현	문세훈	문소라	문소민
문소연	문소영	문소율	문소이	문소정
문소현	문소희	문솔민	문수민	문수범
문수빈	문수아	문수연	문수정	문수현
문수화	문승아	문시내	문시영	문시현
문아린	문아영	문아현	문애리	문애진
문연경	문연지	문영미	문영식	문예담
문예랑	문예빈	문예슬	문예원	문예은
문예지	문예진	문유리	문윤정	문은미
문은선	문은수	문은주	문은진	문은희

문의선	문인영	문인진	문자영	문재원
문정민	문정선	문정숙	문정아	문정원
문정윤	문정현	문주연	문주영	문주원
문주현	문주희	문준수	문지민	문지설
문지성	문지애	문지연	문지영	문지예
문지우	문지운	문지원	문지윤	문지은
문지인	문지현	문지호	문지희	문진남
문채라	문채린	문채원	문채윤	문채은
문채현	문춘신	문치홍	문푸른	문하선
문하영	문한글	문해원	문향선	문현경
문현미	문현빈	문현지	문혜경	문혜리
문혜린	문혜림	문혜민	문혜빈	문혜선
문혜연	문혜영	문혜원	문혜유	문혜정
문혜주	문혜진	문효경	문효선	문희경
문희선	문희원	문희주	미 성	민가영
민가원	민가현	민건우	민경선	민다미
민다영	민다혜	민동연	민들레	민백희
민보나	민보선	민서아	민서안	민서윤
민서인	민서현	민서희	민선경	민선정
민선희	민성원	민성혜	민세리	민세아
민소연	민소화	민수연	민수정	민수진
민수희	민승현	민시안	민애리	민영원
민예영	민예진	민요아	민원영	민윤영
민윤주	민은정	민인숙	민정란	민정아
민정원	민정은	민지선	민지수	민지연
민지영	민지예	민지유	민지인	민지현

민지후	민채담	민채연	민채원	민태현
민하은	민 현	민혜진	민희정	박가람
박가연	박가영	박가온	박가은	박가을
박가인	박가현	박가흔	박가희	박건우
박건혜	박건희	박경린	박경미	박경민
박경빈	박경서	박경숙	박경순	박경애
박경옥	박경원	박경은	박경주	박경현
박경화	박경희	박계리	박계화	박고경
박고윤	박고은	박고이	박골드	박광일
박교원	박규리	박규민	박규빈	박규연
박규원	박규현	박규휘	박균우	박근동
박근령	박근아	박근애	박근한	박근혜
박근화	박금비	박금지	박기란	박기령
박기민	박기쁨	박기영	박기태	박기호
박기훈	박나경	박나나	박나라	박나래
박나리	박나린	박나봄	박나연	박나영
박나온	박나윤	박나율	박나은	박나이
박나현	박 난	박남희	박넷희	박다라
박다솜	박다슬	박다엘	박다연	박다예
박다원	박다윤	박다은	박다인	박다현
박다혜	박다희	박단미	박단별	박단비
박담비	박대영	박대형	박도원	박도윤
박도은	박도이	박동수	박들샘	박라엘
박라원	박라윤	박라이	박란수	박랑정
박래윤	박루아	박리나	박리아	박리원
박마리아	박명선	박명진	박명호	박명희

박무선	박문영	박문주	박미경	박미나
박미라	박미란	박미래	박미령	박미리
박미림	박미선	박미숙	박미연	박미영
박미정	박미주	박미지	박미진	박미파
박미향	박미현	박미혜	박미화	박미희
박 민	박민경	박민교	박민서	박민선
박민수	박민아	박민영	박민용	박민자
박민정	박민주	박민지	박민진	박민채
박민하	박민형	박민혜	박민홍	박민희
박바른	박반디	박병규	박보경	박보람
박보림	박보미	박보배	박보선	박보영
박보윤	박보은	박보인	박보현	박복희
박사경	박사라	박사람	박사랑	박상근
박상수	박상아	박상우	박상원	박상은
박상희	박새롬	박새미	박새별	박새봄
박새별	박새하	박서로	박서린	박서림
박서빈	박서연	박서영	박서우	박서원
박서윤	박서율	박서은	박서이	박서인
박서정	박서진	박서현	박서형	박서후
박서희	박 선	박선미	박선빈	박선순
박선아	박선영	박선우	박선유	박선유
박선율	박선정	박선주	박선진	박선하
박선호	박선홍	박선화	박선희	박 설
박설빈	박설아	박설연	박설위	박성경
박성란	박성미	박성민	박성빈	박성언
박성용	박성욱	박성웅	박성은	박성재

박성진	박성하	박성현	박성혜	박성희
박세라	박세리	박세림	박세미	박세미나
박세민	박세빈	박세아	박세연	박세영
박세온	박세원	박세윤	박세율	박세은
박세인	박세정	박세진	박세현	박세호
박세화	박세휘	박세희	박소경	박소담
박소라	박소리	박소미	박소민	박소연
박소영	박소예	박소원	박소윤	박소율
박소은	박소을	박소이	박소정	박소진
박소하	박소현	박소홍	박소희	박 솔
박솔민	박솔비	박솔아	박솔유	박솔지
박솔하	박솔희	박송민	박송이	박송현
박송희	박수경	박수린	박수미	박수민
박수복	박수비네	박수빈	박수아	박수연
박수영	박수완	박수은	박수인	박수정
박수지	박수진	박수하	박수현	박수혜
박수희	박숙영	박숙정	박 순	박순임
박슬기	박슬아	박슬희	박승민	박승아
박승연	박승원	박승하	박승회	박승효
박승희	박시아	박시언	박시연	박시영
박시온	박시우	박시원	박시윤	박시율
박시은	박시하	박시현	박신비	박신애
박신웅	박신유	박신혜	박아람	박아르미
박아름	박아림	박아연	박아인	박아현
박애리	박언영	박언희	박에린	박에린
세영	박여리	박여은	박여진	박연경

박연규	박연서	박연아	박연우	박연주
박연지	박연진	박연화	박연희	박영롱
박영미	박영신	박영아	박영은	박영지
박영진	박영화	박영후	박영희	박예나
박예니	박예담	박예랑	박예린	박예림
박예민	박예빈	박예서	박예성	박예슬
박예승	박예온	박예원	박예은	박예인
박예정	박예준	박예지	박예진	박예향
박예현	박예훤	박옥영	박온유	박완재
박외숙	박요한	박용문	박용섭	박용수
박용은	박우영	박우진	박유경	박유나
박유란	박유리	박유림	박유미	박유민
박유빈	박유선	박유연	박유정	박유진
박유채	박유하	박유희	박윤빈	박윤서
박윤성	박윤수	박윤슬	박윤아	박윤영
박윤정	박윤지	박윤진	박윤채	박윤희
박율리	박율아	박은경	박은미	박은별
박은비	박은빈	박은서	박은선	박은성
박은소	박은솔	박은수	박은숙	박은실
박은영	박은예	박은옥	박은유	박은율
박은정	박은주	박은지	박은진	박은하
박은□	박은혜	박은화	박은희	박의진
박이랑	박이레	박이슬	박이애	박인선
박인영	박인지	박인혜	박자랑	박자연
박자현	박재균	박재면	박재아	박재연
박재영	박재윤	박재은	박재인	박재현

박재희	박 정	박정림	박정문	박정미
박정민	박정빈	박정서	박정선	박정솔
박정수	박정순	박정실	박정옥	박정아
박정연	박정예	박정옥	박정우	박정욱
박정원	박정윤	박정은	박정음	박정인
박정제나	박정주	박정하	박정현	박정혜
박정화	박정환	박정희	박제연	박제인
박제하	박조은	박종규	박종호	박종훈
박주리	박주미	박주상	박주성	박주아
박주애	박주연	박주영	박주원	박주은
박주일	박주하	박주현	박주형	박주혜
박주호	박주희	박준건	박준경	박준민
박준서	박준열	박준형	박준화	박준희
박지나	박지란	박지민	박지봉	박지선
박지솔	박지수	박지순	박지안	박지애
박지연	박지영	박지예	박지옌	박지온
박지우	박지원	박지유	박지윤	박지율
박지은	박지이	박지인	박지해	박지현
박지형	박지혜	박지호	박지후	박지훈
박지희	박 진	박진경	박진서	박진선
박진성	박진세	박진숙	박진슬	박진아
박진영	박진옥	박진우	박진정	박진주
박진혁	박진형	박진호	박진화	박진희
박차영	박차율	박차희	박찬경	박찬미
박찬영	박찬은	박찬주	박찬진	박찬희
박창숙	박채린	박채림	박채민	박채빈

박채아	박채언	박채연	박채영	박채운
박채원	박채윤	박채은	박채정	박채진
박채하	박채현	박채형	박채희	박철영
박초록	박초롱	박초름	박초린	박초설
박초아	박초영	박초자	박초하	박초현
박초희	박춘미	박탐희	박태경	박태린
박태은	박태정	박태주	박태희	박푸른
박하경	박하나	박하늘	박하람	박하랑
박하루	박하린	박하림	박하민	박하빈
박하엘	박하연	박하영	박하온	박하욤
박하원	박하윤	박하율	박하은	박하음
박하정	박하진	박하현	박한가람	박한결
박한나	박한별	박한비	박한솔	박한울
박한을	박한주	박해경	박해담	박해민
박해영	박해원	박해윤	박해주	박해진
박해철	박해희	박향란	박향미	박향분
박향숙	박향자	박향희	박 현	박현경
박현남	박현목	박현미	박현빈	박현서
박현수	박현숙	박현아	박현영	박현정
박현주	박현준	박현지	박현진	박현희
박형민	박형후	박혜경	박혜련	박혜령
박혜리	박혜림	박혜미	박혜민	박혜빈
박혜서	박혜선	박혜성	박혜수	박혜연
박혜영	박혜옥	박혜온	박혜원	박혜인
박혜전	박혜정	박혜주	박혜지	박혜진
박호연	박홍근	박화란	박화선	박화영

박화훈	박환희	박황우	박효미	박효민
박효빈	박효서	박효섭	박효숙	박효원
박효은	박효정	박효주	박효진	박 훈
박희경	박희란	박희상	박희수	박희순
박희연	박희영	박희원	박희정	박희주
박희진	반다흰	반민영	반설리	반소라
반소민	반주현	반지윤	반지은	반채원
반혜강	반혜영	방경희	방남희	방다래
방미애	방미화	방보배	방서연	방선영
방선화	방성민	방세연	방소연	방소영
방소율	방소정	방소현	방수아	방수연
방순희	방승연	방영신	방예랑	방예린
방예지	방유미	방윤지	방윤진	방윤하
방윤희	방은채	방은혜	방재학	방정연
방지슨	방지연	방지영	방지현	방지호
방채린	방채은	방탄소년단 뷔	방탄소년단 아미	방하랑
방하은	방해진	방현아	방현지	방현진
방혜린	방희경	배가령	배가영	배가은
배경애	배경은	배경화	배고은	배교인
배규나	배규리	배근혜	배금래	배다예
배다혜	배대랑	배도희	배명주	배문경
배미경	배미림	배미정	배미현	배민경
배민서	배민주	배민하	배상갑	배서연
배서윤	배서율	배서진	배서현	배선영
배선혜	배선호	배설희	배성연	배성옥
배성윤	배성희	배세라	배세은	배소라

배소영	배소율	배소은	배소정	배솔이
배송이	배수빈	배수아	배수연	배수진
배수현	배승경	배승은	배시율	배시은
배시현	배연경	배연휘	배예나	배예연
배예음	배예진	배온유	배우경	배우리
배 원	배원빈	배유나	배유리	배유은
배유주	배유진	배윤서	배윤정	배윤진
배윤희	배은담	배은비	배은빈	배은서
배은희	배장렬	배재민	배재원	배재은
배정미	배정빈	배정아	배정원	배정은
배정임	배주연	배주열	배주윤	배주은
배주희	배준현	배준희	배지수	배지연
배지영	배지원	배지윤	배지은	배지향
배지현	배지형	배지효	배진서	배진아
배진영	배찬영	배채민	배채은	배초연
배푸름	배한울	배헌엽	배현미	배현서
배현아	배현정	배현주	배현지	배현채
배효경	배효능	백가온	백경민	백경빈
백경진	백고운	백광선	백근혜	백기영
백나현	백난슬	백남미	백다은	백동현
백라온	백록담	백문주	백미나	백미진
백민경	백민기	백민승	백민정	백민주
백서경	백서아	백서연	백서영	백서윤
백서은	백서진	백서현	백서희	백선미
백선영	백선중	백설화	백설희	백성현
백세미	백소민	백소연	백소영	백소은

백소이	백소진	백송이	백송현	백수빈
백수아	백수연	백수영	백수정	백수향
백수현	백승경	백승곤	백승민	백승은
백승이	백승자	백승주	백승현	백승희
백시연	백시영	백시은	백아름	백아연
백아영	백아인	백아임	백애미	백여민
백연서	백연성	백연재	백영주	백예나
백예담	백예린	백예은	백예진	백우현
백원영	백유나	백유진	백윤아	백윤하
백은빈	백은서	백은주	백은지	백은하
백인별	백인서	백인송	백인영	백장미
백재원	백재은	백정민	백종은	백종임
백종진	백주아	백주화	백주희	백지수
백지애	백지연	백지영	백지원	백지윤
백지은	백지현	백지혜	백지후	백진영
백창주	백창현	백채린	백채연	백채원
백채윤	백하나	백하랑	백하림	백하연
백하영	백해민	백 현	백현서	백현주
백현지	백현진	백혜빈	백혜원	백혜정
백혜진	백화연	백효민	백 훈	백희수
범진선	변강찬	변고경	변규희	변나현
변다원	변다윤	변미연	변민아	변바희
변부의	변서경	변서영	변서원	변서인
변서진	변서현	변선영	변세경	변수연
변수정	변수지	변수현	변예림	변예빈
변예은	변우정	변유림	변은진	변인혜

변재은	변정원	변정현	변주미	변주연
변지온	변지우	변지원	변지윤	변지향
변지효	변채민	변태영	변하윤	변하은
변혜린	변혜빈	변혜준	변희철	별
복덩이	복아영	복진숙	봉가영	봉원명
봉유은	봉지희	봉하은	부가연	부가희
부나은	부미숙	부유빈	부청해	비밍헤어바이 유진
비투비 팬 멜로디	빅미영	빈보라	빈현진	빙윤하
빛나케빈	사공민	사공봄	사명진	사소영
사연선	사연정	사윤이	사 율	사지영
사희선	상나예음	상아현	상혜원	샤퀴쟈드
서가람	서가연	서가영	서가윤	서가정
서가혜	서가희	서 강	서강현	서경순
서경오	서경희	서공갑	서나린	서다연
서다온	서다은	서다인	서다희	서단비
서단우	서 담	서담이	서동은	서 리
서모경	서문성	서문정	서미나	서미란
서미숙	서미연	서미현	서미희	서민경
서민서	서민정	서민주	서민형	서벼리
서보경	서보람	서보래	서보원	서부윤
서 봄	서봄결	서비주	서상아	서서영
서석영	서선미	서선영	서선화	서성지
서성희	서세연	서수경	서수민	서수빈
서수연	서수화	서승아	서승연	서승주
서승지	서승진	서승현	서승희	서아라

서아람	서아름	서아연	서아윤	서여준
서연심	서연주	서연준	서연지	서영선
서영수	서영원	서영은	서영주	서영희
서예다움	서예림	서예원	서예은	서예인
서예주	서예준	서예지	서예진	서우림
서우신	서운아	서원교	서원찬	서유경
서유림	서유미	서유민	서유빈	서유연
서유정	서유주	서유지	서유진	서유희
서윤서	서윤선	서윤아	서윤정	서윤주
서윤지	서윤채	서윤희	서 율	서율아
서 은	서은규	서은비	서은서	서은영
서은우	서은정	서은주	서은지	서은채
서은혜	서은희	서이든	서인아	서인자
서인주	서재영	서재원	서재윤	서재인
서재현	서재환	서재희	서정민	서정빈
서정선	서정안	서정완	서정은	서정일
서정현	서정화	서정희	서제아	서종혁
서주아	서주연	서주원	서주현	서주형
서주혜	서주홍	서주희	서지민	서지수
서지아	서지안	서지언	서지연	서지영
서지우	서지원	서지은	서지인	서지혜
서지후	서 진	서진주	서진희	서창균
서채경	서채연	서채영	서채원	서채은
서큰별	서하나	서하림	서하연	서하영
서하은	서하음	서하진	서한결	서한빛
서한우	서해연	서해운	서해인	서향아

서현미	서현빈	서현영	서현옥	서현우
서현정	서현주	서현지	서혜경	서혜민
서혜연	서혜원	서혜인	서혜정	서혜준
서혜지	서혜진	서호선	서효석	서효정
서효진	서 휘	서휘인	서 희	서희송
서희슬	서희영	서희원	서희은	서희정
서희주	석경서	석규선	석 미	석민결
석민아	석서현	석수민	석예람	석은우
석재완	석정현	석유진	석종이	석지우
석지원	석지윤	석채은	석태연	석하연
석효진	선민서	선서율	선소윤	선순애
선순옥	선애림	선유림	선영숙	선예린
선예은	선예지	선예진	선우도현	선유진
선윤서	선은지	선이현	선정윤	선주연
선한솔	선혜련	선혜원	설가영	설고은
설다영	설미진	설송원 수원 본점	설수지	설지인
설진솔	설채원	설하윤	설하은	설하진
설혜원	설 환	설 희	성가빈	성기혜
성나연	성다빈	성다영	성다윤	성단비
성도혁	성드림	성라현	성명주	성미정
성민서	성민아	성민주	성민지	성민현
성사론	성서인	성선경	성소윤	성수진
성수현	성승희	성시연	성시우	성시은
성시현	성신영	성연지	성예슬	성예은
성예인	성예향	성온유	성유나	성유미

성유민	성유빈	성유진	성윤숙	성윤아
성윤영	성은영	성은정	성의진	성인경
성재인	성주아	성지민	성지수	성지아
성지연	성지예	성지우	성지유	성지윤
성지현	성지혜	성진경	성채린	성채연
성채영	성채원	성채은	성하람	성하민
성하엘	성하윤	성하진	성현경	성현주
성혜선	성혜지	성혜형	성화영	성희숙
세라하나코	소금남	소선희	소세희	소솔이
소연수	소연우	소연희	소 영	소유나
소유라	소윤서	소윤아	소윤혜	소윤호
소 은	소은서	소은진	소지호	소진영
소현주	손가은	손경민	손경진	손근영
손길호	손나영	손나윤	손누리	손다솜
손다은	손다혜	손다희	손동우	손라온
손명숙	손명진	손미경	손미래	손미현
손민경	손민서	손민솔	손민지	손민창
손민혜	손민희	손병우	손보광	손보민
손서리	손서영	손서윤	손서현	손선경
손선영	손선율	손선화	손선희	손세빈
손세은	손세인	손세현	손세희	손소라
손송이	손수라	손수민	손수빈	손수아
손수연	손수영	손수지	손수진	손수현
손순영	손승연	손승희	손시온	손시우
손아란	손아빈	손아연	손여경	손여은
손연서	손연수	손연아	손연재	손연주

손연하	손영옥	손영진	손예린	손예림
손예빈	손예완	손예은	손예인	손예지
손예현	손우리	손우정	손유나	손유림
손유민	손유빈	손유정	손유주	손유진
손유하	손유희	손윤민	손윤슬	손은경
손은서	손은주	손은채	손인경	손자영
손재경	손정미	손정숙	손정하	손정현
손정혜	손종욱	손주연	손주원	손주현
손주혜	손주희	손지민	손지안	손지애
손지영	손지예	손지우	손지율	손지은
손지향	손지형	손지혜	손지희	손진동
손진미	손진솔	손진희	손채령	손채연
손채영	손채원	손채은	손채현	손태은
손태현	손하람	손하린	손하윤	손한글
손한비	손한솔	손해민	손현미	손현서
손현순	손현아	손현유	손현주	손혜경
손혜나	손혜림	손혜선	손혜연	손혜영
손혜원	손혜인	손호영	손호현	손홍익
손효리	손효정	손휘용	손희민	손희주
송가람	송가민	송가빈	송가연	송가영
송가은	송가현	송경림	송경민	송경선
송경주	송고은	송관훈	송근영	송금현
송나영	송난희	송남규	송누림	송다미
송다빈	송다영	송다예	송다원	송다은
송다인	송다혜	송다흰	송도윤	송도현
송동재	송란영	송리나	송명미	송명선

송명희	송문영	송미경	송미란	송미연
송미영	송미옥	송미진	송민경	송민서
송민선	송민아	송윤아	송민전	송민주
송민준	송민지	송민진	송민희	송별이
송병숙	송보경	송보배	송보연	송보원
송보해	송빛나	송사랑	송상명	송서안
송서영	송서효	송선숙	송선하	송선해
송성은	송성희	송세아	송세인	송소라
송소희	송솔민	송수민	송수빈	송수연
송수현	송순주	송승하	송승혜	송승화
송시연	송시현	송아름	송아림	송아영
송아인	송양희	송여선	송여진	송연우
송연주	송연희	송영경	송영리	송영지
송예나	송예담	송예린	송예림	송예서
송예선	송예원	송예음	송예지	송옥연
송우성	송유나	송유리	송유림	송유만
송유민	송유빈	송유일	송유정	송유진
송윤솔	송윤숙	송윤아	송윤주	송윤지
송윤희	송 율	송은경	송은비	송은서
송은소	송은숙	송은신	송은영	송은정
송은주	송은지	송은진	송이레	송이루
송이진	송인서	송인영	송인재	송인준
송인채	송일상	송재숙	송재신	송재인
송재진	송재현	송재희	송정근	송정아
송정원	송정은	송정현	송정화	송제이
송종근	송종호	송주미	송주영	송주하

송주현	송 준	송중현	송지민	송지선
송지연	송지우	송지원	송지유	송지윤
송지율	송지은	송지현	송지혜	송지효
송지훈	송 진	송진호	송채린	송채민
송채연	송채영	송채원	송채윤	송채은
송하경	송하나	송하린	송하림	송하석
송하연	송하영	송하윤	송하율	송하음
송한나	송한슬	송해정	송향화	송현수
송현승	송현정	송현조	송현지	송혜담
송혜란	송혜리	송혜림	송혜민	송혜원
송혜인	송혜진	송호정	송화정	송화진
송효린	송효원	송효주	송효진	송희경
송희민	송희영	송희주	스더엄마	스즈키아키코
승나경	승민서	승민영	승유미	시모다유코
시혜림	신가연	신가영	신가윤	신가은
신경옥	신경임	신경주	신경하	신경희
신고은	신규택	신근영	신나라	신나래
신나영	신나율	신나은	신누리	신다빈
신다솔	신다솜	신다슬	신다애	신다연
신다율	신단비	신덕영	신도연	신도영
신도윤	신도희	신돈호	신동님	신동수
신동준	신동현	신로이	신명순	신명혜
신미수	신미진	신미현	신민경	신민교
신민서	신민선	신민수	신민아	신민재
신민주	신민지	신민채	신민하	신보나
신보미	신보민	신보영	신보화	신봉근

신봉진	신비	신사랑	신사현	신상진
신새잎	신서아	신서연	신서영	신서우
신서윤	신서율	신서은	신서진	신서하
신서현	신서희	신선미	신선주	신성미
신성민	신성혜	신성희	신세미	신세연
신세영	신세정	신소라	신소렬	신소리
신소연	신소영	신소예	신소온	신소운
신소윤	신소율	신소이	신소정	신소현
신솔함	신 송	신수경	신수민	신수빈
신수아	신수연	신수정	신수지	신수진
신수현	신순애	신순혜	신슬기	신승아
신승연	신승유	신승은	신승희	신시연
신시우	신시윤	신아름	신아린	신아연
신아영	신아윤	신아율	신아인	신아현
신애리	신에스더	신여원	신연수	신연아
신연우	신연재	신연주	신영미	신영빈
신영섭	신영은	신영진	신예나	신예랑
신예린	신예림	신예빈	신예원	신예은
신예인	신예주	신예지	신온주	신왕은
신요섭	신용윤	신우빈	신우성	신우연
신유경	신유나	신유라	신유리	신유빈
신유정	신유주	신유진	신유하	신유화
신 윤	신윤령	신윤아	신윤정	신윤진
신윤희	신은비	신은서	신은선	신은세
신은솔	신은수	신은영	신은율	신은정
신은주	신은지	신은진	신은채	신은혜

신은호	신은희	신의진	신이강	신이나
신이수	신이슬	신이현	신재경	신재민
신재아	신재연	신재원	신재윤	신재은
신재훈	신정배	신정안	신정연	신정원
신정윤	신정은	신정인	신정임	신정현
신정희	신제경	신제이	신조은	신종화
신주경	신주아	신주연	신주영	신주예
신주은	신주하	신주현	신주화	신준재
신준현	신줄리	신지민	신지수	신지숙
신지아	신지연	신지영	신지우	신지원
신지유	신지윤	신지은	신지함	신지헤
신지현	신지혜	신지호	신지효	신지후
신지희	신진아	신진호	신진화	신진희
신채림	신채명	신채연	신채윤	신채은
신채이	신채희	신초롱	신초원	신태호
신하경	신하영	신하윤	신하율	신하은
신하음	신학선	신해리	신해은	신해인
신현경	신현나	신현미	신현정	신현주
신현지	신형식	신혜란	신혜린	신혜림
신혜민	신혜빈	신혜서	신혜선	신혜송
신혜수	신혜연	신혜영	신혜원	신혜윤
신혜인	신혜조	신혜지	신혜진	신화영
신화윤	신효경	신효빈	신효섭	신효재
신효주	신휘진	신희경	신희라	신희원
신희재	신희정	심가영	심가은	심경진
심경화	심고운	심규리	심나래	심니나

심드보라	심명지	심미교	심미예	심미진
심민서	심민아	심민정	심민주	심민지
심보겸	심보미	심보정	심보영	심 비
심서연	심서영	심서현	심석현	심 선
심선영	심선주	심세은	심소민	심소희
심수경	심수아	심수연	심수정	심수진
심수하	심아린	심아윤	심아인	심아현
심어진	심여빈	심여원	심연우	심연정
심연진	심예나	심예린	심예원	심예은
심예인	심예진	심 온	심우성	심원희
심유겸	심유석	심유정	심윤경	심윤서
심윤정	심윤주	심윤희	심은규	심은서
심은재	심은진	심은하	심이현	심재민
심재의	심재희	심주연	심주희	심지민
심지연	심지윤	심지은	심지인	심지현
심진희	심채영	심채원	심채율	심태인
심하린	심하영	심현경	심현영	심현오
심현정	심현주	심혜민	심혜원	심혜인
심호준	심효담	심효준	심효진	심흥석
심희영	썽 이	아기마	아 란	아싸뽀메
아유빈	아쿠츠유키	안가영	안가은	안가현
안경임	안경진	안규리	안기연	안나경
안나연	안나현	안나혜	안나희	안다미
안다영	안다윤	안다은	안다인	안다현
안다희	안단비	안단아	안도경	안도연
안도희	안동시	안동원	안두혁	안려경

안려진	안루인	안리나	안미아	안미정
안미혜	안민서	안민영	안민정	안민주
안민지	안민희	안병수	안보경	안보라
안보람	안상명	안새별	안서빈	안서연
안서영	안서윤	안서인	안서정	안서진
안서현	안선미	안선영	안선유	안선희
안성경	안성원	안성진	안성태	안성희
안세령	안세민	안세빈	안세아	안세연
안세윤	안세은	안세정	안세희	안소라
안소민	안소연	안소영	안소예	안소윤
안소정	안소희	안 솔	안솔흔	안송연
안송이	안수빈	안수연	안수영	안수진
안수현	안숙정	안숙향	안숙희	안순철
안승은	안승주	안승희	안시언	안시연
안시온	안시은	안시현	안 아	Cybele
안아름	안여진	안연서	안연진	안연후
안영서	안영임	안영주	안예빈	안예슬
안예영	안예원	안예은	안예지	안예진
안예현	안원유	안유라	안유림	안유미
안유은	안유정	안유진	안윤서	안윤설
안 율	안은경	안은별	안은비	안은서
안은선	안은재	안은조	안은주	안은지
안이경	안이현	안인신	안자연	안재민
안재선	안재연	안재우	안재원	안재윤
안재이	안재형	안재희	안정경	안정민
안정선	안정연	안정원	안정은	안정익

안정임	안정현	안제니	안종건	안종윤
안주리	안주승	안주연	안주영	안주은
안주하	안주희	안준미	안준서	안준영
안준희	안지민	안지수	안지연	안지영
안지우	안지원	안지유	안지윤	안지율
안지은	안지향	안지현	안지형	안지혜
안지훈	안진서	안진수	안진아	안진영
안진옥	안진현	안찬송	안창미	안채아
안채언	안채연	안채원	안채윤	안초록
안초롱	안치호	안태영	안태이	안태하
안하린	안하연	안하영	안하윤	안하은
안하현	안한별	안해님	안해인	안해정
안현서	안현아	안현용	안현웅	안현주
안현지	안현희	안혜린	안혜림	안혜선
안혜영	안혜원	안혜준	안혜지	안효람
안효리	안효린	안효림	안효서	안효숙
안효은	안효정	안희수	안희주	양가은
양가인	양가희	양경숙	양경현	양고은
양귀정	양근영	양기여	양나영	양나윤
양다운	양다현	양다혜	양대정	양덕진
양도연	양동옥	양동화	양라경	양라영
양라오	양라윤	양리아	양리원	양미솔
양민지	양민호	양보경	양보해	양보현
양사헌	양새롬	양서아	양서연	양서영
양서은	양서인	양서진	양서현	양서희
양선연	양선영	양선우	양선유	양성은

양성희	양세린	양세영	양소영	양소원
양소윤	양소은	양소희	양솔지	양송이
양송희	양수빈	양수정	양수진	양수현
양숙진	양승미	양승민	양승애	양승연
양승유	양승지	양승하	양승희	양시아
양시원	양신혜	양아정	양연재	양연희
양영미	양영자	양예나	양예솔	양예람
양예림	양예솔	양예슬	양예원	양예은
양예주	양예지	양예진	양유경	양유림
양유빈	양유정	양유진	양윤서	양윤석
양윤선	양윤설	양윤아	양윤주	양윤지
양윤진	양윤채	양율린	양은경	양은서
양은영	양은정	양은주	양은지	양은진
양은혜	양이든	양이레	양인정	양임인
양재인	양재호	양정모	양정아	양정언
양정윤	양정은	양정화	양주원	양주희
양준원	양지선	양지성	양지수	양지영
양지용	양지우	양지원	양지유	양지윤
양지은	양지현	양지혜	양지희	양창진
양채림	양채민	양채연	양채원	양채윤
양채은	양태희	양하연	양하영	양하윤
양하은	양하진	양한규	양한별	양한울
양해미	양해진	양행아	양현서	양현숙
양현아	양현지	양혜랑	양혜린	양혜림
양혜민	양혜선	양혜원	양혜윤	양혜진
양화영	양화음	양효민	양효빈	양효은

양희서	양희선	양희수	양희숙	양희원
양희재	양희주	양희진	어경찬	어머나
어서윤	어선민	어소희	어수목	어수진
어 신	어양숙	어연수	어유나	어윤서
어지선	어하랑	엄경애	엄규영	엄기애
엄다빈	엄다솜	엄다영	엄다은	엄다인
엄다현	엄리예	엄미경	엄민경	엄민주
엄민지	엄민하	엄보라	엄서연	엄선민
엄세영	엄세정	엄소원	엄소윤	엄소율
엄소은	엄수지	엄수진	엄수현	엄승옥
엄시윤	엄아린	엄양희	엄영미	엄예원
엄윤주	엄은지	엄인혜	엄자현	엄정선
엄정현	엄정화	엄지민	엄지안	엄지영
엄지원	엄지윤	엄지혜	엄차옥	엄채린
엄채아	엄채연	엄채원	엄채윤	엄태우
엄태인	엄태희	엄하늘	엄하은	엄현순
엄현주	엄혜연	엄혜정	엄효진	엘라로드리
여가운	여가은	여경현	여고으니	여규리
여다솔	여다윤	여루사	여민영	여민주
여서영	여서은	여선민	여선영	여성경
여소윤	여수경	여수연	여수영	여순길
여순화	여승아	여승애	여아라	여아람
여아름	여원진	여유진	여윤슬	여윤정
여은비	여 준	여준영	여지민	여지운
여지원	여지인	여지혜	여 진	여찬이
여찬진	여채영	여태연	여하린	여한영

여현조	여혜림	여혜민	여혜진	여화영
연경주	연기민	연민채	연보라	연서하
연선희	연성희	연수경	연수빈	연수진
연시영	연주은	연하율	염단비	염보연
염선주	염세빈	염승연	염승원	염시하
염아연	염영아	염예린	염은별	염은수
염인서	염재희	염정원	염지우	염지원
염지윤	염채린	염채연	염한나	염현지
염희정	엽승혜	예겸희	예나현	예 솔
예영신	예윤희	예지민	예지은	예현주
예희정	오가영	오가은	오가현	오건호
오준호	오경원	오교님	오규리	오나리
오나영	오나은	오다겸	오다슬	오다연
오다영	오다예	오다인	오단비	오단아
오도담	오동은	오라윤	오 란	오로라
오로희	오명순	오명애	오명주	오미숙
오미영	오미희	오민경	오민서	오민정
오민주	오별님	오보람	오상임	오상현
오서연	오서우	오서윤	오서인	오서정
오서진	오서현	오선미	오선영	오선율
오선재	오선희	오성우	오성현	오성희
오세라	오세란	오세람	오세리	오세미
오세영	오세인	오세진	오소라	오소연
오소원	오소윤	오솔미	오송은	오수민
오수비	오수빈	오수아	오수연	오수정
오수희	오순애	오순옥	오슬기	오슬아

오승리	오승미	오승아	오승연	오승우
오승주	오승하	오승현	오승혜	오승희
오시애	오아란	오아름	오애심	오연두
오연서	오연수	오연숙	오연우	오연재
오연주	오연지	오연진	오영진	오예나
오예린	오예림	오예솔	오예슬	오예은
오예주	오예진	오우진	오운정	오 울
오원아	오유경	오유나	오유리	오유림
오유미	오유민	오유빈	오유진	오 윤
오윤별	오윤서	오윤지	오윤하	오윤희
오율아	오은경	오은미	오은별	오은서
오은수	오은아	오은우	오은재	오은정
오은주	오은지	오은찬	오은채	오은호
오이란	오이랑	오이솔	오인정	오재영
오재원	오재은	오재이	오정민	오정원
오정진	오정하	오정화	오정효	오제인
오주민	오주영	오주은	오주혜	오주희
오준서	오지민	오지서	오지송	오지수
오지연	오지예	오지우	오지원	오지은
오지현	오지혜	오지효	오지희	오진아
오진영	오진희	오찬미	오채령	오채린
오채연	오채은	오청림	오초희	오태걸
오태근	오태현	오태희	오택호	오하나
오하늘	오하라	오하록	오하루	오하림
오하민	오하연	오하영	오하율	오하은
오한솔	오한주	오연우	오해린	오해영

오해원	오 현	오현경	오현라	오현민
오현서	오현석	오현숙	오현아	오현옥
오현이	오현정	오현지	오현진	오현채
오현화	오현희	오형진	오혜련	오혜령
오혜리	오혜미	오혜성	오혜영	오혜인
오혜진	오호진	오효경	오희연	오희원
오희정	옥경란	옥구슬	옥나현	옥다은
옥미소	옥서령	옥선임	옥세랑	옥수민
옥승은	옥시예	옥재원	옥주희	옥지서
옥진주	옥찬희	온누리	온리원	온리유
왕가영	왕규원	왕무찬	왕미애	왕서연
왕성아	왕세은	왕세현	왕소연	왕수미
왕수민	왕수빈	왕수아	왕순희	왕요의
왕우정	왕유주	왕유현	왕지연	왕해나
왕혜미	왕혜민	왕후민	용선주	용시연
용신혜	용유니	용현중	우가은	우경혜
우균화	우다윤	우라온	우리나	우명아
우묘경	우민주	우복향	우상민	우상희
우샛별	우 서	우서연	우서유	우서윤
우서현	우서효	우선경	우선우	우선주
우성인	우성현	우세은	우소미	우소은
우소정	우수빈	우수비	우수아	우수현
우슬기	우승연	우시은	우연서	우연정
우영은	우영인	우영화	우영희	우예은
우예인	우예진	우윤정	우은경	우은영
우정민	우정연	우정예	우정원	우주영

우주형	우주흔	우지민	우지선	우지승
우지연	우지영	우지윤	우지율	우지현
우진실	우채현	우하늘	우하영	우한나
우현서	우현정	우현희	우호균	우화진
우희승	우희정	우희진	웃긴대학	신민규
원가영	원규빈	원기훈	원다연	원동녀
원동은	원미소	원벼리	원사랑	원선애
원성령	원세진	원소윤	원소정	원소희
원아름	원영실	원영아	원예다	원예은
원예지	원유빈	원윤서	원윤성	원윤하
원 율	원은경	원은재	원은진	원이레
원이슬	원이정	원재원	원정현	원정혜
원종화	원 주	원주하	원준희	원지윤
원지은	원지현	원지호	원채연	원채영
원초연	원태연	원하율	원하은	원현선
원현진	원혜미	원혜인	원혜지	원혜진
원희현	웡가림	웡수요 sue	위가현	위다영
위성연	위승은	위운량	위정아	위정화
위채은	위하은	위하진	위한아	유가람
유가연	유가영	유가은	EVAYOO	유가을
유가현	유가희	유건영	유경민	유경빈
유경아	유경주	유경희	유근아	유기연
유기원	유길하	유나영	유나은	유나희
유다경	유다빈	유다솜	유다연	유다영
유다은	유다인	유다해	유다현	유다희
유대한	유덕한	유라엘	유 류	유리안

유명순	유명화	유묘산	유 미	유미경
유미나	유미선	유미연	유미정	유미희
유 민	유민경	유민서	유민수	유민식
유민엽	유민영	유민자	유민정	유보경
유보람	유빈이와 엄마	유빛나	유서연	유서영
유서현	유서형	유선경	유선령	유선미
유선숙	유선영	유선재	유선혜	유선화
유성문	유성아	유성욱	유성은	유성주
유성현	유세랑	유세빈	유세아	유소담
유소라	유소연	유소영	유소운	유소윤
유소율	유소진	유소희	유수경	유수린
유수민	유수빈	유수연	유수영	유수정
유수현	유수호	유승아	유승연	유승우
유승윤	유승은	유승현	유승혜	유승호
유승희	유시경	유시내	유시온	유시우
유시윤	유시은	유신자	유아림	유아윤
유아인	유아진	유아현	유애나	유애라
유애린	유애진	유양강	유여정	유연경
유연재	유연주	유연지	유연희	유영남
유영내	유영란	유영신	유영은	유영현
유예담	유예람	유예림	유예서	유예원
유예주	유예진	유원종	유윤경	유윤서
유윤정	유은경	유은선	유은성	유은솔
유은실	유은주	유은지	유은진	유은채
유은혜	유은희	유이나	유이샘	유이재
유이현	유임숙	유재은	유재인	유재화

유재훈	유정민	유정서	유정아	유정연
유정원	유정하	유정혜	유주아	유주원
유주희	유준호	유준희	유지명	유지민
유지선	유지수	유지숙	유지승	유지안
유지애	유지연	유지영	유지예	유지우
유지원	유지윤	유지은	유지인	유지현
유지혜	유지효	유지후	유 진	유진경
유진명	유진서	유진선	유진숙	유진아
유진영	유진옥	유진형	유진희	유찬하
유채림	유채민	유채원	유채윤	유채은
유체린	유춘규	유태경	유태연	유태은
유태평양	유태희	유하늘	유하람	유하린
유하민	유하엘	유하연	유하영	유하은
유하정	유하진	유한결	유한님	유해린
유해민	유현민	유현비	유현서	유현수
유현승	유현종	유현주	유현지	유현진
유혜린	유혜림	유혜미	유혜송	유혜원
유혜정	유혜주	유호선	유호연	유화니
유화선	유화엽	유희연	유희영	유희정
육서연	육선수	육영서	육온유	육하랑
육하음	육현서	윤가연	윤가을	윤가진
윤가현	윤가희	윤경미	윤경빈	윤경선
윤경숙	윤경은	윤경화	윤고은	윤금정
윤기리	윤기쁨	윤나경	윤나리	윤나영
윤나은	윤난희	윤남경	윤다감	윤다경
윤다빈	윤다연	윤다영	윤다원	윤다현

윤다희	윤단아	윤도겸	윤도담	윤라경
윤라엘	윤라희	윤리안	윤리우	윤문희
윤미리	윤미영	윤미은	윤미정	윤민서
윤민영	윤민지	윤벼리	윤보람	윤보영
윤보인	윤 봄	윤사랑	윤사현	윤산하
윤상미	윤상준	윤상훈	윤새은	윤 샘
윤서경	윤서빈	윤서연	윤서영	윤서윤
윤서정	윤서진	윤서하	윤서현	윤서희
윤석문	윤선미	윤선민	윤선숙	윤선아
윤선영	윤선주	윤설아	윤 성	윤성은
윤성진	윤성필	윤성희	윤세아	윤세이
윤세인	윤세진	윤세희	윤소라	윤소미
윤소영	윤소예	윤소원	윤소윤	윤소율
윤소이	윤소정	윤소진	윤소현	윤소희
윤솔원	윤솔희	윤 송	윤송이	윤수린
윤수민	윤수빈	윤수아	윤수영	윤수정
윤수진	윤수현	윤수현	윤수희	윤순연
윤순하	윤 슬	윤슬기	윤승아	윤시연
윤시온	윤시은	윤시하	윤시현	윤신화
윤아름	윤아름누리	윤아리	윤아영	윤아윤
윤아인	윤아진	윤애정	윤어진	윤언아
윤여광	윤여원	윤여창	윤연서	윤연홍
윤 영	윤영빈	윤영서	윤영석	윤영숙
윤영실	윤영아	윤영주	윤영혜	윤예나
윤예랑	윤예름	윤예빈	윤예서	윤예원
윤예은	윤예지	윤예진	윤예희	윤옥양

윤옥희	윤요희	윤원기	윤원선	윤원주
윤유경	윤유나	윤유리	윤유빈	윤유진
윤 율	윤율리안나	윤은경	윤은비	윤은서
윤은숙	윤은영	윤은유	윤은자	윤은주
윤은지	윤은진	윤은혜	윤은희	윤이나
윤이수	윤이안	윤인영	윤인효	윤자영
윤장훈	윤재웅	윤재원	윤재이	윤 정
윤정민	윤정수	윤정순	윤정아	윤정운
윤정원	윤정윤	윤정인	윤정현	윤정혜
윤정화	윤정희	윤주아	윤주영	윤주원
윤주은	윤주희	윤지미	윤지민	윤지선
윤지수	윤지안	윤지애	윤지연	윤지영
윤지오	윤지우	윤지원	윤지유	윤지윤
윤지인	윤지하	윤지향	윤지현	윤지혜
윤지호	윤 진	윤진영	윤진희	윤창석
윤창숙	윤채린	윤채민	윤채연	윤채영
윤채원	윤채은	윤채현	윤체현	윤태욱
윤태인	윤태초	윤태희	윤하람	윤하영
윤하은	윤하음	윤하정	윤하진	윤해림
윤해수	윤해인	윤햇살	윤 향	윤향화
윤현민	윤현서	윤현숙	윤현아	윤현지
윤형주	윤혜경	윤혜나	윤혜령	윤혜리
윤혜린	윤혜림	윤혜수	윤혜숙	윤혜원
윤혜윰	윤혜정	윤혜주	윤혜진	윤홍선
윤홍주	윤효숙	윤효심	윤효언	윤효정
윤효주	윤효진	윤희경	윤희서	윤희정

윤희주	윤희진	은민지	은선애	은시현
은혜지	음소희	이가람	이가령	이가빈
이가연	이가영	이가온	이가원	이가윤
이가은	이가을	이가하	이가현	이가희
이강민	이강산	이강희	이건용	이건의
이건희	이경란	이경련	이경례	이경리
이경미	이경민	이경선	이경숙	이경순
이경아	이경연	이경옥	이경원	이경은
이경인	이경임	이경주	이경진	이경춘
이경하	이경화	이경희	이고은	이공주
이관영	이관호	이광섭	이광주	이권은
이귀영	이귀은	이규리	이규민	이규빈
이규원	이규주	이규태	이근란	이근민
이근하	이근희	이금정	이금주	이금희
이기쁨	이기선	이기섭	이기순	이기인
이기정	이기훈	이길녀	이꽃님	이나경
이나나	이나라	이나래	이나령	이나루
이나리	이나림	이나연	이나영	이나윤
이나율	이나은	이나인	이나현	이난주
이난희	이남경	이남미	이남영	이남인
이남주	이내현	이누리	이다경	이다녕
이다림	이다미	이다봄	이다빈	이다성
이다솔	이다솜	이다안	이다연	이다영
이다온	이다원	이다윤	이다율	이다은
이다인	이다정	이다현	이다혜	이다희
이다윤	이다희	이단비	이단아	이담비

이대룡	이대우	이도경	이도아	이도연
이도영	이도원	이도윤	이도은	이도하
이도효	이도희	이동기	이동수	이동아
이동우	이동은	이동익	이동훈	이동희
이두임	이두호	이두희	이 든	이라겸
이라엘	이라온	이라윤	이라임	이라현
이라희	이락희	이 란	이 랑	이래아
이래원	이래은	이레이첼	이려원	이려진
이로운	이로이	이로하	이루강	이루다
이루리	이루미	이루은	이루희	이류림
이률아	이리나	이리사	이리아	이리안
이리원	이 린	이명민	이명선	이명송
이명숙	이명은	이명의	이명주	이명지
이명진	이명하	이명희	이무열	이문수
이문영	이문희	이미건	이미나	이미라
이미란	이미래	이미령	이미리내	이미선
이미성	이미소	이미수	이미숙	이미애
이미연	이미영	이미정	이미주	이미지
이미진	이미현	이미혜	이미화	이미희
이 민	이민건	이민경	이민서	이민석
이민선	이민아	이민애	이민엽	이민영
이민욱	이민이	이민정	이민주	이민지
이민채	이민하	이민향	이민혜	이민호
이민희	이바다	이범학	이병규	이병헌
이보경	이보나	이보라	이보람	이보름
이보림	이보미	이보민	이보배	이보빈

이보영	이보은	이보현	이복근	이복순
이 봄	이봉규	이봉우리	이봉주	이빛나
이사랑	이상글	이상미	이상민	이상범
이상봉	이상수	이상아	이상언	이상연
이상열	이상완	이상원	이상은	이상준
이상지	이상진	이상훈	이상희	이새롬
이새린	이새림	이새별	이새솜	이새원
이샛별	이생곤	이서경	이서빈	이서아
이서안	이서언	이서연	이서영	이서우
이서원	이서유	이서윤	이서율	이서은
이서이	이서인	이서정	이서주	이서진
이서하	이서현	이서희	이석영	이석화
이석훈	이선경	이선명	이선미	이선민
이선빈	이선아	이선영	이선우	이선유
이선임	이선자	이선정	이선주	이선주.다혜
이선진	이선혜	이선홍	이선화	이선희
이 설	이설매	이설민	이설아	이성미
이성민	이성빈	이성신	이성아	이성연
이성영	이성옥	이성은	이성정	이성지
이성찬	이성현	이성혜	이성희	이세관
이세라	이세란	이세령	이세리	이세린
이세림	이세미	이세비	이세빈	이세아
이세영	이세온	이세용	이세윤	이세은
이세인	이세정	이세하	이세화	이세희
이소담	이소라	이소랑	이소린	이소미
이소민	이소빈	이소선	이소연	이소영

이소원	이소유	이소윤	이소율	이소은
이소이	이소정	이소진	이소향	이소현
이소희	이 솔	이솔비	이솔이	이솔지
이송민	이송연	이송윤	이송은	이송이
이송현	이송희	이수경	이수린	이수미
이수민	이수비	이수빈	이수서	이수아
이수안	이수연	이수영	이수윤	이수은
이수인	이수임	이수정	이수지	이수진
이수향	이수현	이수화	이수희	이숙향
이숙희	이순자	이순정	이순주	이순화
이순후	이순희	이스리	이 슬	이슬기
이슬미	이슬비	이슬빈	이슬아	이슬이
이슬희	이승남	이승미	이승민	이승빈
이승수	이승아	이승언	이승연	이승옥
이승유	이승은	이승주	이승준	이승지
이승진	이승채	이승하	이승헌	이승현
이승화	이승환	이승훈	이승희	이시아
이시연	이시영	이시온	이시우	이시원
이시유	이시윤	이시율	이시은	이시현
이시호	이시환	이신영	이신우	이신혜
이아라	이아라한	이아란	이아람	이아로미
이아론	이아름	이아린	이아림	이아선
이아신	이아연	이아영	이아윤	이아인
이아정	이아진	이아침	이아현	이안빈
이안솔	이안영	이안우	이애경	이애리
이애숙	이어진	이언정	이에주	이 엘

이여경	이여름	이여린	이여빈	이여원
이여은	이여진	이 연	이연경	이연서
이연선	이연송	이연수	이연숙	이연승
이연오	이연우	이연재	이연주	이연준
이연지	이연진	이연하	이연후	이연희
이열음	이영경	이영란	이영림	이영미
이영서	이영수	이영숙	이영실	이영아
이영원	이영은	이영임	이영주	이영채
이영현	이영혜	이영화	이영희	이예강
이예나	이예담	이예람	이예랑	이예린
이예림	이예빈	이예서	이예성	이예소
이예솔	이예솜	이예슬	이예실	이예안
이예영	이예온	이예원	이예윤	이예은
이예인	이예주	이예준	이예지	이예진
이예현	이옥경	이옥임	이옥정	이옥희
이 온	이온유	이용민	이용석	이용선
이용현	이용희	이우빈	이우영	이우정
이우진	이우희	이웅희	이원경	이원섭
이원아	이원영	이원정	이원주	이원진
이원희	이유경	이유나	이유담	이유라
이유란	이유리	이유리아	이유림	이유미
이유민	이유빈	이유선	이유수	이유안
이유영	이유은	이유이	이유정	이유주
이유진	이유찬	이유현	이유화	이유희
이 윤	이윤경	이윤미	이윤서	이윤석
이윤선	이윤설	이윤슬	이윤아	이윤영

이윤이	이윤정	이윤주	이윤지	이윤진
이윤채	이윤하	이윤혜	이윤화	이윤희
이율경	이율아	이율희	이 은	이은경
이은교	이은남	이은래	이은미	이은별
이은비	이은빈	이은샘	이은서	이은선
이은설	이은성	이은솔	이은수	이은숙
이은실	이은아	이은영	이은옥	이은용
이은우	이은유	이은율	이은자	이은재
이은정	이은주	이은지	이은진	이은채
이은하	이은혜	이은효	이은희	이응상
이의주	이의진	이이강	이이아	이익준
이 인	이인선	이인실	이인아	이인영
이인지	이인해	이인희	이일규	이일이
이임지	이잎새	이자연	이자영	이자은
이장화	이장희	이재경	이재니	이재란
이재룡	이재민	이재상	이재선	이재아
이재연	이재영	이재우	이재욱	이재원
이재윤	이재융	이재은	이재이	이재인
이재정	이재준	이재철	이재하	이재호
이재희	이정님	이정란	이정륜	이정미
이정민	이정서	이정선	이정숙	이정아
이정안	이정애	이정여	이정연	이정옥
이정욱	이정운	이정원	이정윤	이정은
이정음	이정인	이정임	이정주	이정하
이정헌	이정현	이정혜	이정호	이정화
이정효	이정훈	이정흔	이정흠	이정희

이제인	이제훈	이조은	이종란	이종문
이종민	이종수	이종혁	이종호	이주경
이주미	이주빈	이주선	이주성	이주실
이주아	이주언	이주연	이주영	이주원
이주은	이주진	이주하	이주해	이주현
이주혜	이주호	이주화	이주환	이주희
이준만	이준석	이준숙	이준영	이준용
이준우	이준혁	이준호	이준희	이 지
이지나	이지남	이지민	이지선	이지성
이지수	이지숙	이지아	이지안	이지애
이지연	이지영	이지예	이지온	이지우
이지원	이지유	이지윤	이지율	현애진
이지은	이지음	이지인	이지향	이지현
이지형	이지혜	이지호	이지효	이지희
이 진	이진경	이진령	이진명	이진민
이진서	이진선	이진소	이진솔	이진수
이진숙	이진순	이진실	이진아	이진영
이진영	신윤겸	신혜주	이진용	이진웅
이진주	이진하	이진향	이진현	이진화
이진희	이찬미	이찬비	이찬양	이찬율
이찬행	이창경	이창숙	이창희	이채령
이채린	이채민	이채아	이채안	이채연
이채영	이채원	이소원	이채윤	이채율
이채은	이채인	이채현	이채환	이채희
이청아	이청화	이청희	이초아	이초원
이춘영	이충선	이충욱	이태경	이태린

이태림	이태민	이태영	이태웅	이태윤
이태이	이태현	이태희	이택룡	이푸른
이하경	이하나	이하늘	이하늬	이하람
이하련	이하린	이하림	이하빈	이하선
이하솔	이하얀	이하연	이하영	이하윤
이하율	이하은	이하음	이하이	이하임
이하정	이하진	이학순	이학윤	이한결
이한나	이한별	이한봄	이한빈	이한빛
이한서	이한솔	이한슬	이한울	이한율
이한을	이한음	이해경	이해린	이해림
이해미	이해민	이해별	이해빈	이해선
이해성	이해솔	이해원	이해을	이해인
이해주	이해진	이행숙	이향기	이향미
이향아	이헌아	이헌진	이혁초	이 현
이현경	이현미	이현민	이현비	이현서
이현선	이현성	이현송	이현수	이현숙
이현승	이현실	이현심	이현아	이현영
이현우	이현운	이현정	이현주	이현지
이현진	이현채	이현화	이현희	이형민
이형주	이혜강	이혜경	이혜나	이혜란
이혜련	이혜령	이혜리	이혜린	이혜림
이혜민	이혜빈	이혜선	이혜수	이혜숙
이혜승	이혜안	이혜연	이혜영	이혜원
이혜윤	이혜은	이혜인	이혜정	이혜주
이혜지	이혜진	이 호	이호경	이호석
이호선	이호연	이호정	이홍선	이홍준

이화녕	이화영	이화은	이화정	이화진
이 환	이환아	이환희	이황규	이황영
이효건	이효령	이효린	이효린	이혜린
이효문	이효민	이효빈	이효선	이효수
이효숙	이효은	이효인	이효임	이효정
이효주	이효진	이후정	이훈석	이휘소
이휘원	이휘주	이희강	이희란	이희선
이희수	이희순	이희애	이희연	이희영
이희원	이희윤	이희은	이희재	이희정
이희주	이희진	이희호	인성주	인시현
인 연	인치은	임가은	임가현	임가희
임강비	임강훈	임 건	임경미	임경석
임경수	임경아	임경은	임경진	임계향
임광순	임귀혜	임규리	임규상	임규항
임근희	임금빈	임금실	임나리	임나영
임나율	임나은	임나현	임나희	임 난
임다빈	임다연	임다윤	임다은	임다인
임다현	임다혜	임단비	임대근	임대선
임도영	임동규	임동혁	임라엘	임라임
임명숙	임미경	임미란	임미령	임미리
임미진	임미혜	임민주	임민지	임보라미
임 봄	임빛나	임상일	임서연	임서영
임서윤	임서율	임서은	임서진	임서하
임서현	임서희	임선미	임선아	임선영
임선우	임선주	임선화	임선희	임설아
임성경	임성경	임성령	임성미	임성애

임성하	임성희	임세린	임세미	임세민
임세아	임세연	임세영	임세은	임소미
임소민	임소연	임소영	임소율	임소은
임소정	임소현	임소혜	임소희	임 솔
임송이	임수린	임수림	임수민	임수빈
임수아	임수연	임수영	임수온	임수정
임수지	임수진	임수현	임순기	임슬기
임승순	임승연	임승희	임시아	임시연
임시온	임시윤	임신영	임아름	임아영
임아현	임안나	임양림	임여진	임연우
임연주	임연지	임연후	임열음	임영빈
임영순	임영택	임예나	임예령	임예리
임예린	임예슬	임예원	임예율	임예은
임예인	임예준	임예지	임예진	임온유
임 운	임운정	임유리	임유림	임유미
임유정	임유진	임유희	임윤솔	임윤아
임윤지	임윤희	임 율	임은경	임은별
임은서	임은아	임은옥	임은정	임은주
임은지	임은하	임은형	임은화	임의담
임이랑	임이레	임이솔	임이음	임자경
임장현	임재윤	임재은	임재인	임재진
임재형	임재홍	임재희	임정경	임정미
임정민	임정빈	임정아	임정애	임정연
임정임	임정현	임정화	임제영	임조이
임주선	임주아	임주안	임주연	임주영
임주원	임주은	임준서	임지민	임지선

임지성	임지수	임지아	임지영	임지예
임지온	임지우	임지원	임지유	임지윤
임지율	임지은	임지현	임지혜	임지후
임지희	임진서	임진숙	임진아	임진영
임진욱	임진혜	임진희	임차윤	임채경
임채린	임채민	임채아	임채연	임채영
임채은	임채인	임채주	임채준	임채화
임태경	임태연	임푸름	임하경	임하늘
임하린	임하연	임하윤	임하은	임한나
임한은	임해아	임해정	임향은	임향지
임헌호	임 현	임현경	임현서	임현선
임현아	임현웅	임현정	임현주	임현진
임혜란	임혜림	임혜미	임혜빈	임혜선
임혜송	임혜원	임혜은	임혜인	임혜진
임호수	임효경	임효린	임효림	임효빈
임효선	임효은	임효정	임효진	임희연
임희주	임희진	자몽이	장가온	장가은
장가을	장건석	장경아	장경은	장경인
장경희	장고은	장귀연	장규리	장규명
장규빈	장기순	장기원	장길선	장나래
장나린	장나영	장나윤	장다연	장다영
장다온	장다원	장다은	장다인	장다현
장다희	장대호	장도희	장동옥	장동은
장두열	장리나	장명자	장 미	장미경
장미라	장미선	장미순	장미애	장미지
장미화	장미희	장민경	장민서	장민선

장민아	장민정	장민형	장병준	장보경
장보람	장보배	장보영	장보옥	장보원
장사랑	장상민	장상희	장새리	장서라
장서아	장서연	장서영	장서우	장서원
장서윤	장서율	장서은	장서정	장서진
장서현	장서희	장석민	장선경	장선미
장선아	장선영	장선요	장선지	장 설
장설민	장설진	장성명	장성비	장성은
장성재	장성현	장세나	장세련	장세령
장세빈	장세아	장세연	장세영	장세은
장세진	장소라	장소연	장소예	장소원
장소율	장소이	장소정	장소희	장 솔
장솔희	장송희	장수경	장수민	장수비
장수빈	장수아	장수연	장수임	장수지
장수진	장수현	장수희	장순미	장순정
장슬기	장승미	장승희	장시온	장시유
장시은	장시후	장신영	장아라	장아린
장아연	장아영	장아인	장아현	장애림
장여경	장여빈	장여진	장연수	장연우
장연이	장연정	장연진	장연희	장영경
장영린	장영서	장영선	장영아	장영은
장영자	장예람	장예령	장예린	장예빈
장예빛	장예송	장예원	장예은	장예준
장예지	장예진	장예환	장용진	장우우
장원영	장원정	장원중	장유경	장유나
장유리	장유림	장유미	장유민	장유빈

장유선	장유신	장유정	장유진	장윤미
장윤서	장윤석	장윤숙	장윤슬	장윤아
장윤이	장윤정	장윤지	장윤채	장윤화
장윤희	장은경	장은민	장은빈	장은서
장은선	장은애	장은영	장은이	장은정
장은주	장은채	장은화	장은희	장이랑
장이삭	장이안	장인서	장인영	장인주
장인화	장재선	장재영	장재이	장재정
장재혁	장정문	장정미	장정민	장정숙
장정옥	장정혜	장정화	장제나	장제인
장주아	장주원	장준홍	장지선	장지수
장지아	장지연	장지영	장지우	장지원
장지유	장지윤	장지은	장지이	장지현
장지혜	장지효	장지희	장 진	장진솔
장진영	장진주	장진후	장진희	장채연
장채영	장채윤	장채은	장초아	장태희
장필주	장하나	장하리라	장하린	장하민
장하섬	장하영	장하은	장하이	장하진
장하희	장한나	장한나래	장한솔	장한슬
장한은	장한이	장해솔	장해수	장해환
장혁준	장현서	장현아	장현영	장현정
장현주	장현지	장현진	장현희	장협진
장형선	장형원	장혜리	장혜린	장혜미
장혜민	장혜선	장혜성	장혜연	장혜원
장혜윤	장혜인	장혜정	장혜지	장혜진
장호영	장호은	장호중	장환희	장효린

장효미	장효빈	장효서	장효선	장효영
장효은	장효정	장효주	장효청	장희선
장희숙	장희연	장희우	장희욱	장희윤
장희재	장희진	재 영	전가영	전경서
전경선	전경찬	전고은	전광희	전규민
전기혜	전나윤	전녹수	전다민	전다빈
전다솜	전다연	전다윤	전다현	전도현
전동아	전 들	전미경	전미재	전미지
전미진	전미현	전민경	전민규	전민서
전윤서	전민선	전민영	전민정	전민진
전민채	전민희	전보경	전보람	전부경
전빛나	전상명	전상아	전상희	전서빈
전서아	전서연	전서영	전서우	전서윤
전서율	전서은	전서인	전서정	전서현
전석규	전선령	전선미	전선영	전선현
전성민	전성우	전성은	전성혁	전세계
전세은	전세화	전세희	전소강	전소담
전소라	전소민	전소영	전소윤	전소율
전소은	전소현	전솔이	전송희	전수미
전수민	전수빈	전수아	전수연	전수영
전수현	전숙경	전숙희	전슬기	전승은
전승인	전승혜	전승희	전시우	전시윤
전시율	전시정	전시현	전아라	전아람
전아롬	전아연	전아율	전아인	전애령
전애정	전양은	전여름	전여은	전연아
전연희	전영빈	전영옥	전영은	전영주

전영진	전영희	전예린	전예빈	전예서
전예송	전예은	전예지	전예진	전예호
전옥주	전우주	전유나	전유리	전유미
전유민	전유원	전유정	전유진	전유하
전윤경	전윤나	전윤수	전윤아	전윤정
전윤주	전윤하	전윤희	전은빈	전은서
전은실	전은엽	전은영	전은정	전은지
전의훈	전이준	전이지	전익선	전인애
전인혜	전자현	전재영	전정수	전정은
전정희	전종훈	전지민	전지선	전지아
전지연	전지영	전지예	전지우	전지원
전지윤	전지은	전지인	전지현	전지혜
전 진	전진경	전진민	전진아	전진은
전진희	전채린	전채민	전채연	전채영
전채원	전채윤	전채은	전채희	전태훈
전하린	전하민	전하빈	전하연	전하윤
전하은	전하정	전해경	전해리	전해린
전해솔	전해수	전햇님	전향숙	전현남
전현득	전현서	전현아	전현정	전현지
전현희	전혜린	전혜림	전혜민	전혜빈
전혜영	전혜원	전혜인	전혜자	전혜정
전혜주	전혜지	전혜진	전호병	전홍화
전효경	전효리	전효림	전효선	전효진
전희수	전희재	전희정	전희주	정가람
정가은	정가흔	정강자	정경	정경란
정경숙	정경아	정경은	정경의	정경주

정경화	정고운	정고은	정귀정	정규림
정근옥	정금지	정나경	정나래	정나리
정나린	정나영	정나현	정남주	정다경
정다미	정다빈	정다솔	정다솜	정다연
정다영	정다온	정다운	정다원	정다윤
정다율	정다은	정다인	정다정	정다해
정다현	정다혜	정다희	정단비	정단아
정도연	정도영	정라미	정라영	정라온
정라윤	정락원	정랑수현	정래정	정령미
정로희	정륜경	정명숙	정명주	정명진
정명희	정모은	정무영	정문경	정문숙
정 미	정미경	정미란	정미래	정미리
정미민	정미석	정미선	정미소	정미숙
정미애	정미연	정미영	정미정	정미주
정미준	정미진	정미혜	정미화	정미희
정 민	정민경	정민규	정민서	정민영
정민우	정민재	정민정	정민주	정민지
정민진	정민채	정민화	정민희	정별
정병현	정보경	정보라	정보람	정보연
정보우	정보헌	정보현	정복순	정복실
정사랑	정상미	정상윤	정샛별	정서결
정서연	정서영	정서우	정서월	정서윤
정서율	정서은	정서준	정서진	정서현
정서희	정선경	정선미	정선아	정선영
정선우	정선율	정선인	정선혜	정선홍
정선화	정선희	정성근	정성식	정성영

정성우	정성윤	정성희	정세라	정세린
정세빈	정세아	정세연	정세영	정세이
정세인	정세현	정세화	정세희	정소라
정소미	정소민	정소심	정소아	정소연
정소영	정소원	정소유	정소윤	정소율
정소은	정소이	정소임	정소현	정소희
정송희	정수리	정수민	정수빈	정수아
정수연	정수영	정수윤	정수은	정수인
정수정	정수지	정수진	정수향	정수현
정수희	정순옥	정순자	정슐한	정슬미
정승균	정승미	정승비	정승아	정승연
정승진	정승현	정승화	정승희	정시경
정시내	정시아	정시연	정시영	정시우
정시윤	정시은	정시현	정시호	정아라
정아람	정아름	정아린	정아영	정아원
정아윤	정아이린	정아인	정아향	정아현
정아형	정안나	정애리	정애린	정양아
정여울	정여원	정여은	정여진	정연
정연경	정연서	정연수	정연아	정연옥
정연우	정연이	정연정	정연주	정연지
정연진	정연호	정영교	정영님	정영란
성영록	정영석	정영우	정영임	정영주
정영찬	정영화	정예나	정예니	정예다
정예담	정예리	정예리나	정예린	정예림
정예빈	정예서	정예소	정예슬	정예영
정예원	정예은	정예인	정예주	정예지

정예진	정예흔	정옥엽	정옥철	정요한
정용순	정용주	정용화	정우숙	정우정
정우진	정우형	정욱희	정운경	정원림
정원준	정원지	정원진	정유경	정유나
정유라	정유리	정유림	정유민	정유수
정유은	정유정	정유진	정윤	정윤경
정윤빈	정윤서	정윤슬	정윤아	정윤영
정윤정	정윤지	정윤진	정윤하	정윤희
정율아	정은경	정은미	정은비	정은빈
정은서	정은솔	정은수	정은숙	정은실
정은아	정은영	정은우	정은유	정은이
정은정	정은주	정은지	정은진	정은채
정은총	정은해	정은혜	정은희	정의진
정의헌	정의현	정이나	정이랑	정이수
정이슬	정이안	정이현	정이훈	정인경
정인서	정인선	정인아	정인영	정인의
정인혜	정자유	정자희	정재린	정재빈
정재성	정재숙	정재순	정재연	정재욱
정재원	정재윤	정재은	정재인	정재향
정재혁	정재현	정재화	정재후	정재희
정정민	정정아	정정영	정정이	정정현
정주리	정주성	정주아	정주안	정주연
정주영	정주은	정주하	정주현	정주희
정준구	정준우	정지문	정지민	정지선
정지송	정지수	정지아	정지연	정지영
정지온	정지우	정지운	정지원	정지유

정지윤	정지율	정지은	정지이	정지인
정지현	정지혜	정지호	정지후	정지희
정진경	정진선	정진솔	정진수	정진아
정진영	정진욱	정진유	정진주	정진홍
정진희	정찬균	정창민	정창윤	정채민
정채원	정채윤	정채은	정초롱	정초혜
정초희	정태영	정태웅	정팔	정하나
정하늘	정하늬	정하람	정하랑	정하루
정하린	정하연	정하영	정하욱	정하원
정하윤	정하율	정하은	정하음	정하정
정하진	정한나	정한미	정한솔	정한슬
정한율	정해경	정해란	정해린	정해림
정해별	정해솔	정해슬	정해원	정해윤
정해율	정해인	정햇님	정행란	정행숙
정향은	정 현	정현경	정현구	정현나
정현빈	정현수	정현순	정현아	정현정
정현주	정현지	정현진	정현희	정혜경
정혜나	정혜란	정혜리	정혜린	정혜림
정혜미	정혜민	정혜선	정혜수	정혜숙
정혜안	정혜연	정혜영	정혜원	정혜윤
정혜윰	정혜인	정혜정	정혜종	정혜주
정혜진	정혜화	정호린	정호제	정화경
정화영	정회경	정회우	정효담	정효린
정효민	정효선	정효신	정효연	정효원
정효은	정효인	정효정	정효주	정휘린
정희경	정희라	정희송	정희수	정희숙

정희영	정희원	정희윤	정희재	정희정
정희주	정희준	정희진	제갈서후	제갈윤
제갈태경	제미애	제수인	제승지	제예지
제은우	제정연	제주희	제지현	제혜주
제호선	제희주	조가영	조가을	조가희
조경미	조경민	조경숙	조경임	조경자
조광옥	조광현	조국인	조규리	조규빈
조기쁨	조기정	조나경	조나라	조나연
조나은	조나현	조다민	조다빈	조다솜
조다연	조다인	조다현	조다혜	조다흰
조단비	조두량	조명가	조명선	조명종
조명진	조묘림	조문영	조문주	조문혁
조미경	조미란	조미래	조미선	조미소
조미애	조미연	조미옥	조미자	조미주
조미진	조미현	조미화	조민경	조민교
조민기	조민상	조민서	조민선	조민수
조민아	조민영	조민정	조민주	조민지
조민진	조민채	조민형	조민휴	조바다
조범준	조범철	조보경	조보람	조보미
조보은	조빈화	조빛나	조사라	조사랑
조상연	조샤인	조서빈	조서연	조서영
조서우	조서원	조서원	조서윤	조서율
조서진	조서현	조선경	조선미	조선옥
조선인	조선정	조선화	조선희	조설아
조성	조성경	조성숙	조성실	조성아
조성오	조성완	조성은	조성준	조성진

조성혜	조성화	조세라	조세령	조세아
조세은	조세이	조세현	조세희	조소민
조소양	조소영	조소은	조송희	조수린
조수민	조수빈	조수아	조수연	조수영
조수인	조수정	조수진	조수현	조수희
조순영	조승아	조승영	조승윤	조승현
조승호	조승희	조시연	조시은	조시현
조신우	조심량	조쌍은	조아라	조아란
조아름	조아민	조아빈	조아솔	조아영
조아윤	조아인	조아정	조아진	조아현
조아형	조안나	조엄지	조여진	조연서
조연성	조연아	조연우	조연제	조연주
조연지	조연희	조영	조영린	조영서
조영아	조영원	조영은	조영주	조영현
조예라	조예림	조예빈	조예서	조예슬
조예원	조예은	조예준	조예지	조예진
조예현	조완신	조용원	조용주	조우경
조욱래	조원미	조원선	조원주	조원희
조유경	조유나	조유리	조유림	조유미
조유빈	조유선	조유솔	조유연	조유정
조유진	조윤	조윤경	조윤미	조윤별
조윤서	조윤설	조윤솔	조윤슬	조윤아
조윤영	조윤우	조윤정	조윤주	조윤지
조윤진	조윤채	조윤하	조윤희	조 율
조 은	조은경	조은나라	조은미	조은별
조은봄	조은비	조은빛	조은샘	조은서

조은선	조은솔	조은수	조은아	조은애
조은영	조은율	조은은	조은재	조은정
조은주	조은지	조은진	조은채	조은하
조은해	조은향	조은혜	조은호	조은희
조이든엄마	조이상	조이수	조이앤	조이엘
조이한결	조이현	조인서	조인아	조인영
조인주	조인혜	조일아	조재영	조재우
조재윤	조재익	조재현	조재호	조정미
조정민	조정언	조정연	조정열	조정윤
조정은	조정인	조정진	조정현	조정희
조제이	조종일	조주리	조주언	조주연
조주인	조주훤	조준아	조준영	조지원
조지유	조지이자벨라	조지현	조지혜	조진
조진서	조진솔	조진숙	조진희	조채연
조채영	조철연	조초영	조태연	조태현
조태희	조하랑	조하린	조하연	조하영
조하윤	조하율	조하은	조하현	조학순
조한나	조한별	조한슬	조한승	조한아
조항은	조해란	조해림	조해민	조해솔
조해원	조해인	조햇살	조향기	조 현
조현경	조현서	조현수	조현숙	조현아
조현애	조현우	조현정	조현주	조현지
조현진	조현희	조형운	조형은	조혜건
조혜란	조혜령	조혜리	조혜린	조혜림
조혜미	조혜민	조혜빈	조혜선	조혜수
조혜영	조혜원	조혜인	조혜정	조혜주

조혜진	조혜현	조호연	조홍래	조홍주
조환	조효동	조효미	조효민	조효빈
조효원	조효정	조효진	조훈이김	시율김소율
조휘은	조희수	조희영	조희정	좋은 일
나한테는 도전	좌예린	좌유진	좌혜인	주가람
주가영	주가은	주강은	주경심	주권능
주다민	주단비	주동화	주명호	주민석
주민수	주민지	주민희	주보현	주사랑
주새롬	주샤론	주서경	주서연	주서영
주선애	주성철	주세인	주소얀	주소연
주소울	주소현	주수연	주수지	주수진
주수현	주순옥	주승연	주시연	주시은
주시하	주신영	주아라	주아름	주아미
주아민	주아연	주아영	주애리	주 연
주연오	주연우	주연지	주영아	주예강
주예솔	주우미	주유나	주윤지	주윤희
주은기	주은영	주은정	주은지	주은혜
주이나	주이슬	주자인	주재신	주재은
주정선	주준하	주지윤	주지은	주지현
주진선	주초이	주하영	주하윤	주하은
주한나	주해우	주 현	주현채	주혜령
주혜민	주혜원	주혜정	주혜진	주희선
주희주	주희진	지가원	지가은	지덕근
지도은	지 명	지문선	지민경	지민서
지민선	지민아	지민준	지민희	지보람
지새봄	지서린	지서연	지서영	지서희

지선영	지선우	지성윤	지소연	지수경
지수민	지수빈	지수아	지수연	지수영
지수현	지순정	지연화	지연희	지영은
지예은	지우주	지 원	지유경	지유민
지유정	지유진	지윤영	지윤정	지윤진
지윤희	지은교	지은유	지은주	지인서
지인혜	지정숙	지정아	지준배	지하늘
지형주	지혜린	지혜성	지혜정	지효주
진가언	진가연	진가영	진가을	진가현
진경아	진경자	진금채	진나래	진다빈
진다소	진다은	진로사	진문영	진민선
진보나	진보라	진사랑	진서아	진서영
진서윤	진서율	진석원	진선미	진선영
진설위	진성빈	진세림	진소연	진소율
진소희	진수미	진수빈	진수아	진수정
진시헌	진아라	진아름	진아현	진연우
진연주	진영순	진영은	진영현	진예령
진예빈	진예슬	진예원	진예주	진예지
진원각	진원미	진유경	진윤슬	진은정
진이형	진재이	진정윤	진주아	진주영
진주현	진지현	진하윤	진하정	진하진
진형진	진혜연	진혜원	진호정	짜올누나
차경림	차규리	차단비	차명진	차민권
차민재	차민정	차민주	차민지	차서연
차서율	차서인	차서현	차선희	차성효
차세인	차세임	차소연	차소영	차소훈

차수빈	차수연	차승민	차승연	차승하
차승현	차시현	차언경	차연경	차연서
차연재	차예담	차예리	차예원	차예은
차예진	차원준	차유나	차유정	차유진
차유화	차윤미	차윤서	차윤희	차율희
차은교	차은선	차은지	차은혜	차재원
차정아	차정옥	차정은	차주연	차주은
차주현	차지민	차지우	차지원	차지현
차지혜	차진주	차하진	차현서	차혜리
차혜미	차혜민	차 희	차희주	채다빈
채단비	채라희	채 린	채미	채미선
채미연	채미정	채민서	채민정	채상아
채서연	채서현	채성희	채소율	채송화
채수림	채수현	채아린	채아림	채아현
채연우	채연지	채예정	채유나	채윤경
채윤아	채은경	채은서	채재원	채정원
채종실	채주희	채지민	채지연	채지우
채지혜	채지효	채진주	채하나	채하은
채한별	채한비	채현욱	채혜진	채화정
채효림	채희수	채희원	천경미	천다진
천단비	천명수	천민서	천보영	천사랑
천사야	천새린	천서영	천성혜	천세빈
천소연	천수아	천서연	천슬비	천승옥
천아림	천아영	천연정	천영서	천예나
천예림	천예진	천유경	천유주	천윤숙
천의선	천의진	천정화	천주영	천지애

천지은	천지인	천창민	천하은	천해주
천혜림	천혜원	천혜인	천휘연	초우두리히바
최가람	최가령	최가연	최가영	최가은
최가인	최가현	최강희	최경미	최경서
최경세	최경진	최경화	최경희	최계민
최고매력	수 지	최고우니	최고운	최고은
최규리	최규민	최근표	최금자	최금화
최금희	최기남	최기연	최기옥	최기율
최기창	최기화	최길순	최나경	최나래
최나미	최나연	최나영	최나은	최나혜
최다경	최다나	최다솜	최다연	최다예
최다온	최다은	최다이	최다인	최다향
최다희	최단아	최담흠	최동립	최동영
최두리	최라윤	최 란	최란희	최례인
최륜실	최리원	최매자	최매화	최명화
최명희	최문정	최문주	최문형	최미경
최미나	최미선	최미숙	최미애	최미영
최미은	최미정	최미주	최미희	최민경
최민기	뉴이스트 렌	최민서	최민성	최민솔
최민아	최민영	최민욱	최민이	최민정
최민주	최민지	최별	최병진	최병호
최보경	최보금	최보라	최보란	최보람
최보미	최보민	최보빈	최보윤	최보임
최보현	최복님	최봄	최빛나	최상미
최상희	최새롬	최새봄	최새봄나	최샤론
최서련	최서린	최서빈	최서연	최서영

최서예	최서우	최서윤	최서율	최서은
최서인	최서일	최서정	최서진	최서현
최서화	최서희	최선경	최선다해	최선미
최선아	최선아	최수아	최지아	최선애
최선영	최선웅	최선의	최선이	최선정
최선주	최선지	최선하	최선혜	최성남
최성민	최성우	최성준	최성환	최성희
최세림	최세아	최세진	최세하	최소민
최소연	최소영	최소윤	최소은	최소현
최소희	최솔지	최솔휘	최송이	최수경
최수근	최수련	최수린	최수림	최수미
최수민	최수빈	최수선	최수아	최수연
최수은	최수인	최수정	최수지	최수진
최수현	최수호	최수희	최순주	최슬기
최슬아	최슬이	최승미	최승빈	최승아
최승연	최승정	최승현	최승희	최시민
최시안	최시연	최시온	최시윤	최시은
최신애	최신혜	최아라	최아란	최아랑
최아령	최아름	최아림	최아미	최아영
최아윤	최아인	최아진	최안서	최에스더
최여원	최여진	최연수	최연실	최연아
최연옥	최연우	최연재	최연주	최연지
최연진	최연희	최영미	최영빈	최영서
최영수	최영숙	최영순	최영아	최영연
최영우	최영은	최영인	최영주	최영지
최영평	최예나	최예나래	최예담	최예린

최예림	최예봄	최예빈	최예서	최예승
최예승	최예온	최예영	최예원	최예윤
최예은	최예주	최예지	최예진	최용채
최우다	최우윤	최우정	최운영	최운하
최원석	최원영	최유경	최유나	최유라
최유리	최유림	최유미	최유민	최유빈
최유선	최유솔	최유승	최유정	최유주
최유진	최유하	최윤경	최윤명	최윤미
최윤서	최윤선	최윤슬	최윤아	최윤영
최윤원	최윤은	최윤정	최윤주	최윤준
최윤지	최윤형	최윤희	최 은	최은경
최은미	최은민	최은별	최은비	최은서
최은선	최은성	최은솔	최은수	최은아
최은영	최은우	최은율	최은재	최은정
최은주	최은지	최은진	최은하	최은혁
최은혜	최은호	최은화	최은후	최은희
최의령	최이령	최이룸	최이삭	최이준
최이현	최익현	최인경	최인나	최인서
최인숙	최인애	최인영	최인주	최인지
최인혜	최인희	최임경	최자경	최장미
최재연	최재영	최재유	최재인	최재향
최재혁	최재훈	최재희	최정란	최정례
최정미	최정민	최정서	최정수	최정아
최정연	최정욱	최정원	최정윤	최정은
최정인	최정임	최정현	최정혜	최정훈
최조은	최종민	최종희	최주욱	최주원

최주형	최주희	최준영	최준혁	최지나
최지민	최지선	최지수	최지실	최지아
최지안	최지연	최지영	최지예	최지오
최지온	최지우	최지원	최지유	최지윤
최지율	최지은	최지이	최지인	최지해
최지현	최지혜	최지훈	최지희	최진경
최진선	최진솔	최진숙	최진실	최진아
최진영	최진원	최진주	최진희	최찬비
최찬희	최채원	최초롱	최초해	최태식
최태연	최태호	최태희	최하나	최하늘
최하람	최하린	최하림	최하언	최하연
최하영	최하윤	최하은	최하정	최한나
최한솔	최한희	최해나	최해든	최해언
최해영	최해인	최행순	최향란	최향련
최현미	최현배	최현서	최현성	최현아
최현웅	최현정	최현지	최현진	최현휘
최형윤	최형인	최혜경	최혜리	최혜린
최혜림	최혜미	최혜민	최혜빈	최혜선
최혜수	최혜연	최혜영	최혜원	최혜윤
최혜은	최혜인	최혜정	최혜주	최혜진
최호란	최호연	최호영	최호정	최홍서
최홍자	최홍준	최화경	최화영	최화정
최효련	최효선	최효원	최효정	최효진
최훈정	최희림	최희선	최희성	최희수
최희연	최희영	최희옥	최희원	최희윤
최희정	최희주	최희진	최희흔	추건아

추민경	추민서	추민정	추민환	추보명
추서영	추선영	추소영	추수영	추아람
추아현	추연아	추연우	추예은	추유경
추윤서	추주희	추지안	추지원	추지호
추진아	추진영	추진화	추찬영	추한은
추향미	추현정	추희윤	큐트로미	클래우
타나카마이코	탁경진	탁라온	탁유진	탁이솔
탁재형	탁현아	탁혜정	탁혜진	탁희진
탈퇴회원	태연우	태효정	판유진	팽가은
팽성희	팽지현	편경진	편나윤	편미정
편소윤	편예은	편혜승	편희영	표가영
표민정	표선우	표소연	표승원	표은서
표은혜	표정아	표지수	표지윤	표 현
피경숙	하가은	하광선	하규운	하나래
하다은	하도담	하도연	옥수민	하동규
하라다마리	하라임	하 람	하 모	하목련
하미화	하민정	하새연	하서연	하성희
하소미	하소정	하수민	하수연	하수진
하수현	하숙영	하스진	하승리	하승민
하승훈	하아름	하연세연	하연우	하연재
하연정	하영은	하영인	하영철	하예나
하예린	하예림	하예빈	하예은	하예주
하우림	하유경	하유라	하유진	하유진
하지연	하예원	하윤정	하윤주	하윤지
하윤진	하 율	하은미	하은서	하은숙
하은아	하은지	하이슬	하인애	하인혜

하장미	하재연	하정민	하주비	하준수
하지면	하지민	하지연	하지우	하지원
하지윤	하지은	하지현	하진숙	하진주
하태린	하태현	하한솔	하현민	하혜선
하혜원	하혜인	하희정	하희제	학추상
한가린	한가영	한가온	한가윤	한가형
한가희	한결	한경민	한경서	한경옥
한경은	한경진	한경탁	한경희	한고은
한공리	한광수	한국희	한규리	한금실
한나경	한나라	한나연	한느혜	한니엘
한다솔	한다솜	한다영	한다운	한다원
한다은	한다인	한달음	한대희	한덕화
한루빈	한리린	한마음	한명신	한미경
한미르	한미숙	한미영	한미정	한미희
한민경	한민서	한민아	한민영	한민정
한민준	한민지	한 별	한보라	한보람
한사랑	한삼은	한상미	한상숙	한상옥
한상원	한상재	한상진	한상현	한새롬
한서빈	한서연	한서영	한서우	한서윤
한서율	한서정	한서준	한서진	한서희
한선경	한선연	한선우	한성경	한성애
한성연	한성열	한성주	한성화	한성희
한세나	한세원	한세은	한세진	한소민
한소연	한소운	한소윤	한소은	한소현
한소희	한 솔	한솔비	한송비	한송의
한송이	한송화	한송희	한수경	한수미

한수민	한수빈	한수아	한수연	한수완
한수인	한수정	한수지	한수진	한수현
한승미	한승비	한승아	한승엽	한승옥
한승은	한승지	한승희	한시우	한시율
한시현	한세아	한아름	한아영	한여름
한여진	한연희	한영숙	한영여	한영은
한영채	한영희	한예나	한예린	한예림
한예빈	한예서	한예영	한예원	한예은
한예인	한예지	한예희	한운희	한원지
한유림	한유민	한유선	한유임	한유정
한유주	한유진	한윤경	한윤서	한 율
한율아	한 은	한은아	한은영	한은주
한은지	한은진	한은혜	한이수	한이슬
한인선	한재선	한정민	한정아	한정안
한정윤	한정효	한정희	한종윤	한주아
한주영	한주희	한지민	한지선	한지수
한지아	한지연	한지영	한지예	한지우
한지원	한지윤	한지율	한지은	한지현
한지혜	한지후	한지희	한진선	한진영
한진희	한찬영	한창경	한창희	한채민
한채빈	한채아	한채연	한채영	한채원
한채윤	한채율	한태경	한해밀	한해인
한현정	한현주	한현지	한현희	한형선
한혜린	한혜민	한혜서	한혜안	한혜원
한혜율	한혜지	한혜현	한효경	한효임
한효주	한 희	함광태	함근희	함나예

함나윤	함다연	함다은	함도은	함민지
함보배	함서연	함선경	함소영	함수민
함수진	함시은	함아령	함영임	함예원
함예지	함오숙	함은진	함지우	함채원
함채윤	함현정	허경은	허경희	허교진
허귀옥	허규연	허나경	허난유	허남인
허다경	허다녕	허다연	허다영	허다운
허다원	허다윤	허다은	허다인	허다정
허다진	허다희	허려원	허 령	허 린
허 명	허문주	허미란	허미애	허미연
허미옥	허민선	허민애	허민재	허민정
허민주	허민혜	허보라	허봄안	허빛나
허서연	허서진	허석희	허선경	허선영
허성옥	허성우	허세윤	허세은	허소미
허소영	허소윤	허수연	허수인	허수정
허수지	허수진	허아설	허아연	허아인
허아정	허아진	허아현	허애란	허여진
허영수	허영심	허영주	허예담	허예솔
허예슬	허예은	허예준	허예지	허예진
허운지	허 원	허원아	허원주	허유경
허유나	허유리	허유림	허유미	허유선
허유원	허유정	허유진	허윤경	허윤서
허윤아	허윤주	허윤형	허윤희	허은미
허은빈	허은서	허은실	허은아	허은영
허은정	허은주	허은지	허재경	허재영
허재웅	허정	허정빈	허정심	허정윤

허정은	허정인	허정화	허조앤	허지선
허지연	허지영	허지우	허지원	허지유
허지윤	허지율	허지은	허지인	허지행
허지현	허지혜	허진아	허진화	허찬희
허채율	허채은	허태준	허하나	허하연
허한열	허해영	허현주	허혜경	허혜솔
허혜진	허 훈	허희연	현경운	현경은
현나림	현다운	현다은	현단비	현도경
현동금	현미경	현병훈	현서하	현선영
현설희	현세연	현수인	현수진	현수현
현슬기	현승화	현아람	현아름	현아영
현예원	현유빈	현은선	현은주	현재훈
현정화	현지민	현지영	현지은	현 진
현채린	현철민	현호정	형서연	형우희
형유린	혜 린	호수아	호수정	호예진
호정인	홍가람	홍가연	홍가현	홍가희
홍경선	홍경숙	홍기쁨	홍나경	홍나윤
홍나이	홍다민	홍다빈	홍다슬	홍다연
홍다영	홍다은	홍다현	홍다혜	홍다희
홍담의	홍도유	홍도희	홍동혁	홍둥지
홍라영	홍라임	홍라희	홍미나	홍미란
홍미선	홍미옥	홍미정	홍미진	홍민선
홍민정	홍민주	홍민화	홍샛별	홍서연
홍서영	홍서우	홍서윤	홍서정	홍서진
홍서현	홍석민	홍석영	홍선미	홍선영
홍선희	홍설리	홍성결	홍성경	홍성미

홍성원	홍성은	홍성주	홍성혜	홍성희
홍세영	홍세진	홍소미	홍소원	홍소희
홍송이	홍수경	홍수민	홍수빈	홍수연
홍수정	홍수지	홍순미	홍승미	홍승용
홍승정	홍승희	홍시은	홍시현	홍신영
홍심희	홍아라	홍아랑	홍아름	홍아영
홍여림	홍연서	홍연선	홍연임	홍연주
홍연표	홍영지	홍예나	홍예빈	홍예서
홍예원	홍예지	홍예진	홍옥주	홍용미
홍원의	홍원정	홍유나	홍유리	홍유빈
홍유주	홍유진	홍윤서	홍윤아	홍은경
홍은선	홍은솔	홍은수	홍은숙	홍은아
홍은영	홍은존	홍은진	홍은채	홍은혜
홍은희	홍이린	홍이준	홍인영	홍자성
홍재은	홍정림	홍정민	홍정아	홍정원
홍정의	홍정현	홍정화	홍정희	홍제이
홍주난	홍주연	홍주원	홍주혜	홍준경
홍준모	홍지민	홍지수	홍지아	홍지안
홍지연	홍지영	홍지우	홍지원	홍지유
홍지은	홍지의	홍지후	홍지희	홍진경
홍진미	홍진선	홍진실	홍진주	홍진희
홍창희	홍채란	홍채린	홍채림	홍채연
홍채영	홍채원	홍채은	홍채하	홍채현
홍초롱	홍태희	홍하민	홍하은	홍하진
홍향기	홍현경	홍현숙	홍현실	홍현정
홍현지	홍현진	홍혜란	홍혜린	홍혜림

홍혜민	홍혜인	홍효지	홍희라	화수진
황가온	황가윤	황경민	황고운	황규연
황규용	황금자	황기쁨	황나영	황다겸
황다빈	황다온	황다윤	황다은	황다인
황다정	황다현	황도연	황도윤	황라연
황라임	황리아	황미나	황미선	황미진
황미혜	황미희	황민아	황민주	황민지
황민하	황민희	황벼리	황보경	황보라
황보명	황보미	황보승	황보정	황보주희
황보진	황보진성	황보화	황새록	황새영
황서빈	황서영	황서원	황서윤	황서율
황서현	황서희	황서힌	황석윤	황선경
황선열	황선영	황선정	황선화	황선희
황성연	황성태	황세림	황세빈	황세아
황세영	황세원	황세은	황세인	황소영
황소윤	황수미	황수민	황수빈	황수영
황수완	황수인	황수지	황승경	황승원
황시윤	황시현	황신영	황신혜	황아란
황아름	황아원	황아윤	황아임	황아현
황애리	황어진	황연미	황연서	황연재
황연주	황연하	황영글	황영실	황영진
황영현	황예나	황예리	황예림	황예서
황예슬	황예원	황예은	황예지	황예진
황우리	황원선	황유미	황유빈	황유선
황유설	황유솔	황유원	황유정	황유주
황유진	황유하	황윤경	황윤민	황윤서

황윤숙	황윤신	황윤영	황윤정	황윤지
황윤진	황윤하	황윤희	황은미	황은비
황은빈	황은성	황은송	황은우	황은주
황은지	황은채	황은형	황은혜	황의두
황이지	황이현	황인경	황인서	황인선
황인숙	황인애	황인영	황인준	황인혜
황인희	황재선	황재아	황재원	황재윤
황재이	황재희	황전아	황정미	황정민
황정빈	황정선	황정숙	황정애	황정원
황정윤	황정은	황정향	황정혜	황정화
황정환	황주아	황주연	황주영	황주윤
황주은	황주하	황주희	황준필	황준희
황지민	황지수	황지안	황지연	황지영
황지예	황지우	황지원	황지윤	황지은
황지이	황지현	황지혜	황지호	황지희
황진실	황진아	황진희	황 찬	황찬미
황채원	황채윤	황채은	황채정	황하영
황해숙	황현서	황현숙	황현아	황현옥
황현정	황현주	황현지	황현진	황혜경
황혜리	황혜민	황혜빈	황혜선	황혜영
황혜원	황혜정	황혜주	황혜준	황혜진
황혜형	황효남	황효빈	황효진	황휘경
황희서	황희선	황희정	황희진	후니혀니
후니혀니맘	희동이누나			

* 상기 명단은 가나다순으로 정렬했습니다.
기부해주신 분들에게 감사의 말씀을 드립니다.

텀블벅 후원자 명단

김한	강은서	강주은	강하늘	강현
고나연	고다혜	고성환	구미건	구민제
권레온	권순우	권재원	권지호	권하늬
김나예	김나은	김동진	김률희	김미진
김민정	김민지	김바흐	김병윤	김병헌
김보민	김세민	김수연	김슬아	김영랑
김유이	김윤경	김종운	김지수	김현진
꼬윰	담장안 이웃	류승희	마예람	마예림
마음이 아름다운 윤채	마음이 아름다운 이	만화방	모주희	문정아
문효선	박서아	박서연	박진용	박진희
박혜전	백경진	백민주	백은주	변서인
별사랑은이	서명희	서향아 (동우, 도윤 이모)	서혜진	설가영
설유진	송수희	송승현	신강은	신서연

심보배	안상명	안예슬	안재준	양송희
양현아	오라윤	오진희 사회복지사	우라온	우은경
우지수	유나은, 유도윤 형제	윤승화	윤재희	윤주희
이가을	이서연	이예린	이예서	이자연
이정현	이주선	이지연	이하린	이하솔
이하율	이혜연	임다현	임서하	임수연
임온유	임정호	임혜진	장은영 (민주,민하엄마)	장주아
장진영	장정우	장효정	정정현	정지송
정효연	조선정	조윤진	조은영	조은채
좌예린	좌유진	주다인	주윤영	차정은
천서영	최규린	최금화	최서윤	최예린
최예원	최진주	추민정	탁이솔	하루한번
하연우	한다운	허경은	허은실	허재경
홍성주	황아란	hepburn852	LIUTINGTING	

참고문헌

| 1 | 김민아, 이재희. 소아암 완치자의 삶의 질 향상을 위한 서비스 욕구. 한국아동간호학회지. 2012;18(1);19-28.

| 2 | 오가실, 심미경, 손선영. 소아암 환아의 건강문제와 사회심리적 적응. 대한간호학회지. 2017;33(2);293-300.

| 3 | 최권호, 김선, 손영은, 남석인. 소아암 가족의 심리사회적 서비스 요구 - 환아 부모의 경험을 중심으로 -. 한국가족복지학. 2014;45(45);171-197.

| 4 | 박경덕, 이지원. 소아암의 기초 80개의 질문과 답으로 완전정복하기, (사)한국백혈병소아암협회, 2015

'행복에너지'의 **해피 대한민국** 프로젝트!

〈모교 책 보내기 운동〉

대한민국의 뿌리, 대한민국의 미래 **청소년·청년**들에게 **책**을 보내주세요.

많은 학교의 도서관이 가난해지고 있습니다. 그만큼 많은 학생들의 마음 또한 가난해지고 있습니다. 학교 도서관에는 색이 바래고 찢어진 책들이 나뒹굽니다. 더럽고 먼지만 앉은 책을 과연 누가 읽고 싶어 할까요?
게임과 스마트폰에 중독된 초·중고생들. 입시의 문턱 앞에서 문제집에만 매달리는 고등학생들. 험난한 취업 준비에 책 읽을 시간조차 없는 대학생들. 아무런 꿈도 없이 정해진 길을 따라서만 가는 젊은이들이 과연 대한민국을 이끌 수 있을까요?

한 권의 책은 한 사람의 인생을 바꾸는 힘을 가지고 있습니다. 한 사람의 인생이 바뀌면 한 나라의 국운이 바뀝니다. **저희 행복에너지에서는 베스트셀러와 각종 기관에서 우수도서로 선정된 도서를 중심으로 〈모교 책 보내기 운동〉을 펼치고 있습니다.** 대한민국의 미래, 젊은이들에게 좋은 책을 보내주십시오. 독자 여러분의 자랑스러운 모교에 보내진 한 권의 책은 더 크게 성장할 대한민국의 발판이 될 것입니다.

도서출판 행복에너지를 성원해주시는 독자 여러분의 많은 관심과 참여 부탁드리겠습니다.

출간후기

베푸는 마음들이 하나둘 모여
따뜻한 세상을 만듭니다
여러분의 삶에도 희망의 에너지가 깃들기를 기원합니다

권 선 복

도서출판 행복에너지 대표이사
열린사이버대학교 사회복지학과 특임교수

한해 평균적으로 소아암을 진단받는 어린이의 수는 1,200여 명에 이릅니다. 이토록 많은 아이들이 투병생활을 하고 있다니 마음 아픈 일입니다.

투병생활을 거친 아이들의 머리카락은 항암치료를 받으면서 점차 빠지기 시작합니다. 민머리가 된 아이들은 사춘기라는 예민한 시기에 정신적으로 쉽게 위축되곤 합니다. 그런 아이들을 돕기 위해 존재하는 기관이 바로 어머나운동본부입니다.

'어머나'란 '어린 암환자를 위한 머리카락 나눔'의 줄임말입니다.

어머나운동본부는 일반인들로부터 25cm 이상의 머리카락 30가닥 이상을 기부 받아 하루 4명, 매년 1,500여 명씩 발생하고 있는 20세 미만의 어린 암환자의 심리적 치유를 돕기 위해 맞춤형 가발을 무상으로 제공하고 있습니다. 매년 많은 분들이 암환우들을 위해 자신의 머리카락을 기부합니다. 이름 모르는 아이들을 위해 기꺼이 자신의 머리카락을 선뜻 내어주는 분들이 있어 이 세상은 아직 살 만합니다.

어머나운동본부는 이처럼 사회에서 귀중한 역할을 하고 있습니다. 이 책 『마음을 나누다』는 어머나운동본부가 그동안 펼쳐온 발자취를 기록한 결과물입니다. 암환우들을 향한 치유와 회복, 그리고 응원의 메시지를 이 책에 담았습니다. 그 메시지들을 따라가다 보면 어느새 마음 한구석이 따뜻해지는 것을 느낄 수 있을 것입니다. 작은 불빛들이 하나둘 모여 어두운 세상을 밝히듯 베푸는 마음들이 모여 이 세상을 환하게 비추리라 믿습니다. 이 책을 읽는 여러분의 가정에도 따뜻한 희망의 기운이 깃들기를 기원합니다.